A VINGANÇA ESTÁ NA MODA

ROSALIE HAM

A VINGANÇA ESTÁ NA MODA

Tradução
Alda Lima

HarperCollins *Brasil*
Rio de Janeiro, 2016

Título original: *The Dressmaker*
Copyright © 2016 by Rosalie Ham

Direitos de edição da obra em língua portuguesa no Brasil adquiridos pela Casa dos Livros Editora LTDA. Todos os direitos reservados. Nenhuma parte desta obra pode ser apropriada e estocada em sistema de banco de dados ou processo similar, em qualquer forma ou meio, seja eletrônico, de fotocópia, gravação etc., sem a permissão do detentor do copirraite.

CIP-Brasil. Catalogação na Publicação
Sindicato Nacional dos Editores de Livros, RJ

H185v

Ham, Rosalie
    A vingança está na moda / Rosalie Ham ; tradução Alda Lima. – 1. ed. – Rio de Janeiro : HarperCollins Brasil, 2016.
    288 p. ; 23 cm.

    Tradução de: The dressmaker
    ISBN 978.85.6980.916-6

    1. Ficção australiana. I. Lima, Alda. II. Título.

15-27578   CDD: 828.99343
                                CDU: 821.111(94)-3

Rua Nova Jerusalém, 345 – Bonsucesso – 21042-235
Rio de Janeiro – RJ – Brasil
Tel.: (21) 3882-8200 – Fax: (21) 3882-8212/8313

Rosalie Ham cresceu em Riverina e hoje mora em Brunswick. Sacrificando uma carreira promissora como tosquiadora, ela começou a escrever diversas peças para teatro e rádio, que foram encenadas em Melbourne.

Este é seu primeiro romance.

A autora gostaria de agradecer a seus professores do RMIT Professional Writing and Editing Course, em Melbourne. Também, em especial, a Gail MacCallum, Mercy O'Meara, Fern Fraser, Patricia Cornelius, Crusader Hillis, Natalie Warren e Ian.

*"Estar bem-vestida me dá um sentimento
de tranquilidade interior que a religião
não me pode conferir."*

Miss C. F. Forbes,
citada por Ralph Waldo Emerson em
Letters and Social Aims

Os viajantes que atravessam as planícies amarelo-trigo de Dungatar notam primeiro uma mancha escura cintilando no horizonte da topografia plana. Avançando mais pela estrada, a forma emerge como uma colina. No alto da Colina havia uma casa surrada de tábuas marrons, fincada com uma inclinação perigosa no monte cheio de grama. Dava a impressão de estar prestes a cair, mas parecia estar agarrada à chaminé pelas espessas glicínias. Quando os passageiros que se aproximavam de Dungatar sentiam o trem fazendo a lenta curva descendente, olhavam pela janela e viam a casa marrom fadada à ruína. À noite, suas luzes podiam ser vistas das planícies ao redor — um farol trêmulo num mar vasto e negro piscando na casa de Molly Maluca. Quando o sol se põe, A Colina lança uma sombra sobre a cidade, que se estende até os silos.

Numa noite de inverno, Myrtle Dunnage procurou pela luz da casa de sua mãe através da janela de um ônibus de viagem. Pouco antes, Myrtle havia escrito para ela, mas, como não obteve resposta, juntou coragem para telefonar. A voz seca da telefonista disse:

— Molly Dunnage não tem telefone há anos. Ela não saberia nem o que é um telefone.

— Eu escrevi — disse Tilly —, e ela não respondeu. Será que não recebeu minha carta?

— A velha Molly Maluca também não saberia o que fazer com uma carta — replicou a telefonista.

Tilly resolveu então que voltaria a Dungatar.

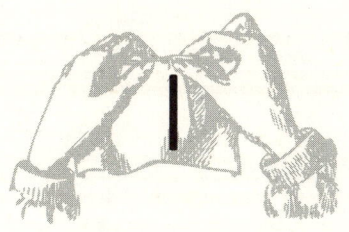

Xadrez Vichy

Tecido de algodão que varia de qualidade de acordo com o tipo de fio, a solidez da cor e o peso. Pode ser tecido em variados padrões. Um tecido durável, se bem cuidado. Tem diversos usos, desde sacos para grãos a cortinas, vestidos e ternos.

Tecidos para costura

1

O sargento Farrat bateu de leve no quepe, tirou um fio solto da lapela e saudou seu reflexo bem-arrumado. Caminhou até a lustrosa viatura policial para dar início à ronda da noite, sabendo que tudo corria bem. Os moradores estavam quietos e os homens dormiam, pois no dia seguinte haveria uma chance de vitória no campo de futebol australiano.

Ele parou a viatura na rua principal para examinar os edifícios de tetos prateados e enfumaçados. Havia neblina ao redor deles, juntando-se em volta de colunas e muros, pairando como marquises feitas de teias de aranha entre as árvores. Uma conversa abafada vinha do hotel Station. Ele observou os veículos estacionados perto do pub: os Morris Minors e Austins de sempre, um utilitário esportivo, o Wolseley do conselheiro Pettyman e o imponente, mas cansado, Triumph Gloria dos Beaumont.

Um ônibus de turismo rugiu e chiou em frente à agência de serviço postal, e os faróis iluminaram o rosto do sargento Farrat.

— Um passageiro? — perguntou-se ele em voz alta.

A porta do ônibus se abriu e a luz de seu interior derramou-se para fora. Uma jovem esbelta pisou com leveza em meio à neblina.

Seus cabelos eram cheios e caíam sobre os ombros, e ela usava uma boina e um sobretudo de corte inusitado. *Muito elegante*, pensou o sargento.

O motorista tirou uma mala do bagageiro e levou-a até a varanda da agência, deixando-a num canto escuro. Ele voltou para buscar mais uma bagagem, depois mais uma e, então, mais uma coisa: uma espécie de mala com uma tampa abobadada e a palavra "Singer" impressa em dourado na lateral.

Com ela nas mãos, a passageira ficou em pé, olhando para o córrego e depois para os dois lados da rua.

— Santo Deus — disse o sargento Farrat, disparando da viatura.

Ela ouviu a porta do carro batendo e deu meia-volta para seguir na direção oeste, rumo à Colina. Atrás dela, o ônibus bramia para longe, os faróis ficando cada vez menores, mas ainda assim a passageira ouvia os passos se aproximando.

— Myrtle Dunnage, ora, ora.

Myrtle apertou o passo. O sargento Farrat também. Ele examinou as botas elegantes dela — *Italianas?*, perguntou-se — e a calça, definitivamente de outro material que não sarja.

— Myrtle, deixe-me ajudá-la.

Ela continuou andando, mas o sargento avançou, pegando a caixa abobadada de uma de suas mãos e fazendo-a se virar. Eles ficaram frente a frente, se encarando, e o ar branco envolveu os dois. Tilly havia se tornado uma mulher, enquanto o sargento Farrat envelhecera. Ele levou uma das mãos à boca de vergonha e então deu de ombros e caminhou até a viatura com a bagagem. Depois de colocar a última mala no banco traseiro, ele abriu a porta do passageiro e aguardou que Myrtle entrasse. Assim que ela entrou, Farrat deu meia-volta com o carro e rumou para o leste.

— Vamos fazer o caminho mais longo — disse ele.

O estômago de Tilly ficou ainda mais embrulhado.

Eles deslizaram neblina adentro e, enquanto davam a volta no campo oval de futebol, o sargento Farrat informou:

— Estamos em terceiro este ano.

Tilly continuou em silêncio.

— Veio de Melbourne, não veio?

— É — respondeu ela em tom seco.

— Vai ficar quanto tempo?

— Não sei.

Voltaram à rua principal. Quando passaram na frente da escola, Tilly quase pôde ouvir a gritaria das crianças jogando softball às sextas-feiras e a algazarra das brincadeiras no córrego. Quando o sargento Farrat dobrou a esquina da biblioteca na direção da Colina, ela sentiu o cheiro do linóleo encerado da biblioteca e viu um lampejo de sangue fresco na grama seca do lado de fora. As lembranças de quando fora levada até a rodoviária tantos anos atrás pelo mesmo homem vieram à tona, e seu estômago se revirou.

Enfim, a viatura começou a subida até o alto da Colina e parou. Ela ficou sentada olhando sua antiga casa enquanto o sargento a observava. A pequena Myrtle Dunnage tinha a pele muito branca e os olhos e cabelos da mãe. Parecia forte, mas abatida.

— Alguém sabia que você estava vindo, Myrtle? — perguntou o sargento.

— Meu nome é Tilly — corrigiu ela. — Todo mundo vai saber em breve.

Ela se virou para a expressão de expectativa no rosto do sargento Farrat sob o luar em meio à neblina.

— Como está minha mãe? — perguntou ela.

Ele abriu a porta.

— Sua mãe... não sai de casa hoje em dia — revelou o sargento, saindo do carro. O nevoeiro que pairava ao redor da varanda ondulava como os babados de uma saia enquanto o sargento o atravessava com as malas de Tilly. Ele ergueu o domo pesado. — É uma bela máquina de costura, *Tilly* — enfatizou.

— Sou costureira e estilista, sargento Farrat.

Ela abriu a porta de trás.

Ele bateu palmas.

— Excelente!

— Obrigada pela carona — disse ela, fechando a porta.

Ao ir embora, o sargento Farrat tentou se lembrar da última vez que tinha visitado Molly Maluca. Fazia pelo menos um ano que não a via, mas sabia que Mae McSwiney ficava de olho nela. Ele sorriu.

— Uma estilista!

A casa de Molly estava úmida e cheirava a xixi de gambá. Tilly tateou a parede empoeirada em busca do interruptor de luz e o acendeu, em seguida atravessou a cozinha até o hall, entrou na caquética sala de estar e foi até a lareira. Ela tocou nas cinzas. Estavam frias como gelo. Tilly subiu até a porta do quarto de sua mãe, girou a maçaneta e empurrou. Um abajur de luz fraca brilhava no canto, ao lado da cama.

— Mãe?

Um corpo se mexeu embaixo da pilha de cobertores. Uma cabeça esquelética usando um abafador de chá de crochê se virou em cima de um travesseiro surrado e sujo. A boca aberta parecia um buraco de carvão, e os olhos fundos a fitaram.

Molly Dunnage, senil, perguntou à filha:

— Veio buscar o cachorro, não veio? Não pode ficar com ele. Nós queremos ficar com ele.

Ela gesticulou para uma multidão de pessoas invisíveis em volta da cama.

— Não queremos? — perguntou, assentindo para eles.

— Foi isso que fizeram com você — constatou Tilly.

Uma luva, endurecida e imunda, saiu de baixo das cobertas. Molly olhou o pulso fino.

— Quatro e meia — constatou.

Tilly abriu a garrafa de conhaque que tinha trazido para a mãe e se sentou no quintal observando entorpecida as formas sem graça de Dungatar. Ela pensou no que tinha deixado para trás e na vida para a qual havia retornado.

Ao amanhecer, ela suspirou, ergueu seu copo diante da pequena cidade cinzenta e entrou. Tilly expulsou pequenas famílias de camundongos no meio das toalhas no armário e arrancou aranhas de seus lares de renda debaixo dos abajures. Varreu a poeira, a terra, os galhos e um pardal morto da banheira e abriu as torneiras para esfregá-la. A água saiu gelada e marrom e, quando começou a jorrar quente e límpida, Tilly encheu a banheira e jogou nela as flores de lavanda do jardim. Em seguida, levantou a mãe de sua cama velha e a empurrou cambaleante até o banheiro. Molly Maluca xingou, arranhou e socou Tilly com os braços compridos, mas logo se cansou e sentou-se com facilidade dentro d'água.

— Enfim — começou ela, do nada —, todo mundo sabe que gelatina vermelha fica firme mais tempo.

E gargalhou para Tilly com suas gengivas esverdeadas e olhos lunáticos.

— Me mostre seus dentes — pediu Tilly.

Molly fechou a boca com força. Tilly prendeu os braços de Molly junto ao peito e apertou-lhe as narinas até a mãe ser forçada a abrir a boca para respirar. Tilly tirou a dentadura com uma colher e a colocou num pote com amônia. Molly gritou e se debateu até estar exausta e limpa. Ela permaneceu na banheira enquanto Tilly tirava os lençóis. Quando o sol abriu, ela arrastou os colchões até a grama para que arejassem.

Depois enfiou o corpo frágil de Molly de volta na cama e lhe deu chá preto de colher, conversando com ela o tempo todo. As respostas de Molly eram maníacas, raivosas, mas ainda assim eram respostas. Então ela dormiu, e Tilly limpou o forno, pegou lenha no jardim e acendeu o fogo. A fumaça saiu pela chaminé, e no forro do telhado um gambá martelou seus passinhos pelas vigas. Ela abriu todas as portas e janelas e começou a separar coisas para jogar fora — uma antiga máquina de costura e um manequim de modelagem carcomido pelas traças, uma velha carcaça de máquina de lavar, jornais e caixas velhas, cortinas sujas e tapetes endurecidos, um sofá e poltronas arruinadas, mesas quebradas, latas e garrafas de vidro vazias. Logo a pequenina casa de tábuas de madeira foi tomada por um monte de lixo.

Quando Molly acordou, Tilly a levou até a casinha externa, onde a sentou na privada com as calçolas arriadas até os tornozelos e a camisola para cima, presa no suéter. Amarrou as mãos da mãe na porta do banheiro com a tira da camisola para que ela não se levantasse. Molly gritou a plenos pulmões até ficar rouca. Mais tarde, Tilly esquentou sopa de tomate enlatada e fez a mãe se sentar sob o sol — vazia, limpa e agasalhada com mais de um agasalho, luvas, gorro, meias, chinelos e mantas — e a alimentou. Durante todo o tempo, Molly Maluca balbuciou. Tilly limpou a boca da mãe, suja de molho de tomate.

— Gostou?

— Sim, obrigada, nós sempre gostamos — respondeu a mãe em tom formal, sorrindo graciosamente aos outros presentes no banquete, antes de vomitar em cima da estranha que ela achou que estava lhe dando veneno.

Mais uma vez Tilly ficou parada na varanda, o vento pressionando a calça em suas pernas magras. Abaixo, saía fumaça de um objeto de cobre no jardim dos McSwiney no sopé da Colina. Estranhos presumiam que os vagões de trem retorcidos e os trailers amassados fizessem parte da casa de Molly, mas eram onde a família McSwiney morava. Edward McSwiney era o recolhedor noturno de Dungatar. Ele conseguia esvaziar cada banheiro externo, cada latrina cheia de Dungatar — mesmo nas noites mais escuras e com mais vento — sem derramar uma gota. Durante o dia ele também entregava coisas, passeando em seu carrinho com o filho do meio, Barney, e um monte de crianças atrás.

A pequena Myrtle costumava assistir às crianças McSwiney brincando: o mais velho, alguns anos mais novo que ela, três garotas e Barney, que ainda "não estava formado direito". Ele era torto, com a cabeça às avessas e pés boto.

A cidade inteira descansava sob o brilho forte do sol matinal. A estação de trem e o silo cinza e quadrado ficavam ao lado da linha de trem, cujos trilhos separavam os prédios da margem do riacho de Dungatar. O córrego sempre fora baixo, cercado de salgueiros e taboas, tinha um fluxo lento e a água zunia de mosquitos. Os fundadores e pioneiros de Dungatar haviam permitido que se formasse uma planície aluvial ao longo da curva interna do riacho, onde então havia uma espécie de parque com um centro comunitário no meio, o chalé baixo e úmido do sr. e da sra. Almanac na ponta leste, do lado oposto da farmácia do casal, e a escola a oeste, onde Prudence Dimm ensinava as crianças de Dungatar sabe-se lá desde quando. A estrada principal seguia a curvatura do parque, separando-o da rua comercial. A delegacia de polícia ficava mais adiante na estrada, a leste, entre o cemitério e a fronteira da cidade. Não era uma via movimentada e havia algumas poucas lojas junto ao meio-fio, a farmácia, o hotel Station, e também o A and M Pratt, Mercado de Abastecimentos — um armazém que vendia qualquer coisa de que alguém precisasse. A agência postal, o banco e a estação telefônica ficavam reunidos no edifício ao lado, e, no último prédio, mais a oeste, ficavam a administração do condado e a biblioteca. As casas de Dungatar, pontilhadas atrás da rua comercial, eram separadas por uma estrada estreita de cascalho que dava no campo de futebol.

O olho verde que era o campo de futebol fitou Tilly de volta. Os carros ao redor dele pareciam cílios. Dentro de casa, sua mãe fez alguns ruídos e gritou, e o gambá pisoteou o telhado mais uma vez.

Tilly foi até o manequim de modelagem que havia largado na grama. Ela o pôs de pé e o lavou com uma mangueira, deixando-o secar no sol.

Nos sábados de manhã, a rua principal de Dungatar parecia cantar com a barulheira de caminhões e resistentes automóveis britânicos que conduziam elegantes famílias pastoris. As crianças mais novas ficavam aos cuidados dos irmãos mais velhos e eram despachadas para o parque para que as mães pudessem fazer compras e fofocar. Os homens reuniam-se em grupos para conversar sobre o tempo e observar o céu, e mulheres de ossos fortes e pele fina em vestidos florais e chapéus de feltro sentavam-se a mesas de piquenique e vendiam cupons de rifas.

O sargento Farrat passou por um jovem debruçado sobre o volante de um Triumph Gloria empoeirado e atravessou a rua na direção dos Pratt. Cruzou com Mona Beaumont no caminho.

— Bom dia, Mona — disse ele —, estou sabendo que seu irmão está bem e de volta em casa.

— Mamãe di-isse que podemos mandar embora aquele ajudante horrível. Aquele sr. McSwiiiiney... — Mona falava as palavras de maneira demorada, por isso o sargento Farrat sempre usava as vogais de forma mais melodiosa quando conversava com ela.

— Não se precipitem, Mona, há uma bela chance de William ser fisgado por uma de nossas solteironas elegíveis em breve. — Ele abriu um sorriso malicioso. — Pode ser que ele vá se ocupar em outro lugar.

Mona deu de ombros levemente e começou a mexer na barra da manga do cardigã.

— Mamãe diiiiz que as garotas daqui não são refinadas.

O sargento Farrat observou a boina de tweed na cabeça de Mona, que parecia um gato morto, conferindo-lhe uma postura carregada e nada graciosa.

— Pelo contrário, Mona, a história tornou todos nós independentes, são tempos de progresso... é uma vantagem se adaptar, especialmente para o sexo frágil...

Mona deu uma risadinha ao ouvir a palavra "sexo".

— Veja, por exemplo, as mulheres da família Pratt: entendem de porcas e parafusos, venenos em pó para larvas de carneiros, alimentos para o gado, tratamentos para carrapato, além de itens de armarinho, roupa íntima feminina e formas de preservar frutas. Muito empregáveis.

— Mas mamãe diz que não é reeeeefinado...

— Sim, sei que sua mãe se considera muito refinada.

Ele sorriu, tirou o chapéu e entrou na loja. Mona tirou um lenço amassado da manga, colocou-o sobre a boca aberta e olhou ao redor, perplexa.

Alvin Pratt, sua esposa, Muriel, sua filha, Gertrude, e Reginald Blood, o açougueiro, trabalhavam com alegria e prontidão atrás dos balcões. Gertrude cuidava dos comestíveis e produtos secos. Ela amarrava cada pacote com uma corda, cortando-a com os próprios dedos. *Uma habilidade reveladora*, pensou o sargento. A sra. Muriel Pratt era a especialista em material de armarinho e ferragens. Mas as pessoas cochichavam que ela tinha mais talento para ferragens. A salsicharia e o açougue ficavam no canto mais distante da loja, onde Reginald cortava e serrava carcaças e preenchia de carne moída tripas de carneiro para em seguida dispor as salsichas com capricho ao redor de pedaços de costeletas de porco. O sr. Alvin Pratt era cortês em suas maneiras, mas mau. Ele recolhia os boletos do caixa três vezes por dia e arquivava as dívidas em ordem alfabética em seu escritório de vidro. Os clientes geralmente ficavam de costas para ele enquanto Gertrude pesava grãos de aveia ou vendia aspirinas, porque ele tirava os arquivos de grandes gavetas de madeira e folheava devagar as páginas de linhas azuis enquanto esperavam.

O sargento Farrat abordou Gertrude, grande e sensata num vestido floral azul-marinho, ereta como uma vareta atrás dos alimentos secos. Sua mãe, sem graça e de rosto inexpressivo, estava apoiada no balcão ao lado dela.

— Como vai, Gertrude? Muriel?

— Muito bem, obrigada, sargento.

— Espero que vão ver nossos jogadores de futebol ganharem a final esta tarde, hein?

— Temos muito trabalho a fazer aqui antes de poder relaxar, sargento Farrat — respondeu Gertrude.

O sargento manteve os olhos fixos nos de Gertrude por um instante.

— Ah, Gertrude — disse ele —, a carga de uma boa mula é sempre pesada. — Ele se voltou para Muriel e sorriu. — Pode me arranjar um pouco de xadrez vichy azul e um viés que combine? Vou mandar fazer cortinas novas para o banheiro.

Elas estavam acostumadas com os modos de solteirão do sargento; com frequência, ele comprava materiais para fazer toalhas de mesa e cortinas. Muriel dizia que ele deveria ter o enxoval mais chique da cidade.

No balcão do armarinho, o sargento Farrat observou o mostruário de botões enquanto Muriel media e rasgava quatro metros e meio de xadrez vichy, que ele pegou das mãos dela para dobrar, esticando-o junto ao uniforme, sentindo o cheiro de goma nova, enquanto Muriel estendia o papel de embrulho no balcão.

Gertrude baixou o olhar para sua cópia da *Woman's Illustrated* debaixo do balcão. "Faça sua própria saia de *cow girl*", dizia a capa, e uma bela jovem rodava uma alegre saia de vichy azul e branca, cortada em diagonal, com viés e laços para arrematar. Ela deu um sorriso dissimulado e misterioso e observou o sargento Farrat — uma figura robusta com um pacote marrom debaixo do braço — saindo e atravessando a rua na direção do Triumph. O carro dos Beaumont estava estacionado ao lado do parque. Havia alguém sentado no banco do motorista. Ela foi até a porta, mas Alvin Pratt a chamou dos fundos da loja:

— *GerTRUDE*, cliente para forragem!

Então ela passou pelas prateleiras sob os ventiladores de teto baixos até os fundos da loja, onde a srta. Mona e a sra. Elsbeth Beaumont, de Winswept Crest, estavam. A sra. Beaumont tinha o nariz empinado. Era filha de um fazendeiro e se casara com o filho de um próspero criador de gado, apesar de ele não ser tão próspero quanto Elsbeth imaginava quando ficou noiva. Era uma mulher pequena e de ossos protuberantes, com nariz comprido e uma expressão arrogante. Estava usando, como sempre, um vestido de linho azul-marinho e uma estola de pele de raposa. Em volta do dedo anelar esquerdo manchado de sol havia um pequeno grupo de diamantes em uma aliança de ouro fino. Sua filha estava quieta ao lado, retorcendo o lenço.

Muriel, lacônica e desgrenhada com seu avental sujo, conversava com Elsbeth.

— Nossa Gert é uma menina bonita e capaz. Quando foi que disse que William voltou?

— Ah — disse Gertrude, sorrindo. — William voltou, foi?

— Sim, e ele... — respondeu Mona.

— Estou esperando — interrompeu a sra. Beaumont.

— A sra. Beaumont precisa de palha, querida — informou Muriel.

Gertrude a imaginou com um saco de palha pendurado no nariz.

— Quer aveia misturada à palha, sra. Beaumont?

Elsbeth respirou fundo, inflando a raposa morta nos ombros.

— O cavalo de William prefere palha pura — explicou ela.

— Aposto que você não é a única feliz em ver seu filho de volta — comentou Muriel, dando-lhe uma cutucada.

Elsbeth olhou de esguelha para a menina debruçada sobre um recipiente, usando uma pá para colocar um monte de palha num saco, e falou em voz alta:

— William tem muito trabalho pela frente na casa. Colocar tudo em dia vai acalmá-lo e assim ele poderá preparar nosso futuro. Mas a casa não será tudo para William. Ele viajou, se misturou à sociedade, é muito experiente hoje em dia. Vai precisar procurar muito além daqui para encontrar uma... *companhia* adequada.

Muriel assentiu em concordância. Gertrude continuou ao lado das mulheres, cheia de palha presa nos joelhos. Ela se aproximou de Elsbeth e tirou alguma coisa de seu ombro. Alguns pelos da raposa flutuaram.

— Achei que havia alguma coisa presa na sua pobre e velha raposa, sra. Beaumont.

— Provavelmente palha — retrucou Elsbeth, franzindo o nariz para a loja.

— Não — respondeu Gertrude com um sorriso inocente. — Já sei o que é. Parece que está precisando de uma caixa de naftalina. Posso pegar uma para você?

Ela se aproximou novamente, puxando um pedaço de pele de raposa comida por traças e deixando-a flutuar na frente delas. Os olhos atentos das mulheres em volta de Elsbeth Beaumont miraram nos buracos sem pelos da estola sarapintada e desgastada. A sra. Beaumont abriu a boca para falar, mas Muriel disse em tom seco:

— Vamos colocar a palha na conta, como sempre.

William Beaumont Junior havia retornado a Dungatar na noite anterior, poucas horas antes de Tilly Dunnage. Ele estava estudando na Faculdade de Agricultura em Armidale, uma pequena cidade no interior. Quando William saiu do trem, sua mãe se atirou sobre ele, apertando seu rosto com as palmas das mãos, e disse:

— Meu filho, você voltou para casa e para seu futuro. E para sua mãe!

No momento, ele estava sentado esperando por ela e pela irmã no carro da família, com uma edição do *Amalgamated Winyerp Dungatar Gazette Argus* amassada no colo. William encarava a cabana na Colina, observando a fumaça saindo da chaminé. O lugar havia sido construído muito tempo antes por um homem que supostamente queria avistar a aproximação de desconhecidos. Ele morreu logo depois de concluir a obra, então a câmara municipal a adquiriu, assim como toda a terra ao redor. Quando venderam A Colina e a cabana, venderam barato. William pensou por um momento que deveria ser bom morar lá no alto, distante, mas vendo tudo. Ele suspirou e virou para leste, na direção das planícies, do cemitério e do campo de cultivo, bem depois da delegacia na fronteira da cidade e das fachadas de tijolos velhos das lojas e tábuas empenadas cobertas de tinta descascada.

— Meu futuro — balbuciou William com determinação —, vou fazer valer a pena morar aqui. — E então a dúvida assomou-o, e ele olhou para seu colo com o queixo trêmulo.

A porta do carro se abriu, e William deu um pulo de susto. Mona entrou quieta no banco de trás.

— Mamãe está chamando você.

Ele dirigiu até os fundos do armazém dos Pratt e, enquanto guardava a palha no porta-malas, uma garota grande parada na porta aberta sorriu para ele: uma garota sorridente e cheia de expectativa, ao lado da mãe, em frente a uma parede de anzóis e linhas de pesca, cortadores de grama, cordas, pneus de carros e de tratores, mangueiras de jardim e selas de cavalos, baldes esmaltados e ancinhos, numa bruma de poeira de grãos.

Enquanto eles se afastavam, Mona assoou o nariz e disse:

— Toda vez que a gente vem à cidade fico com rinite.

— Também não me faz bem — concordou Elsbeth, observando os habitantes.

Nas ruas, mulheres, clientes e proprietários estavam reunidos olhando para o topo da Colina.

— Quem mora na casa de Molly Maluca agora? — perguntou William.

— Molly Maluca — respondeu Elsbeth. — A não ser que tenha morrido.

— Alguém está vivo lá. Acenderam a lareira — disse ele.

Elsbeth se virou e olhou pelo vidro traseiro.

— Pare o carro! — gritou ela.

O sargento Farrat parou em frente à administração do condado a fim de olhar para A Colina e em seguida para a rua. Nancy Pickett estava debruçada na vassoura do lado de fora da farmácia, enquanto Fred e Purl Bundle saíam do pub para se juntar às irmãs Ruth e Prudence Dimm na porta da agência postal. No escritório da administração, o conselheiro Evan Pettyman pegou sua xícara de café e girou na cadeira de couro de presidente do condado para olhar pela janela. Ele levantou-se num salto, derramando a bebida quente, e praguejou.

Nas ruas de trás, Beula Harridene correu entre as donas de casa paradas em seus pedacinhos de grama ainda de camisolas e cheias de bobes nos cabelos.

— Ela voltou — sibilou ela. — Myrtle Dunnage voltou.

Na beirada da colina, Mae McSwiney observava seu filho, Teddy, em pé no quintal olhando para o alto na direção da garota magra de calça comprida em pé na varanda, com os cabelos esvoaçando. Mae cruzou os braços e torceu o nariz.

Naquela tarde, o sargento Farrat ficou à mesa se concentrando, sua língua prestes a tocar a ponta do nariz. Ele passou o polegar perspicaz pelas lâminas afiadas de sua tesoura de corte e em seguida pelo vichy. Quando criança, o pequeno Horatio Farrat morou com a mãe em cima do ateliê de um alfaiate em Melbourne. Quando cresceu, entrou para a polícia. Logo após a cerimônia de graduação, Horatio abordou seus superiores com desenhos e moldes. Ele desenhara novos uniformes.

O guarda Farrat foi logo enviado a Dungatar, onde encontrou extremos de clima, paz e tranquilidade. Os moradores gostaram de saber que o novo oficial também era juiz de paz e que, ao contrário do antigo sargento, não queria se juntar ao time de futebol nem insistia em beber cerveja de graça. O sargento também sabia desenhar e fazer suas próprias roupas e chapéus para se adequar ao clima. As roupas não necessariamente valorizavam sua silhueta, mas eram únicas. Ele as aproveitava ao máximo nas férias anuais, mas em Dungatar só as usava dentro de casa. O sargento gostava de tirar férias na primavera, quando passava duas semanas fazendo compras em Melbourne, vendo os desfiles na Myers e David Jones, e indo ao teatro, mas era sempre bom voltar para casa. O jardim da casa sofria sem ele, e Farrat amava sua cidade, seu lar, seu trabalho. Ele se sentou à frente de sua Singer, pisando de meias no pedal, e guiou a costura da saia por baixo da agulha acelerada.

Buzinas e ruídos de comemoração insistentes vinham do campo de futebol, onde os jovens de pé nas arquibancadas bebiam cerveja. Homens de chapéu e sobretudo cinza se reuniam perto dos vestiários, formando uma barreira, e naquele dia suas esposas tinham abandonado o tricô para assistir a cada jogada do time. Na deserta barraca de bebidas, as tortas assavam no forno quente e as crianças se agachavam atrás da caldeira de cachorro-quente, e passavam o dedo na cobertura dos bolos. A multidão ladrava e buzinas soavam sem parar. Dungatar estava vencendo.

No hotel Station, Fred Bundle também ouvia os sons que atravessavam a tarde cinzenta e pegou mais bancos altos do depósito da cervejaria. Antigamente o corpo de Fred vivia marinado no álcool, e a textura de sua pele era igual à do pano ensopado no balcão do bar. Um dia, ele estava servindo atrás do balcão e abriu o alçapão para pegar mais um barril. Pegou a lanterna, deu um passo atrás e sumiu. Fred caiu no porão: uma queda de três metros em cima de tijolos. Pegou o barril, terminou o turno e fechou o estabelecimento como de costume. Quando ele não apareceu para comer bacon com ovos na manhã seguinte, Purl subiu para vê-lo. Ela tirou as cobertas de cima dele e viu que as pernas de seu ex-beberrão estavam roxas e do tamanho de um tronco de árvore, de tão inchadas. O médico disse que ele havia quebrado os dois fêmures em dois lugares. Fred Bundle tornou-se abstêmio.

Na cozinha, Purl cantarolava e lavava a alface, fatiava os tomates e passava manteiga em fatias de pão para os sanduíches. Como anfitriã e esposa do dono do pub, Purl considerava essencial ser atraente. Ela arrumava os cabelos tingidos de loiro todas as noites e pintava as unhas e os lábios de vermelho, usando laços da mesma cor nos cabelos para combinar. Gostava de calças capri e sapatos de salto agulha com flores de plástico. Os bêbados tiravam seus chapéus em sua presença, e os fazendeiros levavam coelhos recém-caçados ou óleo de tutano caseiro para ela. As mulheres comuns de Dungatar franziam os lábios e rosnavam:

— Você arruma seu próprio cabelo, não é, Purl? Já eu não me importo de pagar por um penteado decente.

— Elas só estão com inveja — dizia Fred, dando um beliscão no traseiro da esposa.

Então Purl se sentava na frente do espelho da penteadeira todas as manhãs, sorria para seu reflexo loiro e carmim e dizia:

— Ter inveja é uma praga, e ser feia é pior ainda.

A última sirene soou, e o hino do time foi ouvido no campo oval de futebol e além. Fred e Purl se abraçaram atrás do bar e o sargento Farrat parou para gritar:

— Viva!

O barulho da sirene não alcançou o sr. Almanac na farmácia. Ele estava absorto, mexendo em envelopes com fotografias que tinham acabado de chegar de um laboratório de revelação em Winyerp. Ele estudou as imagens em preto e branco sob a luz da geladeira aberta, que continha muitos segredos: óleo de peixe alabote, pastas, comprimidos coloridos em potes tampados com algodão, cremes, panaceias e purgantes, eméticos, inibidores de glomérulos, poções para cantos e dobras, tigelas para medicamentos, óleos inseticidas para cabelos infestados por vermes, potes de vidro manchados e garrafões contendo fungos para os ciclos femininos ou essências de animais para irritações masculinas, óxido de estanho para bolhas, carbúnculos, acne e terçol, cataplasmas e tubos para sinusite, clorofórmios e sais, unções e soluções salinas, minerais e borras, pedras, ceras e abrasivos, antídotos para veneno e oxidantes mortais, leites de magnésia e ácidos para acabar com cânceres, lâminas e agulhas e linhas, ervas e abortivos, antieméticos e antitérmicos, resinas e tampões de ouvido, lubrificantes e aparatos para retirar objetos acidentais de orifícios. O sr. Almanac atendia os habitantes da cidade com o conteúdo de sua geladeira, e apenas ele sabia do que você precisava e por quê (o médico mais próximo ficava a 48 quilômetros de distância).

Ele examinou as fotografias quadradas em preto e branco pertencentes a Faith O'Brien... Faith em pé, sorrindo com o marido, Hamish, numa estação de trem; Faith O'Brien reclinada numa manta ao lado do Ford Prefect preto de Reginald Blood, com a blusa desabotoada e a saia levantada com a combinação aparecendo.

— Pecadores — decretou o sr. Almanac, guardando as fotos de volta no envelope azul e branco.

Esticou o braço até o fundo da geladeira para pegar um pote de pasta branca. Faith havia ido até ele para contar-lhe, aos sussurros, que estava com "uma coceira... lá embaixo". Então ele descobriu que o enérgico marido da moça não era o causador de seu desconforto. O sr. Almanac abriu a tampa do pote e o cheirou; em seguida, pegou a lata aberta de limpador abrasivo White Lily na pia. Colocou um pouco nos dedos, mergulhou-os na poção e a mexeu, depois recolocou a tampa e guardou o pote na frente da primeira prateleira.

Ele fechou a porta, esticou os braços para a geladeira e se apoiou nela. Com um pequeno grunhido, o velho rígido mexeu o torso corcunda ligeiramente para a esquerda, então para a direita, e juntando impulso balançou o corpo inflexível até um dos pés se levantar, o outro seguir e conseguir se virar e tropeçar pelo dispensário, parando apenas ao bater no balcão da loja. Todos os balcões e prateleiras da farmácia do sr. Almanac estavam vazios. Todos os produtos expostos ficavam em caixas de vidro reforçadas por grades ou bancadas altas, de modo que nada poderia cair e quebrar com um esbarrão do sr. Almanac. A doença de Parkinson, em estágio avançado, o deixou curvado, como um ponto de interrogação sempre resmungando com o rosto voltado para o chão, tropeçando a passos curtos pela loja e atravessando a rua até sua casa. As trombadas eram suas amigas e salvadoras quando Nancy, a ajudante, não estava na loja, e os clientes estavam acostumados a cumprimentar apenas o topo de sua cabeça calva, atrás da ornada e barulhenta caixa registradora de cobre. Assim como sua doença, avançava também a raiva que o sr. Almanac sentia com relação ao caminho que Dungatar estava tomando, e ele até escrevera ao sr. Evan Pettyman, presidente do condado.

O sr. Almanac esperou, preso e encurvado junto ao balcão da farmácia até Nancy chegar.

— Iu-hu... Cheguei, chefe.

Ela o guiou com gentileza pelo cotovelo até a porta da frente, colocou o chapéu apertado na cabeça abaixada do sr. Almanac e enrolou o cachecol em volta do pescoço dele, dando um nó na nuca, onde costumava ficar a cabeça. Ela se abaixou na frente dele e olhou-o no rosto.

— Foi por pouco hoje, chefe! Tivemos alguns ferimentos leves, eu diria, mas avisei a eles que você tinha estoques de linimento e ataduras.

Ela fez um afago na vértebra cervical arqueada e protuberante por baixo do jaleco branco de farmacêutico e conduziu o sr. Almanac até a calçada. A sra. Almanac estava sentada na cadeira de rodas no portão do outro lado da rua. Depois de uma rápida olhada para os dois lados da rua, Nancy deu um empurrãozinho em seu chefe, e ele tropeçou na elevação no meio do cimento até a sra. Almanac, que segurava uma almofada. O chapéu do sr. Almanac foi parar no meio da almofada, e ele chegou são e salvo em casa.

Em Windswept Crest, Elsbeth Beaumont ficou em pé na frente do fogão a gás da cozinha de sua casa, preparando com carinho um lombo assado — seu filho amava o crepitar da carne no forno. William Beaumont Jr. estava no campo, rindo com os homens nos vestiários, naquele ambiente envolto em vapor, com os sujeitos nus e o cheiro de suor, das meias sujas, de sabonete e de linimento. Ele se sentia à vontade, ousado e confiante em meio à reconfortante e feia intimidade de joelhos ralados cheios de grama, cantorias e blasfêmias. Scotty Pullit sorria ao lado, bebendo de um frasco de bolso, balançando-se. Scotty era frágil e corado, tinha um nariz bulboso de ponta azulada e a tosse ruidosa de quem fumava um maço de cigarros por dia. Ele falhou tanto como marido quanto como jóquei, mas alcançou sucesso e popularidade ao destilar uma excelente aguardente de melancia. A bebida era feita num lugar secreto às margens do córrego. Ele bebia a maior parte do que produzia, mas também vendia ou dava um pouco a Purl em troca de comida, aluguel e cigarros.

— E aquele primeiro gol do terceiro quarto? Era garantido, amigo, era só uma questão de esperar a sirene... — Ele riu e tossiu até ficar roxo.

Fred Bundle abriu a tampa da garrafa com a finesse de um barman e inclinou o gargalo no copo, e o líquido negro e espesso derramou-se. Colocou o copo na bancada na frente de Hamish O'Brien e pegou as moedas em cima do pano molhado. Hamish encarou sua Guinness, esperando a espuma baixar.

A primeira onda de foliões vinda do jogo de futebol se aproximava, descendo a rua cantando e entrando aos tropeços no bar cheirando a ar gelado e vitória, e logo o salão tornou-se cheio e barulhento.

— Meus meninos! — gritou Purl, abrindo os braços para eles, com o rosto aceso e sorridente.

O perfil de um jovem chamou sua atenção — a maior parte deles chamava, mas era um rosto de seu passado, e Fred a havia ajudado a enterrar aquele passado. Ela ficou parada de braços estendidos, vendo o jovem beber do copo de cerveja, os jogadores cantando e se acotovelando em volta dela. Ele se virou para olhá-la, com uma gota de espuma na ponta do nariz. Purl sentiu os músculos pélvicos se contraírem e se apoiou no bar, com as sobrancelhas franzidas e a boca tensa.

— Bill?

Fred estava a seu lado na hora.

— William lembra mais o pai que a mãe, não acha, Purl? — comentou ele, segurando o cotovelo dela.

— É William — corrigiu o jovem, limpando a espuma do nariz —, não um fantasma.

Ele abriu o mesmo sorriso de seu pai. Teddy McSwiney se aproximou do bar e parou ao lado dele.

— Alguma chance de eu conseguir uma cerveja, Purl?

Purl inspirou o ar de forma profunda e trêmula.

— Teddy, nosso inestimável *full-forward*. Ganhou para a gente hoje?

Teddy começou a cantar o hino do time. William se juntou a ele, e a multidão toda voltou a cantar também. Purl continuou de olho no jovem William, que ria à toa e gritava para buscarem drinques quando não era a vez dele, tentando se enturmar. Fred continuou de olho em sua Purly.

Do fundo do bar, o sargento Farrat encontrou o olhar de Fred e apontou para o relógio. Já passava das seis da tarde. Fred levantou o polegar para o sargento. Purl alcançou o sargento na porta quando ele parou para recolocar o quepe.

— Fiquei sabendo que aquela jovem, Myrtle Dunnage, está de volta.

O sargento assentiu e se virou para sair.

— Ela não veio para ficar, certo?

— Não sei — respondeu ele.

Logo em seguida, saiu, e os jogadores começaram a cobrir com placas as portas e janelas de vidro — tampos para ataques aéreos que sobraram da guerra. Purl voltou para o bar e serviu um grande copo espumoso de cerveja, colocando-o com cuidado na frente de William e dando-lhe um sorriso amável.

Na viatura, o sargento Farrat olhou de volta para o pub, uma estrutura feita de eletricidade em meio à neblina, com a luz escapando das beiradas das placas e o barulho dos jogadores, vencedores e bêbados cantando do lado de dentro. Era improvável que o inspetor passasse lá. O sargento Farrat dirigiu, os limpadores do para-brisas espalhando sereno no vidro, primeiro até o córrego, para vigiar o depósito de Scotty em busca de ladrões, e depois até a linha de trem na direção do cemitério. O Ford preto de Reginald Blood estava lá, balançando suavemente atrás das lápides e com os vidros embaçados. Dentro do carro, Reginald olhou os seios fartos de Faith O'Brien e disse:

— Você é uma criatura de carne macia, Faith.

Ele beijou a macia aréola bege em volta do mamilo ereto enquanto o marido dela, Hamish, sugava no bar do hotel Station a espuma bege da sua Guinness.

Passou-se um tempo entre o nascimento de mais filhos dos McSwiney depois de Barney, uma pausa, mas tinham se acostumado com ele e chegaram à conclusão de que não havia nada de tão errado assim, por isso não perderam tempo em recomeçar. Ao todo eram 11 filhos. Teddy era o primogênito de Mae, seu lindo garoto — atrevido, rápido e sagaz. Ele combinava carteados no pub nas quintas à noite e rodadas de *two-up*, uma brincadeira envolvendo álcool, às sextas. Organizava os bailes de sábado à noite, era agente de apostas, ganhava todos os concursos no Cup Day e era o primeiro a rifar uma galinha se alguém precisasse de dinheiro. Diziam que Teddy McSwiney sabia até vender água salgada para um marinheiro. Era o valioso *full--forward* de Dungatar, encantador e adorado pelas boas garotas, mas era um McSwiney. Beula Harridene dizia que ele não passava de um preguiçoso e de um ladrão.

Teddy estava sentado num velho banco de ônibus do lado de fora de seu trailer, cortando as unhas dos pés e levantando a cabeça de vez em quando para olhar a fumaça saindo da chaminé de Molly Maluca. Suas irmãs estavam no meio do quintal lavando lençóis ensaboados numa velha banheira que também servia como banheiro, tina para a água do cavalo e, no verão, quando o córrego estava baixo e cheio de sanguessugas, de piscina para os menores. Mae McSwiney estendeu lençóis ensopados no fio telegráfico pendurado entre os trailers e os esticou, ajeitando sua cacatua-rosa de estimação para o lado. Ela era uma mulher prática que usava vestidos florais e uma flor de plástico atrás da orelha, de aparência rechonchuda e asseada, com uma pele limpa e cheia de sardas. Ela tirou os pregadores de roupa da boca e comentou com o filho mais velho:

— Você se lembra de Myrtle Dunnage? Foi embora da cidade ainda jovem quando...

— Lembro — respondeu Teddy.

— Eu a vi ontem, descendo com um carrinho de mão cheio de lixo — contou Mae.

— Falou com ela?

— Ela não quer falar com ninguém. — Mae voltou a lavar roupas.

— Justo — replicou Teddy, contemplando A Colina.

— É uma garota bonita — continuou Mae —, mas, como falei, não quer conversar.

— Entendi o que está dizendo, Mae. Ela é maluca?

— Não.

— Mas a mãe dela é?

— Ainda bem que não preciso mais levar comida lá para cima. Já estou sobrecarregada demais sem isso. Agora vá buscar um coelho para o chá, Teddy, querido?

Teddy se levantou e passou os polegares pelos passadores do cinto da calça de sarja cinza e se inclinou um pouco, fazendo menção de partir. Mae sabia que ele só ficava parado daquele jeito quando estava planejando alguma coisa.

Elizabeth e Mary enrolaram um lençol entre elas. Margaret o pegou e o bateu na cesta de vime.

— Guisado de coelho de novo, não, mãe!

— Muito bem, então, princesa Margaret, vamos ver se seu irmão Teddy consegue para nós um faisão e algumas trufas lá no lixo. Ou talvez prefira um belo pedaço de carne de veado?

— Na verdade, prefiro, sim — respondeu Margaret.

Teddy saiu do trailer com a espingarda pendurada no ombro. Ele foi até o quintal atrás da plantação de verduras e pegou dois furões pegajosos, colocou-os numa gaiola e partiu, com três pequenos cães da raça *jack russell terrier* no encalço.

❧

Molly Dunnage acordou com o som do fogo crepitando por perto e do gambá pisoteando o teto. Ela cambaleou até a cozinha, apoiando-se na parede. A garota magra estava mais uma vez ao fogão, mexendo seu veneno numa panela. Ela se sentou numa velha cadeira ao lado do fogão, e a garota estendeu-lhe uma tigela de mingau. Molly virou o rosto.

— Não está envenenado — disse a garota. — Todo mundo já comeu sua parte.

Molly olhou ao redor do cômodo. Não havia mais ninguém lá.

— O que você fez com todos os meus amigos?

— Eles já comeram e foram embora — disse Tilly, sorrindo. — Só tem você e eu agora, mãe.

— Quanto tempo vai ficar?

— Até eu resolver ir embora.

— Não há nada aqui — disse Molly.

— Não há nada em lugar nenhum.

Ela baixou a tigela na frente da mãe. Molly comeu uma colherada do mingau e disse:

— Por que está aqui?

— Para ficar quieta e em paz.

— Sem chance — decretou Molly, sacudindo a colher cheia de mingau na direção dela. A comida se prendeu como piche quente no braço de Tilly, queimando e formando uma bolha.

Tilly amarrou um lenço sobre o nariz e a boca e esticou um saco de cebolas vazio por cima do grande chapéu de palha, prendendo-o em volta do pescoço com um pedaço de barbante. Enfiou as barras da calça dentro das meias e empurrou o carrinho de mão até a base da colina. Ela desceu no fosso e vasculhou em meio aos papéis ensopados e aos restos fétidos de comida, cercada por montes de moscas. Tilly estava às voltas com uma cadeira de rodas submersa até a metade quando escutou uma voz masculina.

— Temos uma dessas em casa que está funcionando perfeitamente. Pode ficar com ela.

Tilly levantou a cabeça para olhar o jovem. Três cachorros pequenos marrons e brancos estavam parados ao lado, prestando atenção. Ele segurava uma gaiola com furões inquietos, uma arma e três coelhos mortos pendurados no ombro. Era um sujeito rijo, não grande, e seu chapéu estava empurrado para trás.

— Sou Ted McSwiney, e você é Myrtle Dunnage.

Ele sorriu. Tinha dentes retos e brancos.

— Como sabe?

— Sei de muita coisa.

— Sua mãe, Mae, dava uma olhada em Molly de vez em quando, não é? — perguntou Tilly.

— De vez em quando.

— Diga a ela que agradeço. — Tilly escavou mais fundo, jogando de lado latas de fruta, cabeças de bonecas e rodas de bicicleta tortas.

— Diga isso você mesma quando for buscar a cadeira — gritou ele.

Ela continuou escavando.

— Então pode sair daí. Isto é, se quiser — acrescentou ele.

Ela se levantou e suspirou, afastando as moscas do saco de cebolas. Teddy a observou escalar o lixo no lado mais distante do fosso, o lado da trincheira, onde seu pai esvaziava o esgoto. Ele deu a volta e já estava no alto da margem quando ela a alcançou. Tilly se endireitou, viu o rosto de Ted e se desequilibrou. Ele a segurou, estabilizando-a. Eles olharam para baixo na direção da piscina borbulhante e marrom.

Ela se soltou dele.

— Você me deu um susto — disse Tilly.

— Eu que deveria ter levado um susto com você, não é mesmo? — Ele piscou e se afastou da margem, assoviando.

Em casa, Tilly arrancou suas roupas e as atirou no forno a lenha, mergulhando em seguida num demorado banho quente. Pensou em Ted McSwiney e se perguntou se o restante dos habitantes da cidade seria tão amigável quanto ele. Ela estava secando o cabelo ao lado do fogo quando Molly saiu do quarto cambaleando e disse:

— Você voltou. Quer uma xícara de chá?

— Seria bom — disse Tilly.

— Pode fazer uma para mim também, então — disse Molly, sentando-se. Ela pegou o atiçador e cutucou os gravetos acesos. — Viu alguém conhecido lá embaixo? — E deu uma risadinha silenciosa.

Tilly colocou a água fervente da chaleira no bule e pegou duas xícaras no armário.

— Não é possível manter nada em segredo por aqui — revelou a velha. — Todo mundo sabe tudo de todo mundo, mas ninguém jamais fofoca porque, se fizer isso, alguém vai delatar. Mas você não importa... não há regras com quem vem de fora.

— Você deve ter razão — disse Tilly, servindo chá preto adocicado.

De manhã, havia uma velha cadeira de rodas um pouco maltratada, com o assento de couro rachado e rodas de aço barulhentas, na porta dos fundos de Tilly. Estava recém-lavada e cheirava a sabão.

4

O próximo sábado trouxe a partida entre Itheca e Winyerp. O vencedor jogaria com Dungatar na grande final da semana seguinte. Tilly Dunnage continuou sua árdua batalha até a casa estar toda esfregada e brilhante; os armários, vazios; todas as comidas enlatadas, consumidas. Molly estava sentada em sua cadeira de rodas sob a luz do sol sarapintada na ponta da varanda, as glicínias atrás dela começando a florir. Tilly colocou uma manta xadrez de Onkaparinga sobre os joelhos da mãe.

— Conheço seu tipo — disse Molly, assentindo e juntando as pontas dos dedos translúcidos.

Conforme a comida ia nutrindo seu corpo e, consequentemente, sua mente, ela recobrava um pouco dos sentidos. Molly percebeu que teria de ser astuta, empregar o máximo de resistência e teimosia, além de uma sutil dose de violência contra aquela mulher mais forte que estava determinada a continuar lá. Tilly alisou os rebeldes cabelos grisalhos de Molly e colocou sua sacola de palha no ombro, um chapéu de abas largas também de palha na cabeça, óculos escuros, e empurrou a cadeira de rodas pela varanda, pela vegetação nativa e pelos dentes-de-leão.

Elas pararam no portão e olharam para a cidade lá embaixo. Na rua principal, pessoas fazendo as compras de sábado iam e vinham ou ficavam em pé conversando em grupos. Tilly respirou fundo e seguiu em frente. Molly segurou os descansos de braço de vime e gritou até terminar de descer A Colina.

— Então você vai *mesmo* me matar — berrava.

— Não — respondeu Tilly, limpando as palmas das mãos suadas na calça. — Os outros estavam felizes em deixar você morrer, eu salvei você. Sou eu que eles querem matar agora.

Quando elas viraram a esquina até a rua principal, pararam mais uma vez. Lois Pickett, gorda e cheia de espinhas, e Beula Harridene, magrela e má, estavam cuidando da barraquinha de rua dos sábados.

— O que é aquilo? — perguntou Lois.

— Uma cadeira de rodas! — exclamou Beula.

— Alguém empurrando...

Na porta ao lado, Nancy parou de varrer a entrada para observar as figuras passando entre as sombras e o sol.

— É ela. É aquela Myrtle Dunnage... Que audácia — disse Beula.

— Veja só!

— Ora, ora, ora...

— E Molly Maluca!

— Marigold sabe?

— NÃO! — exclamou Beula. — Marigold não sabe de *nada*!

— Eu quase havia esquecido.

— Como pôde?!

— Que ousadia dessa garota.

— Essa vai ser boa.

— O cabelo...

— Não é natural...

— Elas estão vindo...

— As roupas!

— Eeeeeita...

— Shhhhh...

Quando as duas párias começaram a se aproximar, Lois pegou o tricô e Beula ficou ajeitando os potes de geleia. Tilly parou com os joelhos juntos para impedi-los de tremer e sorriu para as mulheres com suas meias elásticas e cardigãs.

— Olá.

— Ah, que susto! — mentiu Lois.

— Olha, não é que são Molly e... você deve ser a jovem Myrtle que voltou de... para onde você foi mesmo, Myrtle? — perguntou Beula, encarando os óculos escuros de Tilly.

— Longe.

— Como tem passado, Molly? — perguntou Lois.

— Não tenho do que reclamar — devolveu Molly.

Molly analisou os bolos e Tilly olhou o conteúdo do cesto: presunto enlatado, uma lata de carne enlatada, abacaxi, pêssegos, um pacote de biscoito, pudim inglês de Natal, achocolatado em pó, pasta de levedo Vegemite e bálsamo Rawleighs arrumados numa cesta de vime coberta por papel celofane vermelho. As mulheres examinaram Tilly dos pés à cabeça.

— É o prêmio da rifa — explicou Lois. — Do sr. Pratt para o clube de futebol. Os ingressos são seis pences.

— Só vou querer um bolo, obrigada, o de chocolate com coco — pediu Tilly.

— Melhor não... Esse não, vamos pegar septicemia — disse Molly.

Lois cruzou os braços.

— Ora!

Beula franziu os lábios e ergueu as sobrancelhas.

— E este aqui? — perguntou Tilly, mordendo o lábio para não rir.

Molly olhou para a luz forte do sol, brilhando como fogo no teto de ferro corrugado da varanda.

— O creme vai estar rançoso. O de geleia é mais seguro.

— Quanto é?

— Dois...

— Três xelins! — interrompeu Lois, que tinha feito o bolo de chocolate, olhando para Molly como se pudesse soltar fogo pelas narinas.

Tilly entregou o dinheiro e Lois empurrou o bolo na direção de Molly, recuando em seguida. Tilly empurrou a mãe para dentro do armazém dos Pratt.

— Roubo em plena luz do dia — opinou Molly. — Aquela Lois Pickett espreme espinhas e cravos e depois lambe a parte de baixo das unhas e só coloca coco nos bolos para disfarçar a caspa que cai neles, e ainda se intitula faxineira, arrumando a casa de Irma Almanac, e não se compra nada que Beula Harridene fez por princípios, sendo do tipo que ela é...

Muriel, Gertrude e Reg congelaram quando Tilly passou com a cadeira de Molly pela porta. Eles encararam enquanto ela analisava a triste seleção de frutas e verduras e as dava para a mãe segurar. Quando as duas mulheres foram até a seção do armarinho, Alvin Pratt veio correndo do escritório. Tilly pediu dois metros e meio do crepe georgette verde e Alvin disse "Claro", então Muriel cortou e embrulhou o tecido e Alvin segurou o pacote de papel pardo junto ao peito e sorriu para Tilly. Seus dentes eram marrons.

— Um verde tão incomum... por isso está com desconto. Mas se estiver determinada o bastante ainda consegue fazer alguma coisa com ele. Uma toalha de mesa, talvez?

Tilly abriu a bolsa.

— Primeiro você vai acertar a conta vencida de sua mãe. — O sorriso sumiu, e ele estendeu a palma de uma das mãos.

Molly examinou as próprias unhas. Tilly pagou.

Do lado de fora, Molly apontou o polegar para trás e disse:

— Mercadorzinho de meia tigela.

Elas se dirigiram, então, para a farmácia. Purl, descalça e lavando a entrada com uma mangueira, se virou para olhar enquanto mãe e filha passavam. Fred estava no porão. Quando a mangueira passou pelo alçapão aberto, ele gritou e enfiou a cabeça pela abertura, de modo a mantê-la no nível do chão. Também observou as mulheres passarem. Nancy parou de varrer para encarar.

O sr. Almanac estava atrás da caixa registradora.

— Bom dia — cumprimentou Tilly na direção da cabeça redonda e rosada do farmacêutico.

— Bom dia — balbuciou ele para o chão.

— Preciso de um soro ou de um purgante, estou sendo envenenada — gritou Molly.

O sr. Almanac mexeu a cabeça careca, enrugando-a.

— Sou Molly Dunnage e ainda estou viva. Como está aquela sua pobre esposa?

— Irma está tão bem quanto poderia estar — respondeu ele. — O que posso fazer pela senhora?

Nancy Pickett entrou com a vassoura. Era uma mulher de rosto quadrado, ombros largos e jeito de garoto. Ela costumava se sentar atrás de Tilly na escola e provocá-la, mergulhar sua trança no tinteiro e segui-la até sua casa para ajudar as outras crianças a baterem nela. Nancy sempre brigou bem e ficava feliz em dar uma surra em qualquer um que pegasse no pé de seu irmão mais velho, Bobby. Ela olhou diretamente para Tilly.

— O que você quer?

— Está na minha comida — sussurrou Molly em voz alta. Nancy se abaixou, aproximando-se dela. — Ela põe na minha comida.

— Certo — disse Nancy, assentindo.

Ela pegou alguns antiácidos de uma mesinha próxima e os estendeu para a cabeça abaixada do sr. Almanac. Ele levantou sua mão cheia de veias saltadas, tocou com as pontas dos dedos nas teclas da caixa registradora e apertou com força. Depois de um estrondo e uma campainha, o sr. Almanac arfou:

— São seis pences.

Tilly pagou e, quando passou por Nancy, murmurou baixinho:

— Se eu resolver matá-la, provavelmente vai ser torcendo o pescoço.

Purl, Fred, Alvin, Muriel, Gertrude, Beula e Lois, e todos os fregueses e camponeses daquela manhã de sábado, assistiram à garota ilegítima empurrar sua mãe louca — uma mulher de parafuso solto e bruxa — pela rua até o parque.

— Minha orelha está queimando — comentou Molly.

— Já deveria estar acostumada, a esta altura — devolveu Tilly.

Elas andaram até o córrego e pararam para observar alguns patinhos se esforçando para acompanhar a mãe contra uma leve correnteza e alguns galhos flutuantes. Passaram por Irma Almanac, cercada por suas rosas, aquecendo os ossos na luz do sol em frente a seu portão, uma silhueta dura e desbotada com uma manta chamativa sobre os joelhos e nós dos dedos parecidos com raízes de gengibre. A doença que incapacitou a sra. Almanac era artrite reumatoide. Seu rosto era marcado de dor — e alguns dias até sua respiração fazia os ossos secos rangerem e os músculos queimarem como fogo. Ela podia prever quando ia chover, às vezes com uma semana de antecedência, de modo que se tornou um útil barômetro para os fazendeiros — e com frequência eles perguntavam a Irma o que significavam os calos em seus dedos do pé. Seu marido não acreditava em drogas.

— Viciam — dizia. — Tudo de que precisa é do perdão de Deus, de uma mente pura e de uma boa dieta, com bastante carne vermelha e legumes bem cozidos.

Irma sonhava em atravessar o tempo como óleo sobre água. Ansiava por uma vida sem dor e a chateação de seu marido corcunda, enfiado em algum canto ou perseguindo-a com suas histórias de pecado, a causa de todas as doenças.

— Você sempre teve lindas rosas — disse Molly. — Como consegue?

Irma ergueu as sobrancelhas para as pétalas acima de sua cabeça, mas não abriu os olhos.

— Molly Dunnage? — perguntou.

— Sim. — Molly estendeu uma das mãos e cutucou o pulso roxo de Irma. Irma se encolheu, inspirando e prendendo o ar num só movimento.

— Ainda dói, é?

— Um pouco — confirmou ela, abrindo os olhos. — Como vai, Molly?

— Péssima, mas não tenho permissão para reclamar. O que há de errado com seus olhos?

— Artrite. — Ela sorriu. — Está numa cadeira de rodas também, Molly.

— Minha raptora gosta — respondeu Molly.

Tilly se abaixou para olhá-la e disse:

— Sra. Almanac, meu nome é...

— Sei quem você é, Myrtle. Muito bom ter voltado para sua casa e sua mãe. Muito corajoso também.

— Você mandou comida todos esses anos...

— Não foi nada. — Irma lançou um olhar de advertência para a farmácia.

— Eu também preferiria que não tocassem no assunto. Você cozinha muito mal — disse Molly. E deu um sorriso perverso para Irma. — Seu marido está menos valente hoje em dia. Como conseguiu isso?

Tilly pousou uma das mãos bem de leve, quase sem tocar, no ombro duro e gelado da sra. Almanac para se desculpar. Irma sorriu.

— Percival diz que Deus é o responsável.

Irma costumava cair muito, o que a deixava sempre de olho roxo e com algum corte na boca. Ao longo dos anos, conforme o marido foi se tornando um velho duro e arrastado, os machucados dela também sumiram.

Irma olhou para os fregueses do outro lado da rua. Estavam enfileirados, encarando as três mulheres que conversavam. Tilly deu adeus, e mãe e filha continuaram caminhando ao longo do córrego a caminho de casa.

Com Molly a salvo ao lado do fogo, Tilly se sentou na varanda e enrolou um cigarro. Lá embaixo, os moradores juntavam e assentiam com as cabeças como galinhas ciscando milho, virando-as ocasionalmente para observar a casa na colina, antes de virarem de volta sem demora.

A srta. Prudence Dimm ensinou o povo de Dungatar a ler, escrever e multiplicar na escola local do outro lado da rua da agência postal, administrada pela irmã, Ruth. Prudence também era bibliotecária nas manhãs de sábado e noites de quarta-feira. Enquanto ela era grande e míope, Ruth era pequena, ossuda e morena de sol, e sua pele tinha a textura da lama rachada no fundo de uma poça seca. Ruth dividia o turno da noite na central telefônica com Beula Harridene, mas era a única responsável por postar e receber as cartas e encomendas de Dungatar no trem diário, assim como por separá-las e entregá-las. Ela também depositava as economias de todos, sacava cheques e pagava contas e seguros de vida.

No grande sofá de couro da agência postal, Nancy Pickett estava deitada com a cabeça na curva suave da coxa magra de Ruth. Tirando as duas, a central estava quieta, uma parede elétrica de luzes, fios, tomadas e fones de ouvido. Galhos de buganvílias arranhavam forte a janela. Nancy acordou, levantou a cabeça e piscou, sua pele branca e nua arrepiada, os mamilos eretos como interruptores de luz. Ruth se esticou e bocejou. Um galho se quebrou do lado de fora quando Beula se aproximou da fachada da agência postal.

— Beula! — sibilou Nancy.

Nancy correu para se vestir. Ruth pulou para se sentar em sua estação, acendeu a luz do teto e disse:

— Bom dia, Beula.

Do lado de fora, Beula tropeçou num tapete de espinhos irregulares e galhos quebrados. Nancy correu a curta distância até sua casa e passou pelas estacas soltas da cerca, então lutou para subir na janela aberta e caiu sem estardalhaço no linóleo de rosas vermelhas. Sua mãe, Lois, estava na cama coçando cravos no nariz, a roupa íntima do dia anterior enfiada embaixo do travesseiro.

Nancy caminhou na ponta dos pés até o banheiro e jogou água no rosto, pegou a bolsa e foi até a cozinha, onde Bobby estava preparando o leite dos carneiros. Nancy lhe dera um cachorro de presente de Natal — ela achou que aquilo pudesse fazê-lo parar de chupar o dedo. Mas pouco antes, defendendo a casa e tudo dentro dela, o cachorro foi mordido por uma cobra marrom e morreu. Nas horas vagas, Bobby jogava futebol e resgatava animais, incluindo diversas tartarugas, uma iguana, um lagarto de língua azul e alguns bichos-da-seda dos quais as crianças na escola haviam se cansado.

— Bom dia, mana.

— Estou atrasada. O sr. A. já deve estar me esperando.

Bobby entornou a bebida morna em garrafas vazias de cerveja.

— Você não tomou café. Precisa comer alguma coisa, não é bom começar o dia sem café da manhã. — Ele colocou tampas de borracha nas garrafas.

— Vou tomar um leite.

Nancy pegou uma garrafa da porta da geladeira e a agitou, levou-a até os lábios e bebeu. Depois guardou a garrafa de volta na geladeira e abriu caminho pelos animais famintos que enchiam o quintal: três carneiros, dois gatos, um bezerro, um pequeno canguru, alguns pombos, gralhas, galinhas e um vombate.

Quando Nancy destrancou a porta da farmácia, viu Beula Harridene se aproximando. As canelas estavam arranhadas e havia uma pétala roxa presa no cardigã. Nancy entrou no caminho, sorriu e disse:

— Bom dia de novo, sra. *Harriden*.

Beula olhou diretamente de volta para Nancy e disse:

— Um desses...

De repente ela arfou, bateu com uma das mãos na boca e saiu correndo. Nancy ficou ao mesmo tempo satisfeita e intrigada. Ela destrancou a porta da farmácia, parou em frente ao espelho para passar um pente nos cabelos e viu por que Beula havia corrido. Nancy estava com um bigode de leite branco acima dos lábios. Ela sorriu.

Às 8h50 da manhã de segunda-feira, o sargento Farrat já havia tomado banho e vestido o impecável uniforme azul-marinho. O quepe estava inclinado alegremente para o lado; a saia azul-marinho, apertada às coxas e às generosas nádegas; e a costura atrás das meias de nylon, reta como uma régua. A nova saia de xadrez vichy estava pendurada, engomada e passada na maçaneta do guarda-roupa atrás dele. Ele estava passando aspirador nos últimos fios soltos denunciadores.

Beula Harridene estava em pé na varanda, com o rosto apertado ao vidro, apertando os olhos para a escuridão. Ela bateu na porta. O sargento desligou o aspirador e enrolou a corda com precisão nos ganchos do cabo do aparelho. Tirou a saia e a pendurou com a saia xadrez no armário, em seguida trancou a porta. Parou por um instante para passar as mãos nas meias de nylon e admirar as novas calcinhas de renda. Depois vestiu uma calça azul-marinho, meias e sapatos. Ele admirou seu reflexo no espelho e foi até o escritório.

Do lado de fora, Beula estava pulando de um pé para o outro. O sargento Farrat olhou o relógio e destrancou a porta da frente. Beula entrou já tagarelando.

— Aqueles cachorros latiram a noite de sábado inteira, atiçados por aqueles jogadores de futebol arruaceiros, e, como você não os silenciou, liguei para o conselheiro Pettyman esta manhã e ele disse que vai cuidar do assunto, e escrevi aos seus superiores mais uma vez; desta vez contei tudo a eles. Para que ter um oficial da lei se ele a usa como bem entende, e não de acordo com a lei? Seu relógio está marcando as horas errado, você abre a delegacia mais tarde, e sei que sai mais cedo às sextas-feiras...

Os olhos de Beula Harridene estavam saltados e avermelhados. O queixo era para dentro e os dentes pareciam de coelho, de modo que o lábio inferior era eternamente azulado das marcas de suas próprias mordidas, e a infeliz boca juntava saliva nos cantos. O sargento concluiu que, como ela não mastigava bem, estava sempre passando fome, e por isso era perversa, desnutrida e louca. Enquanto Beula continuava falando, o sargento Farrat colocou um formulário na mesa, apontou um lápis e escreveu: "9h01, segunda-feira, 9 de outubro..."

Beula pisoteava.

— ... E aquela filha da Molly Maluca está de volta, a assassina! Aquele metido do William Beaumont também está zanzando pela cidade, sargento, negligenciando sua pobre mãe e a propriedade, andando com aqueles jogadores de futebol vagabundos. Bem, deixe-me dizer que se ele tiver voltado com alguma ideia estranha, nós todos é que vamos sofrer, sei bem o que os homens aprontam quando moram em cidades grandes, alguns até se vestem de mulher e eu sei...

— Como você sabe, Beula?

Beula sorriu.

— Meu pai me advertiu.

O sargento Farrat encarou Beula e ergueu as sobrancelhas pálidas.

— E como ele sabe, Beula?

Beula piscou.

— Qual seu problema especificamente hoje, Beula?

— Fui atacada agorinha há pouco, fui atacada por um bando de crianças saqueadoras...

— E como eram essas crianças, Beula?

— Elas pareciam crianças... pequenas e sujas.

— De uniformes escolares?

— Sim.

Enquanto Beula continuava a contar, o sargento escrevia:

"Sargento Horatio Farrat, da delegacia de Dungatar, reporta uma queixa oficial feita pela sra. Beula Harridene. A sra. Harridene foi vítima de estudantes saqueadores, dois meninos e uma menina, que mais cedo nesta manhã foram vistos correndo da residência da sra. Harriden, depois de atacarem a propriedade. A sra. Harriden acusa as três crianças mencionadas de terem atirado sementes no teto de ferro corrugado e roubado as sementes do jacarandá localizado no jardim."

— Foram aqueles McSwiney! Eu os vi... — continuou ela a guinchar, suando, um cheiro forte permeando a sala e pequenas gotículas de cuspe voando, caindo no livro de ocorrências do sargento Farrat. Ele juntou o formulário e o livro e deu um passo para trás. Beula agarrou o balcão, balançando-se, os dentes furando o lábio inferior.

— Tudo bem, Beula. Vamos visitar Mae e Edward, e dar uma olhada em alguns dos filhos deles.

Ele levou Beula até a casa dela. Primeiro concluíram que o vento deveria ter varrido as sementes até o telhado. Depois o sargento Farrat pegou a viatura para procurar os supostos criminosos. Nancy estava apoiada na vassoura conversando enquanto Purl lavava a calçada. Irma estava no portão da frente de casa. Lois e Betty encontravam-se na janela dos Pratt, com cestas de vime nos braços. A srta. Dimm estava em pé no jardim da escola, mergulhada até a cintura num mar de crianças. Do outro lado, Ruth Dimm e Norma Pullit esperavam enquanto a pequena van vermelha do correio descarregava cartas e encomendas.

Todos viram Beula passar grasnando para o sargento Farrat, e todos sorriram e acenaram de volta enquanto ele buzinava de leve, atravessando a rua principal.

Era uma bela segunda-feira nos McSwiney: um vento soprava do leste, o que significava que a feliz casinha em ruínas estava a favor do vento na base da colina. Edward McSwiney estava sentado no banco do carro debaixo do sol remendando redes de pesca, passando arame novo na cerca entortada e partida do galinheiro e em volta das estruturas de aço enferrujado. Três criancinhas corriam encurralando as aves, que grasnavam e batiam suas asas, e em seguida as levavam para a tábua de cortar, onde Barney, desajeitado, aguardava com uma machadinha. A lâmina estava cheia de penas ensanguentadas e a camisa de Barney, salpicada de vermelho. Como ele chorava, a princesa Margaret entregou-lhe o atiçador e o mandou cuidar do fogo debaixo da panela de cobre que fervia apinhada de galinhas enquanto ela mesma assumia o machado. Mae pegava as aves quentes boiando na panela para arrancar as penas, e Elizabeth as estendia num toco de árvore e arrancava as entranhas das carcaças rosadas.

Os cães começaram a latir com urgência, correndo em círculos e fazendo contato visual com Mae. Ela os observou por um instante.

— Polícia.

Edward era um homem quieto e seguro, mas, ao ouvir a palavra "polícia", ele se levantou como se tivesse sido picado e correu com sua rede. As cuidadoras das galinhas, duas meninas pequenas de jardineira, e um menino mais novo de pijama listrado correram até o portão de entrada. O mais novo pegou um saco de bolinhas de gude e as garotas pegaram uma vara cada uma. A mais alta desenhou um círculo na terra com a vareta, a criança colocou as bolinhas de gude no meio, e os dois se ajoelharam com seriedade. A outra menina reforçou as marcas de um antigo jogo de amarelinha marcado no barro vermelho seco na frente do portão e começou a pular de quadrado em quadrado num pé só. Quando o Holden preto freou devagar na frente do portão, as crianças estavam concentradas nas brincadeiras. O sargento Farrat buzinou. As crianças o ignoraram. Ele buzinou mais uma vez. A menina mais alta abriu o portão sem pressa. Edward voltou e se sentou inocentemente no banco ao lado do trailer.

Beula saltou do carro, e o sargento Farrat ofereceu às três crianças barulhentas um saco de balas. Cada uma pegou um punhado e em seguida correu até a mãe, que se aproximava com o machado ensanguentado numa das mãos. Margaret e Elizabeth caminhavam ao lado, penas tingidas de sangue flutuando junto com as três, Elizabeth vermelha até os cotovelos e Margaret carregando um galho de árvore aceso. Beula parou diante delas.

— Bom dia — ofereceu o amigável policial.

Ele sorriu mais uma vez para as três crianças, que sorriram de volta, com as bochechas tão inchadas de balas que elas babaram até a saliva cobrir os queixos.

— Seriam esses três pequenos as crianças que viu, Beula?

— Sim — gritou Beula —, são elas os pivetes.

Ela levantou uma das mãos para dar um tapa neles. O sargento Farrat, Edward, Mae e as filhas deram um passo à frente.

— Então foram duas meninas e um menino, Beula?

— Sim, foram, agora que os vi melhor.

— E os uniformes escolares?

— Obviamente tiraram.

— Eu ainda não vou à escola — disse o menor —, nem Mary. Mas Victoria vai começar ano que vem.

— Está ansiosa para ir à escola, Victoria? — perguntou o sargento Farrat.

As três crianças responderam ao mesmo tempo:

— Não, a gente prefere ir pescar.

O sargento Farrat olhou para a fileira baixinha e suja à frente. Os três olhavam de volta para o saco de balas que ele segurava junto ao peito.

— Vocês todos estavam pescando essa manhã, é?

Eles responderam, um de cada vez.

— Não, não tinha nada lá hoje. Vamos na sexta... dia do lixo.

— *Pegamo* galinha hoje.

— Pescar no córrego amanhã, pra pegar *uns peixe*.

— Falem direito — repreendeu Mae com firmeza.

— Eles estão mentindo! — Beula parecia roxa de raiva, suada e mordaz. — Eles jogaram semente no meu telhado!

As crianças se entreolharam.

— Hoje a gente não jogou, não.

— Quer que a gente jogue?

Beula pulou, guinchando e cuspindo:

— Foram eles, foram eles.

As crianças ficaram olhando para ela. O menino mais novo disse:

— Você *tá* cheia de merda na cabeça hoje, senhorita, deve ter enchido a cara ontem à noite.

Mae deu um tapa na orelha do pequeno George. O resto do grupo permaneceu com os olhos voltados firmemente para os pés.

— Desculpe — disse Mae —, eles aprendem essas coisas na escola.

O sargento Farrat explicou os benefícios de cortar o mau comportamento pela raiz, de dar bons exemplos. Mae cruzou os braços.

— A gente sabe, sargento, mas o que há de se fazer?

Farrat virou-se para Beula.

— Srta. Harridene, ficaria satisfeita com os gritos se eu levasse essas crianças para trás do trailer e lhes desse uma lição, ou prefere que eu as espanque até quase morrerem aqui e agora na frente de todo mundo?

Os McSwiney se dobraram de tanto rir, uivando. O sargento entregou a Victoria o saco de balas e Beula disparou para a viatura. Ela chutou e quebrou um dos faróis e entrou, batendo a porta com tanta força que as janelas dos vagões de trem e do trailer dos McSwiney estremeceram. Ela se inclinou para o banco do motorista e tocou a buzina com força, deixando a palma da mão sobre ela.

O sargento Farrat dirigiu até o portão da frente e parou o carro. Virou-se para Beula e se aproximou, esticando-se na frente dela para alcançar a maçaneta. Ele expirou ar quente no rosto dela. Beula se encolheu junto à porta. O sargento Farrat falou em tom gentil:

— Não vou pelo seu caminho, Beula, é crime desperdiçar gasolina da polícia. Vou deixar você aqui.

Ele abriu a maçaneta.

Acima deles, na colina, Tilly Dunnage parou de escavar para observar Beula Harridene tombar no chão ao sair do carro preto. Ela sorriu e voltou a preparar a terra macia para a plantação de verduras.

6

Na cidade, William estacionou o Triumph Gloria do lado de fora da loja dos Pratt e caminhou pela calçada sob o sol matinal. Ao empilhar ferraduras e ganchos para pendurar quadros, ele sorriu para Muriel, tirou o chapéu para Lois, se coçando e olhando as ervilhas enlatadas, e acenou para Reg e Faith no açougue. Faith estava esperando Reg cortar dois filés, cantarolando:

— "I've got you... under my skin."

— Gosta dessa música, é? — perguntou o atraente açougueiro, exibindo os dentes brancos para ela.

Faith corou e colocou uma das mãos sobre o busto grande, os anéis de ouro cintilando nos dedos.

— Tem uma linda voz — continuou o açougueiro, guardando a comprida e afiada faca no prendedor de metal no quadril. Seu peito era largo e deixava esticada a camisa branca engomada, e o avental listrado de azul estava amarrado em volta da cintura magra. — Há mais alguma coisa que eu possa fazer por você, Faith?

Ela mal conseguiu responder. Faith apontou para os produtos embalados e pediu:

— Um salsichão, por favor.

No escritório, Gertrude estava agachada sob a divisória de vidro, espanando.

— Com licença — disse William.

Gertrude se endireitou e abriu um sorriso largo quando viu William.

— Olá, William.

— Olá...

— Gertrude, meu nome é Gertrude Pratt. — Ela estendeu a mão pequena e redonda, mas William estava olhado ao redor da loja.

— Pode me dizer onde encontro o sr. Pratt?

— Certamente — sussurrou Gertrude, apontando para a porta dos fundos. — Ele está só... — Mas William já havia se afastado. Ele encontrou o sr. Pratt desempilhando caixas da carroça dos McSwiney.

— Ah — disse William —, justamente quem eu estava procurando.

O sr. Pratt passou os polegares pelas cordas do avental e se curvou.

— O bom filho à casa torna — disse, rindo.

— Sr. Pratt, podemos ter uma palavrinha?

— Claro.

O sr. Pratt abriu a porta do escritório e pediu à filha:

— Gertrude, a conta de Winswept Crest.

Ele curvou-se mais uma vez, deixando William passar à sua frente.

Gertrude entregou uma pasta de arquivo cheia ao pai, que continuou:

— Nos dê licença agora, Gert.

Ao sair ela esbarrou levemente em William, mas a atenção dele estava na pasta grossa que o sr. Pratt segurava junto ao peito.

— Eu estava querendo alguns rolos de arame para cerca e uma dúzia de pacotes de estacas...

Ele não terminou a frase. Alvin estava balançando a cabeça de um lado para outro de maneira muito determinada.

Gertrude ficou parada ao lado da salsicharia e assistiu ao jovem passando com nervosismo a borda do chapéu pelos dedos e jogando seu peso de um pé para o outro, o rosto moreno e magro ficando tenso e hesitante. Quando o pai deu-lhe um sorriso afetado e falou "Trezentos e quarenta e sete libras, dez xelins e oito", William afundou na cadeira do escritório e seu casaco de tweed subitamente pareceu grande demais para ele.

Gertrude foi até o banheiro feminino e passou batom vermelho.

Eles estavam parados na porta de entrada, William com o cenho franzido olhando para o chão, e o sr. Pratt sorrindo para o ensolarado dia de inverno. Gertrude se aproximou.

— É bom vê-lo de volta, William — ronronou ela.

Ele a olhou.

— Obrigado... e obrigado sr. Pratt, verei o que consigo fazer... Adeus.

William caminhou devagar até o carro e se sentou atrás do volante, encarando o painel. O sr. Pratt voltou a atenção para a filha, observando William com um olhar sonhador.

— Ande, Gertrude, volte ao trabalho — exigiu ele, se afastando enquanto balbuciava. — Imagine só... sem graça desse jeito, sem chances de alguém querê-la e eu me livrar logo. Muito menos William Beaumont...

Muriel foi até a filha.

— O baile dos jogadores de futebol é no sábado da outra semana — comentou.

O aviso na porta da biblioteca dizia: "Aberta nas tardes de quarta-feira e aos sábados. Informações na administração do condado." Tilly olhou para a rua principal e viu as pessoas de lá para cá; decidiu, então, que voltaria na quarta-feira. Quando se virou, notou a escola do outro lado da rua. O playground estava cheio de meninas saltitantes, meninos jogando futebol e criancinhas pulando corda. A srta. Dimm foi até o poste e bateu o sino, e as crianças desapareceram para dentro da sala de aula. Tilly perambulou até o parque, olhou os bancos baixos sob a aroeira-salsa, onde costumava se sentar para almoçar, e sorriu para o caminho de terra batida na frente da varanda, onde as crianças ainda se reuniam todas as manhãs. Quando se deu conta, estava na beira do córrego, então se sentou na margem e tirou as sandálias. Ela observou os dedos dos pés através da superfície cor de âmbar. Na água, boiavam pedaços de chiclete e folhas, insetos roçavam a superfície e levíssimas gotas de chuva caíam.

Eles costumavam marchar até a aula numa linha torta, levantando os joelhos, com os braços rígidos se movendo ao som do bumbo. Stewart Pettyman tocava o tambor, um menino grande e forte de dez anos de idade batia sem parar com uma baqueta velha. Atrás dele, uma aluna pequena batia o triângulo no ritmo enquanto a srta. Dimm gritava:

— AAA-ten-ção, DIREITA, MARCHA.

Eles continuavam atrás de suas pequenas mesas cor de chocolate na sala de aula até a srta. Dimm gritar:

— PAROU! Sentem-se sem arrastar os pés das cadeiras no chão!

Então, seguia-se o barulho dos alunos se mexendo e, logo depois, o silêncio. Eles ficavam sentados de braços cruzados, esperando.

— Myrtle Dunnage, você vai repor o nanquim hoje mais uma vez por ter brigado ontem depois da aula. O restante da turma pode pegar lápis e cadernos.

— Mas já repus ont...

— Myrtle Dunnage, você vai fazer isso até eu dizer para parar.
— A srta. Dimm bateu nos dedos de Myrtle com a régua de aço oxidado e gritou: — Eu não mandei descruzar os braços!

A marca branca da régua ainda era visível em seus dedos quando ela começou a misturar a tinta. Ficou de frente à pia para misturar o pó preto com água e então foi de mesa em mesa devagar, carregando o recipiente. Não era fácil colocar a tinta preto-azulada nos tinteiros. Ela não podia deixar cair nem uma gota nas mesas, e era difícil saber quais tinteiros ainda estavam cheios. A tinta borbulhou até o topo do tinteiro de Stewart Pettyman, manchando a borda de mármore branco, então ele sacudiu a mesa. A tinta derramou, escorrendo até os joelhos do menino.

— Srta. Dimm, ela me manchou, ela me manchou com a tinta.

A srta. Dimm se aproximou, deu um tapa na cabeça de Myrtle e a arrastou da sala pela trança. As outras crianças ficaram coladas na janela de vidro rindo alto. Myrtle ficou sentada o resto da manhã na varanda, onde todos da cidade poderiam vê-la.

Depois da aula, ela correu o mais rápido que pôde, mas foi alcançada. Seguraram-na e torceram a pele em volta dos pulsos, em seguida esticaram seus braços e Stewart correu na direção dela, com a cabeça abaixada como a de um touro, a fim de batê-la na barriga. A menina se dobrou ao meio, ficou sem fôlego e caiu no chão, com as mãos sobre o estômago. Os meninos abaixaram sua calça e a cutucaram, cheirando os dedos em seguida. As garotas cantaram:

— A mãe de Myrtle é uma puta, a mãe de Myrtle é uma puta, Myrtle é bastarda, Myrtle é bastarda.

Marigold Pettyman estava sentada ao lado da luz da radiola com uma bolsa de gelo entre os bobes de cabelo à espera do marido, Evan. O noticiário das seis da tarde balbuciava baixinho: *"E agora a previsão do tempo. Deve cair uma leve chuva."*

— Ah, Deus — disse Marigold, pegando a garrafinha marrom na mesinha do abajur. Ela colocou três comprimidos na palma da mão e os engoliu de uma só vez, recostou-se e esfregou as têmporas.

Marigold era uma mulher estridente parecida com um galgo, de postura sobressaltada e com erupções cutâneas no pescoço. Quando ela escutou o barulho das chaves na porta, se endireitou na cadeira e chamou com a voz ansiosa:

— É você, Evan?

— Sim, querida.

— Vai tirar os sapatos e sacudir o casaco para tirar a poeira antes de entrar, não vai?

Os sapatos de Evan caíram nas tábuas da varanda, e ela ouviu o ruído dos cabides de madeira batendo uns nos outros. Evan destrancou a porta e entrou na cozinha, que havia sido esfregada e desinfetada de maneira cirúrgica. O piso escorregadio reluzia.

Evan Pettyman era um homem roliço com cabelos e pele amarelados e olhos pequenos e rápidos. Era um homem que tocava nas mulheres, chegava perto demais para falar, lambia os lábios com frequência e, nos bailes, apertava as parceiras de dança com força, enfiando a coxa entre as pernas delas para conduzi-las pelo salão. As mulheres de Dungatar eram educadas com o conselheiro Pettyman — afinal, ele era presidente do condado e marido de Marigold. Mas elas viravam as costas quando o viam chegando, se ocupavam com uma vitrine ou, então, subitamente se lembravam de alguma coisa que precisavam fazer do outro lado da rua. Os homens o evitavam, mas eram cordiais. Ele havia perdido o filho e tinha muito com que lidar, considerando como Marigold era: "muitíssimo sensível". Ele era um bom conselheiro que resolvia as coisas. Também sabia exatamente como cada um dos homens na cidade ganhava dinheiro.

Marigold era apenas uma coisinha tímida e inocente quando Evan chegou a Dungatar. O pai dela era presidente do condado na época e, quando morreu, deixou muito dinheiro para a filha, então Evan logo tratou de conquistá-la. Ela começou a ficar cada vez mais tensa e foi piorando aos poucos. Depois da morte trágica do filho, Stewart, Marigold nunca mais foi a mesma.

Evan passou e foi direto ao banheiro, onde tirou as roupas, colocou-as no cesto e fechou a tampa. Ele tomou banho e vestiu os pijamas engomados que haviam sido deixados num banco junto com a camisola recém-lavada e chinelos de lã que pareciam novos.

— Boa noite, meu anjo — disse Evan, dando um beijo na bochecha de Marigold.

— Seu jantar está na geladeira — disse ela.

Evan comeu na mesa da cozinha. Salsichão frio fatiado, tomate sem sementes, beterraba com as perfeitas e redondas fatias sequinhas, um belo montinho de cenoura ralada e metade de um ovo cozido. Havia duas fatias de pão branco, com manteiga até as bordas. Como poderiam cair migalhas, Marigold tinha espalhado algumas folhas de jornal em volta da cadeira de Evan. Ele descascou e comeu uma laranja sobre a pia, jogando com cuidado todos os restos na lixeira. Marigold arrumava tudo atrás dele. Ela lavou o garfo, a faca e o prato na água fervente cheia de detergente, encheu a pia de saponáceo em pó, esfregou, enxaguou e secou a área minuciosamente, em seguida desinfetou todos os puxadores e maçanetas onde o marido pudesse ter deixado suas digitais. Evan lavou o rosto e o bigode no banheiro e voltou à cozinha.

— Vai chover amanhã — avisou Marigold com a voz estridente. — Vou precisar lavar as janelas quando parar, e todas as maçanetes e os trincos vão precisar ficar de molho por um bom tempo também.

Evan sorriu para ela e falou:

— Mas meu anjo, não é época...

— É primavera! — gritou ela, segurando a bolsa de gelo nas têmporas. — Já lavei as paredes e os rodapés e espanei o teto e a cornija da lareira, posso continuar com as portas e os parapeitos se você puder tirar as maçanetas e os trincos.

— Pode ter menos trabalho, anjo, é só lavar em volta delas. Estou muito ocupado.

Marigold mordeu o punho, voltou à radiola e fechou os olhos, voltando a depositar a bolsa de gelo entre os bobes.

Evan encheu a bolsa de água gente.

— Para nanar — disse ele, servindo tônico numa colher para ela. Ela fechou a boca e virou o rosto. — Vamos, Marigold, seu tônico.

Ela fechou os olhos e balançou a cabeça.

— Tudo bem, meu anjo — disse Evan. — Vou levantar mais cedo e tirar as maçanetas e os trincos das janelas antes do café da manhã.

Marigold abriu a boca, ele derramou o remédio em sua língua e logo em seguida ajudou-a a se deitar.

— Faz vinte anos que Stewart caiu da árvore... — disse ela.
— Sim, meu bem.
— Vinte anos que perdi meu garoto...
— Não fique assim, querida.
— Não posso mais vê-lo.

Evan ajeitou a fotografia do filho morto sorrindo num porta-retratos.

— Vinte anos...
— Sim, querida.

Ele serviu um pouco mais de tônico e lhe deu. Quando ela dormiu, Evan se despiu e se debruçou sobre a esposa, lambendo seus lábios e esfregando as mãos. Ele desceu as cobertas e tirou a camisola de Marigold. Ela estava mole, mas ele a posicionou da maneira que a queria, com as pernas bem abertas, os braços acima da cabeça, e então ele se ajoelhou entre as coxas da esposa.

Na manhã seguinte, Marigold Pettyman ficou a salvo da perigosa chuva, parada diante da pia da cozinha com as mãos vermelhas como linguiças num balde de água escaldante e sabão, meticulosamente esfregando todas as maçanetas e trincos das janelas.

7

Na sexta à noite, os jogadores e um ou dois fazendeiros se reuniram no fundo do bar para estudar um diagrama do campo de futebol alfinetado numa foto de Bob Menzies sobre o alvo de dardos. Os nomes dos jogadores estavam escritos a lápis em variadas posições no desenho. Os especialistas ficaram em volta dele, balançando as cabeças.

— Puxa.
— Merda.
— O técnico ficou louco.
— Não... ele tem um plano, táticas, segundo Teddy.
— Teddy só quer seu dinheiro.
— Quanto foi que apostou?
— Uma libra.
— O treinador tem razão... Bobby é grande, isso que importa.
— Ele fica melhor no meio.
— Lesão.
— Ele já superou a morte do cachorro?

Os homens balançaram as cabeças e voltaram a atenção para o esquema de jogo.

— Gunna está passando.

— É um toque de gênio, no intervalo ele muda, coloca Bobby, e não vão mais ver a bola no ataque deles durante cinquenta minutos.

Todos murmuraram em aprovação. Os homens viraram de costas para o diagrama, com as mãos enfiadas nos bolsos.

Era uma noite séria. Os jogadores tensos e seus apoiadores sentaram lado a lado no bar. Havia uma cerveja cheia de espuma esperando na frente de cada um dos bancos. Eles ficaram observando o rodapé atrás do bar, bebendo. Quando a maré cor de âmbar terminou de descer até só faltar um gole para chegar ao fundo, os homens se entreolharam com ar de reconhecimento, assentiram, bateram uma palma, esfregaram as mãos, pegaram os chapéus e foram até a porta. Precisavam deles no campo de futebol. Purl olhou para Fred e levou uma das unhas vermelhas até a boca.

— Não deveria ir também, Fred?

— Purlyzinha, temos que preparar uma comemoração.

Ela foi até o marido e encostou a cabeça na dele.

— Eu amo esses meninos, Fred...

Fred esticou os braços magros em volta da cintura de Purly e enfiou o nariz tão fundo no decote dela que apenas a ponta das orelhas continuaram visíveis.

— Eu também amo você — disse ele.

O público se alinhou atrás da cerca branca que o separava dos jogadores para vê-los correr e gritar, ecos desesperados numa noite fria. A sinceridade e a determinação impulsionavam os bravos atletas, apesar de seus corações estarem cheios de medo. Os torcedores preocupavam-se com as apostas que haviam feito — não que tivessem qualquer dúvida quanto à vitória de Dungatar.

Cada homem, criança e cachorro se reuniu aquela noite para assistir ao treino antes da grande final, para escutar o discurso animador do treinador nos vestiários e para esfregar óleo de gualtéria nas coxas e panturrilhas dos jogadores. O capitão Teddy McSwiney e seus gratos companheiros de time aplaudiram emocionados em reconhecimento ao esforço magnífico do técnico, e então cantaram o hino do time de um jeito melancólico. Em seguida deram tapinhas uns nas costas dos outros, apertaram as mãos e foram para casa comer costeletas grelhadas, purê de batatas e ervilhas antes de ir para a cama.

Os apoiadores voltaram ao pub. Os últimos campeões de Dungatar hoje em dia eram veteranos de guerra encolhidos ao lado de radiolas em salas escuras, mas no dia seguinte sairiam de suas poltronas e arrastariam seus estresses pós-traumáticos, enfisemas e próteses até a cerca branca ao lado dos gols, nem que para isso tivessem de morrer. Purl estava tão nervosa e preocupada que ficou tentada a roer as unhas. Os outros no bar franziam o cenho para as cervejas. Hamish O'Brien e Septimus Crescant, que normalmente discutiam, estavam sentados em silêncio.

— Deus — disse Purl —, olhem só para a gente! — Ela sorriu alegremente para eles. Ninguém sorriu de volta. — E a nova moradora da cidade? — perguntou de forma conspiratória.

A fileira de rostos pálidos no balcão do bar a encarou sem expressão.

— Mais uma para expulsar — disse um criador de ovelhas velho e bigodudo.

— Nosso dândi e *full-forward* está de olho nela — disse um tosquiador.

— Nela quem?

Eles sentiram a brisa da noite soprar em suas costas trazendo o cheiro de Teddy McSwiney assim que ele abriu a porta. Andava desperdiçando talco demais desde que aquela mulher descera do ônibus.

— A nova garota — respondeu o tosquiador.

— Myrtle Dunnage — acrescentou Purl.

— Querem dizer Tilly — devolveu Teddy, dando uma piscadela para Purl.

— Ela herdou alguma das maluquices da mãe? — perguntou o criador.

Teddy tirou o punho já cerrado do bolso e encheu o peito.
— Calma, calma — pediu Fred.
— Meninos! — exclamou Purl.
— Ouvi dizer que é uma mulher bonita — comentou o tosquiador.

Purl colocou uma cerveja na frente dele e pegou o dinheiro.
— Acho que pode-se dizer que sim — admitiu ela, fungando.
— Ela é — confirmou Teddy, sorrindo.
— Mais que nossa Purl, é? — perguntou o criador de ovelhas, olhando-a com uma expressão lasciva nos olhos.

Fred o encarou nos olhos.
— MINHA Purl — corrigiu, torcendo um pano de bar na pia até fazer barulho.
— É sua *agora* — insistiu o tosquiador, terminando sua cerveja.

Os clientes deram as costas para ele e seu copo ficou vazio à frente. Teddy andou e parou atrás do homem, com os braços baixos, mas a postos.
— Eu me lembro dela! — exclamou Reginald, estalando os dedos. — É a filha bastarda da Molly Maluca. Na escola a gente costumava...
— Cala a boca, Reg! — Teddy pulou mais uma vez e ergueu o punho. Os homens se viraram para olhar.

O tosquiador se levantou.
— Ei, todo mundo tem um passado negro também, melhor passar na casa de Beula para bater papo a caminho de casa...

Teddy foi para cima do tosquiador mais rápido que uma bala, puxando sua camiseta até a altura do pomo de adão e prendendo seus ombros contra os azulejos, o punho pronto para dar um soco.
— PAREM! — gritou Purl. — Teddy, você é nosso *full-forward*.
Teddy parou.
— Pode valer a pena manter sua boca calada daqui em diante, hein? — disse Fred, apontando para o tosquiador e depois para o velho criador de ovelhas.

— Pode valer a pena para Teddy ir dormir cedo — retrucou o tosquiador. — Tudo o que preciso fazer é espirrar e ele vai ser arremessado por aquela porta de vidro ali.

Reg e os outros homens deram um passo à frente, circulando o tosquiador.

— Por favor, Teddy — implorou Purly, quase chorando.

Teddy se levantou e se espanou. O tosquiador também se levantou e o olhou de cima a baixo.

— Não tenho muita chance de ganhar mais uma cerveja aqui hoje... melhor ir para casa dormir.

Eles o observaram desfilar até a porta, colocar o chapéu e desaparecer em meio à noite escura. Todos os olhares se voltaram para Teddy.

— Vou só terminar minha cerveja — avisou Teddy, levando as mãos ao alto num gesto de rendição.

Ele caminhou até sua casa em meio à insistente neblina. O sargento Farrat, passando na viatura, desacelerou, mas Teddy acenou para que ele seguisse em frente. Mais tarde, Teddy ficou deitado na cama, olhando pela janela do trailer, pensando no brilho amarelo quadrado que vinha da janela de Tilly na Colina.

Os torcedores de Dungatar sofreram durante quatro longos quartos da apertada batalha contra Winyerp, incitando os guerreiros com juras de sangue e ameaças bem-fundamentadas. No final do último quarto, os jogadores estavam exaustos, suados e quase sem fôlego, as pernas cobertas de lama já mostrando sangue. Apenas Bobby Pickett continuava limpo — com os vincos do short ainda aparentes e a camiseta ainda seca —, mas de alguma maneira ele havia perdido um dente da frente.

Restando 13 segundos de jogo, Winyerp fez um gol e igualou o placar. Teddy McSwiney, a quilômetros de distância da sua posição, foi para baixo dos outros durante o lançamento, pegou a bola depois de ela cair entre as pernas, que saltavam, e correu com ela. Como se estivesse coberto de vaselina, ele escapou das mãos que tentavam alcançá-lo, correu até os quatro postes altos e chutou de perna esquerda e bamba, pegando na bola de lado e fazendo-a seguir rasteira e driblando até o gol. O ponto foi marcado na hora em que a sirene final tocou, enquanto todo o grupo vermelho, verde e enlameado pulava em cima da bola.

Dungatar 11-11-77
Winyerp-11-10-76

O barulho das buzinas de carro ecoava pelo céu e a multidão gritava de prazer, vingança, alegria, raiva e êxtase. A terra tremia com o som das palmas e dos pulos ao passo que a onda de jogadores percorria o campo oval em direção aos braços de seus fãs como um monte de centopeias. Nenhum time jamais ficara tão feliz; nenhuma cidade, tão barulhenta. Quando o sol se pôs, o hino do time ultrapassou as planícies de Dungatar e a cidade inteira seguiu para o hotel Station.

Os fogos de artifício faziam tremer os batentes das portas e foguetes explodiam e voavam. Purl estava dançando atrás do balcão do bar usando um short branco e camisa de time listrada, meia-calça arrastão e chuteiras com cadarços amarrados até os joelhos. Fred Bundle usava um casaco de árbitro manchado de lama e, em sua boina vermelha e azul, havia duas bandeiras brancas com enfeites de papel celofane em formato de flor apontando para o teto. Ele parecia um pequeno alce de Natal. A multidão estava em variados estágios de nudez e embriaguez — abraçando-se indiscriminadamente, cantando, dançando na calçada ou pendurada da sacada na mangueira de incêndio desenrolada. Alguns escolheram um canto quieto para tricotar, conversar, amamentar. Reginald — com um cutelo preso no chapéu — tocou a rabeca, enquanto Faithful O'Brien ficou atrás do microfone gracejando com outras três mulheres jovens no canto — as filhas dos McSwiney, usando rouge, com a borda das meias e rendas das anáguas escapando pelas pernas cruzadas. Elas tinham flores nos cabelos — rosas azuis — e fumavam cigarros e riam. O sargento dançou no bar de cartola, fraque e sapatos de sapateado. Scotty Pullit Magrelo oferecia sua aguardente de melancia a todos, dizendo: "Chupe!" Teddy deu um gole. Fez biquinho com os lábios e o fogo da bebida desceu pelo esôfago. Ele bebeu mais. Septimus Crescant distribuía panfletos sobre sua Sociedade da Terra Plana. Ele encontrou William de braços cruzados e com uma expressão de medo, de frente para Gertrude, que sorria de perto para ele. Elsbeth estava sentada ao lado dele, descontente, junto de Mona, louca para dançar, mas com vergonha. William aceitou um panfleto e se livrou de Gertrude, indo com Septimus até o bar. Lá, Septimus tirou o chapéu rígido e o jogou no linóleo marmoreado verde. O alto de sua cabeça era achatado o suficiente para equilibrar um pote de geleia.

— Resistente — disse ele, pisando no chapéu.

— Por que o usa?

— Aconteceu um acidente quando eu era bebê... caí do colo. Não sou nada bom com alturas. Eu me mudei para cá por causa do terreno e porque é bem longe de extremidades. Também fica um pouquinho acima do nível do mar, então não vamos ser inundados quando o fim chegar, e a água vai passar pela gente lá embaixo. E, é claro, também há A Colina.

— O fim?

Um dardo passou zunindo entre os dois e foi parar bem entre os olhos de Robert Menzies.

— Um brinde! — exclamou o sargento Farrat. — Aos donos do segundo lugar na arte do futebol. A Winyerp.

Todos ficaram em silêncio e engoliram em seco.

— E agora um brinde com muito orgulho aos nossos nobres, bravos e vitoriosos esportistas, o Dungatar First Football Team!

Dessa vez seguiu-se um barulho ensurdecedor, com assovios e aplausos. Os jogadores foram erguidos nos ombros dos torcedores e passearam pelo bar, todos cantando repetidas vezes o hino do time.

Quando Beula Harridene passou pelo hotel pouco antes de amanhecer, a festa ainda corria a todo vapor. Pessoas de olhos turvos estavam espalhadas pelas calçadas, arbustos farfalhavam com o barulho de casais que se escondiam neles, homens eram levados para casa pela mão, e Scotty Pullit dormia sentado ereto no bar. Purl debruçava-se ao lado, também adormecida. Fred estava sentado ao lado dos dois tomando uma xícara de leite maltado quente.

8

Ruth Dimm estava encostada na roda da van da agência postal sob o sol matinal, apertando os olhos na direção do trilho do trem. Hamish O'Brien descia a plataforma com um regador transbordando de água, encharcando as petúnias, agrupadas como meias de babado nas colunas do terraço. Ao longe, um demorado *piuíííí* apitou. Ele parou, olhou o relógio de bolso e pôs-se a observar o ponto de onde vinham os sons abafados: *tique-taque-tique-taque*. O Thomson and Company SAR das 9h10 corria na direção de Dungatar numa velocidade máxima de 51 quilômetros por hora, puro vapor, ruído e batidas.

O trem fez a curva na direção da estação, as longas bielas desacelerando junto à plataforma, o pistão acalmando, o vapor formando uma nuvem branca e cinzenta, e então a gigantesca maquinaria preta guinchou, freou, se sacudiu e suspirou. O sinaleiro acenou, Hamish soprou o apito, e o guarda atirou grandes sacos de lona cheios de correspondência na frente dos pés de Ruth. Em seguida, ele apareceu com um filhote assustado de kelpie australiano marrom-escuro numa coleira. Havia uma plaquinha na coleira que dizia: "Por favor, me dê água."

— Isso é para Bobby Pickett? — perguntou Hamish.

— Sim — respondeu Ruth, afagando as orelhas aveludadas do filhote. — De Nancy.

— Espero que não tenha tanto medo de ovelhas quanto tem de trens — comentou o guarda.

Em seguida, empurrou um baú de madeira no carrinho de mão pelo cascalho ao lado da van. Hamish e Ruth olharam para o objeto. Estava endereçado à srta. Tilly Dunnage, Dungatar, Austrália, em letras grandes e vermelhas.

O trem partiu, e eles o observaram até restar apenas uma nuvem de fumaça no horizonte. Hamish virou o rosto gordo para Ruth. Ele parecia ter lágrimas nas dobras cor de creme debaixo dos olhos azuis. Colocou o cachimbo entre os dentes e disse:

— É o diesel tomando conta, sabe...

— Eu sei, Hamish, eu sei... — respondeu Ruth. — O progresso. — Ela deu um tapinha nas costas dele.

— Maldito progresso, não há nada poético no diesel ou na eletricidade. Quem precisa de velocidade?

— Fazendeiros? Passageiros?

— Que vão para o inferno, os passageiros. Também não tem nada a ver com eles.

Por causa do futuro baile dos jogadores e da Corrida de Primavera, os sacos de correspondência estavam cheios de encomendas — catálogos da Myers, vestidos novos, materiais e chapéus —, mas Ruth se concentrou no baú com o endereço em vermelho. O conteúdo estava espalhado aos seus pés. Pequenos pacotes enrolados em algodão, amarrados e colados, latas seladas e maços dobrados de materiais que Ruth nunca tinha visto antes. Havia recibos e imagens de comida estrangeira, fotografias de mulheres magras e elegantes e homens angulares, manequins sorrindo na frente dos maiores marcos históricos da Europa. Havia cartões-postais de Paris escritos em francês, cartas abertas com selos de Tânger e do Brasil, endereçadas a outra pessoa em Paris, mas então encaminhadas para que Tilly as lesse. Ruth encontrou num pote alguns botões incomuns que combinavam com fechos, algumas fivelas de formatos estranhos e metros e metros de renda cara embrulhados num pacote com selo de Bruxelas, além de alguns livros dos Estados Unidos — *Cidade pequena, cidade grande* e um de alguém chamado Hemingway. Ruth leu uma ou duas páginas do de Hemingway, mas não havia nada romântico, então o deixou de lado e tirou a fita que prendia a tampa de uma latinha antes de abri-la. Colocou a ponta do nariz sobre a erva verde-acinzentada em seu interior. Era grudenta e tinha um cheiro forte. Ela recolocou a tampa. Em seguida, Ruth abriu a tampa de um pote de vidro com uma substância empelotada, molhada e marrom e preta parecendo cola. Ela arranhou sua superfície e a provou. O cheiro era igual ao gosto, como o de grama derretida. Havia outro potinho com um pó cinza fino, de cheiro amargo, e uma velha lata de achocolatado Milo com o que parecia ser lama seca. Alguém havia anotado no rótulo verde: "Misture com água morna."

Ela segurou o pote de botões junto à camisa cinza da agência postal e o guardou no bolso da jaqueta. Em seguida, levou a lata de Milo até seu armário e a escondeu.

Elas chegaram à base da Colina cansadas e carregadas. Molly levava no colo uma pilha de mantimentos, um varão de cortina e alguns materiais da Pratts. Tilly estava em pé se abanando com o chapéu de palha. Um grande cavalo malhado veio galopando do canto e arrastando uma carroça de quatro rodas na qual Teddy McSwiney vinha empoleirado na frente, as rédeas enroladas com folga nos pulsos.

— Ôooo, garoto — disse ele.

O cavalo parou ao lado de Tilly e Molly. Ele cheirou o chapéu de Tilly e suspirou.

— Querem carona? — perguntou Teddy.

— Não, obrigada — respondeu Tilly.

Teddy desceu da carroça e tirou Molly Dunnage da cadeira, com os pacotes nas mãos e tudo. Ele a colocou com cuidado bem na frente da carroça.

— A merda de Dungatar está toda espalhada nessa carroça — observou Molly.

Teddy empurrou o chapéu para trás e levantou a cadeira de rodas até a carroça. Ele sorriu para Tilly e deu um tapinha no lugar ao lado de onde Molly estava sentada. Ela olhou sua mão masculina, repousando em cima de uma mancha de poeira marrom.

— Quer ajuda? — perguntou ele.

Tilly deu meia-volta para continuar subindo até A Colina a pé.

— É mais seguro para Molly se você for ao lado dela.

— Ela gostaria mais é que eu caísse daqui — disse Molly.

Teddy se aproximou de Molly e falou:

— Não fico surpreso.

De costas para a carroça, Tilly levou as mãos para trás do corpo e pegou impulso para sentar o belo traseiro nas pranchas de madeira ao lado da mãe. Teddy estalou a língua e bateu de leve com as rédeas no dorso do cavalo. Eles deram uma guinada para a frente, e Molly ficou com o olhar fixo na anca quente e redonda do cavalo, rebolando a meio metro de seus sensatos sapatos de cadarço. O animal erguia e balançava o rabo, chicoteando as moscas que o rodeavam. As espetadas pontas do pelo de seu rabo pinicavam as canelas de Molly. Ele tinha um cheiro delicioso, de grama quente e suor.

Teddy o chicoteou com as rédeas mais uma vez.

— Ganhamos a grande final, ficou sabendo?

— Fiquei — respondeu Tilly.

— Qual o nome do cavalo? — perguntou Molly.

— Graham.

— Ridículo.

Eles subiram decididos com o sol batendo no rosto e o cheiro pungente do cavalo e da noite. Graham parou no portão em frente à casa torta e marrom. Tilly caminhou até o varal de roupas, Teddy pegou Molly no colo de novo e a levou à varanda da frente. Ela colocou os braços em volta do pescoço de Teddy e piscou os esparsos cílios grisalhos para ele.

— Tenho um pacote de biscoitos recheados... quer um chá?

— Como eu poderia recusar?

Ficaram sentados em silêncio na cozinha, com os biscoitos VoVos cor-de-rosa arrumados no melhor prato de Molly.

Ela despejou o chá derramado em seu pires de volta na xícara.

— Gosto de chá normal. Você não?

Teddy olhou dentro de sua xícara.

— Chá normal?

— Ela fez chá normal para você... Ela me faz beber um chá feito de grama e raízes. Coma mais um biscoitinho.

— Não, obrigado, Molly, vamos deixar alguns para Tilly.

— Ah, ela não vai comê-los. Ela come alpiste e frutas e outras coisas que recebe da cidade. Ela recebe coisas de outros países também, de lugares dos quais nunca ouvi falar. Ela mistura as coisas, poções, dizendo que são ervas "medicinais", e ainda finge ser daquele tipo artístico, então por que iria querer ficar aqui?

— Tipos artísticos precisam de espaço para criar — comentou ele, terminando o chá, então secou a boca na manga e se recostou na cadeira.

— Você só está tentando fingir que a entende.

— Garotas como ela precisam de um homem como eu por perto.

Molly balançou a cabeça.

— Eu não a quero aqui. Ela achava que eu era a mãe dela, mas expliquei: para ser sua mãe, a mulher teria que ser bruxa.

Molly tirou a dentadura e a colocou em seu pires.

Tilly entrou e colocou uma pilha dura de linho na mesa entre os dois conspiradores. O tecido tinha cheiro de sol. Molly mostrou os dentes postiços para Tilly.

— Enxague-os para mim — mandou, olhando para Teddy e se desculpando. — É o coco, sabe.

Tilly segurou a dentadura da mãe debaixo da água corrente.

— Ainda dão aqueles bailes aqui nos sábados à noite? — sussurrou Molly com inocência.

Tilly colocou a dentadura no pires à frente e começou a dobrar a roupa de cama, estalando fronhas e toalhas perto demais da orelha esquerda de Teddy.

Teddy se debruçou.

— Tem baile do time do futebol este sábado, ganhamos a final e...

— Ah, que coisa adorável.

Molly deu um sorriso doce para Tilly. Em seguida voltou a encarar Teddy, erguendo uma das sobrancelhas e dizendo sem som com a boca de pura gengiva:

— Leve ela.

— Os irmãos O'Brien vão tocar — disse ele, olhando para Tilly, que continuava dobrando e alisando o algodão em pilhas quadradas.

— Ouvi dizer que os irmãos O'Brien são muito bons — continuou Molly.

— Muito mesmo — confirmou Teddy. — Hamish O'Brien na bateria, Reggie Blood na rabeca, Big Bobby Pickett toca guitarra elétrica e Faith O'Brien arrisca no piano e canta. Vaughan Monroe e coisas do tipo.

— Que exibidos — decretou Molly.

Tilly dobrava e batia as roupas.

— Que tal, Til? Aceita uma dança no salão encerado com o melhor e mais bonito dançarino da cidade?

Ela encarou os olhos azuis e cintilantes de Teddy.

— Eu adoraria, se essa pessoa existisse.

Nancy se aninhou no sofá ao lado do quadro de telefonia com um edredom e algumas almofadas. Ruth levou a xícara quente de líquido marrom até ela. As duas a cheiravam, segurando e olhando.

— Achocolatado não é — concluiu Nancy.

— Não — concordou Ruth. — Prudence disse que ela deve ser herborista. Leu sobre isso num livro.

— Tenho sais da geladeira do sr. A., caso a gente passe mal. — Nancy deu um tapinha no bolso da camisa para confirmar. — Você primeiro.

— Não aconteceu nada quando comemos aquela coisa verde parecida com ervas daninhas.

— Mas dormimos como bebês — lembrou Nancy.

Ruth olhou para a bebida marrom.

— Vamos, a gente bebe junta.

Elas deram um gole e torceram o nariz.

— Vamos beber só metade — resolveu Ruth — e ver se acontece alguma coisa.

As duas ficaram sentadas de olhos arregalados, esperando.

— Está sentindo alguma coisa? — perguntou Nancy.

— Nada.

— Nem eu.

Elas acordaram com alguém batendo na porta. Ruth olhou ao redor e tocou o próprio corpo. Estava bem, ainda viva. Foi até a porta.

— Quem é?

— Tilly Dunnage.

Ruth abriu a porta um centímetro.

— O que você quer?

— Perdi uma coisa, ou melhor, nunca recebi.

Ruth arregalou os olhos. Atrás dela, Nancy andou na ponta dos pés até ficar atrás da porta.

— Era um pó — explicou Tilly —, um pó amarronzado.

Ruth balançou a cabeça.

— A gente não viu, não sei nada de lata de pó nenhuma.

— Entendo — respondeu Tilly.

A boca de Ruth estava marrom. Ruth franziu o cenho.

— Que tipo de pó era?

— Nada importante — disse Tilly, começando a se afastar.

— Não era veneno ou algo assim?

— Era fertilizante para minhas plantas. Esterco do Morcego-Vampiro Sul-americano, o melhor que existe, por causa do sangue que eles chupam.

— Ah — disse Ruth.

Conforme Tilly se afastava (perguntando-se onde encontraria mais hena), ela ouvia o barulho das ânsias de vômito e de pés correndo na central. A luz do banheiro se acendeu.

Caminhando na direção da Pratts, Tilly encontrou Mae na esquina da biblioteca. Mae estava a caminho de casa levando prendedores de roupa e leite.

— Bom dia — cumprimentou Tilly.

— Dia — respondeu Mae, continuando a caminhar.

Tilly se virou para o vestido estampado de flores vermelhas e grandes se afastando com pressa e disse em voz alta:

— Obrigada por cuidar de Molly.

Mae parou e se virou.

— Eu não fiz nada, apesar de estar evidente.

— Você escondeu o fato de que ela estava...

Tilly não conseguia dizer as palavras senil ou louca porque é do que costumavam chamar Barney. Uma vez, algumas pessoas foram até a escola para levá-lo e interná-lo, mas Margaret correu e buscou Mae. Até hoje sempre havia alguém com Barney.

— É melhor ficar quieta no seu canto por aqui, é bom que você saiba — disse Mae, voltando a se aproximar de Tilly. — Nada jamais muda de verdade, Myrtle.

Ela deu meia-volta e foi embora, deixando Tilly se sentindo surpresa e mais sóbria.

O dia seguinte estava sem vento e as nuvens baixas pareciam manteiga numa torrada, mantendo a terra quente. Irma Almanac estava sentada no quintal observando o córrego seguir seu curso, levando junto todos os traços da primavera. Tilly apareceu empurrando a cadeira com a mãe na margem do córrego e na direção dela.

— Como vai hoje?

— Vai chover — revelou Irma —, mas só o suficiente para abaixar essa poeira.

As duas mulheres mais velhas ficaram sentadas no terraço enquanto Tilly fazia chá. Irma e Molly conversaram, tomando o cuidado de evitar os assuntos que tinham em comum — bebês sumidos, homens violentos. Em vez disso, conversaram sobre a praga de coelhos, a proposta de vacina para a tosse convulsiva, o comunismo e a necessidade de escaldar feijão antes e depois de fervê-lo e antes de colocá-lo na sopa por causa de possíveis envenenamentos. Tilly colocou alguns bolinhos na frente de Irma.

— Falando em veneno... — murmurou Molly.

— Fiz uns bolos especiais para você — disse Tilly.

Irma pegou um deles com os dedos inchados e nodosos e o experimentou.

— Diferente — comentou.

— Já comeu alguma coisa que Lois Pickett preparou?

— Acredito que já.

— Então vai ficar bem — disse Molly.

Irma mastigou e engoliu.

— Conte-me, por que uma garota bonita e inteligente como você voltou para cá?

— Por que não?

Elas saíram antes da hora do almoço. Irma sentia-se leve, contente e bastante ciente dos detalhes do dia — o céu quieto e o cheiro do córrego, de taboas e de lama, o calor da grama do jardim, os mosquitos cantando e uma leve brisa roçando seus cabelos nas orelhas. Ela podia escutar os ossos rangendo dentro do corpo, mas não estavam mais doendo. Ela estava comendo mais um bolo quando Nancy enfiou a cabeça pela porta.

— Está aqui, é?

Irma deu um pulo na cadeira e logo em seguida se enrijeceu, pronta para a fisgada aguda de dor que a deixaria sem fôlego, mas ela não veio. Nancy estava irritada, com uma das mãos no quadril. Atrás, a careca do sr. Almanac se aproximava devagar da porta, como o nariz de um bimotor DC3. Irma riu.

— Você não estava na frente da casa para segurar o sr. A. aqui e ele teria ido de cara na porta da frente se eu não tivesse corrido. — Nancy deu uma batidinha na cabeça do sr. A.

As lágrimas escorriam pelo rosto de Irma e seu velho corpo sofrido estava se sacudindo de tanto rir.

— Vou deixar a porta aberta no futuro — disse ela, quase gargalhando, dando um tapa na coxa.

O sr. Almanac afundou na poltrona.

— Você é uma tola — disse ele.

— Certo, então, vou deixar vocês cuidando de suas vidas — disse Nancy, saindo toda emproada.

— Aquelas duas Dunnage estiveram aqui — balbuciou o sr. Almanac.

— Sim — confirmou Irma com alegria —, a jovem Myrtle levou meus vestidos. Ela vai colocar botões maiores, para facilitar para mim.

— Ela nunca vai conseguir se redimir — devolveu ele.

— Ela era apenas uma criança...

— Você não sabe de nada — cortou ele.

Irma olhou para o marido, sentado com a cabeça abaixada até a mesa, os traços pendurados como tetas numa cadela prenhe. Ela começou a rir mais uma vez.

Naquela semana, Teddy McSwiney foi até A Colina mais três vezes. Na primeira visita levou lagostins e ovos frescos que Mae acabara de pegar.

— Ela mandou dizer que é para gritar se precisar de alguma coisa.

Tilly ficou aliviada, mas ainda tinha coisas urgentes para fazer no jardim, por isso deixou Teddy e Molly Maluca comendo os crustáceos — recém-pescados, cozidos, descascados, envoltos em alface e salpicados de vinagre de limão caseiro. Ela os comeu naquela noite antes de ir dormir, lambendo o líquido do prato antes de colocá-lo na pia.

Na segunda vez, Teddy chegou com dois filetes de bacalhau marinados num molho secreto e salpicado de tomilho fresco. Tilly foi trabalhar na horta, mas o cheiro do bacalhau a fez entrar. O peixe parecia derreter em suas papilas gustativas. Quando não restava mais nada nos pratos, Tilly e Molly baixaram os garfos e facas e observaram os pratos vazios. Tilly falou em tom frio:

— Estava delicioso.

Molly arrotou e disse:

— Assim é melhor. Você não deveria ser indelicada com ele. A mãe dele salvou minha vida.

— A mãe dele trazia a comida que a sra. Almanac fazia. *Eu* salvei sua vida.

— Ele é um bom jovem e quer levar você ao baile — disse Molly, piscando de maneira sedutora para ele, que retribuiu com um sorriso gracioso e ergueu seu copo.

— Eu não quero ir — insistiu Tilly, levando os pratos para a pia.

— Tudo bem, fique aqui me torturando, me controlando, tendo certeza de que não vou fugir. A casa é minha, sabia?

— Não vou.

— Tudo bem — disse Teddy. — Ela só ia mesmo chatear minhas parceiras de sempre... e todo o resto do pessoal.

Ele notou os ombros de Tilly se enrijecerem.

Molly ficou amuada por dois dias. Ela não olhava para Tilly e não comia. Acordou a filha três vezes uma noite para dizer:

— Fiz xixi na cama.

Tilly trocou os lençóis. Quando ela entrou na cozinha na terceira tarde com uma cesta de lençóis secos, Molly avançou com a cadeira depressa na sua direção, abrindo um corte profundo na canela da filha com a beirada afiada do apoio para os pés.

Tilly apenas disse:

— Ainda assim eu não vou ao baile.

De binóculos, Teddy a viu lendo sentada no degrau da varanda, então correu até o alto da Colina levando vinho, seis tomates caseiros vermelhos como sangue, algumas cebolas, nabos e cenouras (ainda quentes da terra), uma dúzia de ovos frescos, uma galinha roliça (já sem as penas e eviscerada) e uma panela novinha em folha.

— Veio do lixo de Marigold — disse ele. — Ela não sabe o que fazer com isso.

Tilly ergueu as sobrancelhas para Teddy.

— Você é incansável, não?

— É chamada de panela de pressão. Vou mostrar para você.

Passou por ela e entrou na cozinha. Molly levou a cadeira até seu lugar de sempre à cabeceira da mesa, colocou um guardanapo na gola e o alisou por cima do vestido novo. Teddy começou a preparar um frango ao vinho tinto. Quando Tilly entrou na cozinha, Molly disse:

— Tive uma surpresa esta manhã, jovem, um fonógrafo me foi entregue da estação de trem. Gostaria de ouvir música enquanto cozinha?

Teddy olhou para Tilly, com os olhos lacrimejantes por causa do punhado de cebola picada na tábua. Tilly pendurou o chapéu de sol num prego na parede e levou as mãos até os quadris.

— Ela vai deixar depois que puser a mesa — disse Molly.

Tilly colocou um disco no toca-disco.

Teddy perguntou:

— Alguma de vocês leu sobre uma nova peça americana chamada *South Pacific*? Ainda não passou aqui. Tenho um amigo que me consegue o disco assim que sair nas lojas. Quer um, Molly?

— Parece muito romântico.

— Ah, mas é mesmo — garantiu Teddy.

— Odeio romance — disse Tilly.

Billie Holiday começou a cantar uma música sobre corações partidos e um amor sofrido. Mais tarde, enquanto comiam o frango ao vinho, Tilly tocou uma espécie de jazz, de um tipo que Teddy nunca escutara antes e sobre o qual tinha medo demais para perguntar.

— George Bernard Shaw morreu.

— É mesmo? — perguntou Tilly. — Mas J. D. Salinger ainda está vivo, poderia pedir a seu amigo para me arranjar uma cópia de *O apanhador no campo de centeio*? Ainda não foi publicado.

Todos se calaram com o sarcasmo dela.

Molly a olhou, e então pegou o prato de guisado de frango pelando e o derramou nas próprias coxas. O vestido de poliéster que Tilly havia terminado de costurar para ela naquele dia derreteu sobre as coxas da mãe. Tilly congelou.

— Olha só o que você me fez fazer — disse Molly, rindo, começando logo em seguida a tremer, o choque sibilando baixinho através dos lábios finos e elásticos.

Teddy levantou a saia da mãe de Molly antes que grudasse nas coxas. Ele olhou para Tilly, ainda imóvel na mesa.

— Manteiga — pediu ele.

Tilly se levantou num salto. Teddy tirou seu cantil do bolso e derramou uísque na boca da velha. Em seguida, ela desmaiou. Ele a levou até a cama e saiu, mas em pouco tempo voltou para ficar ao lado de Tilly. Ela não disse nada, apenas ficou sentada ao lado da cama da mãe com expressão triste. Barney chegou com uma garrafa de creme do sr. Almanac e a entregou a Teddy.

— Fiz o que você mandou, disse que não era para a Molly Maluca.

— Mencionou o nome dela? — retrucou Teddy.

— Você me mandou não mencionar.

— Então você não falou o nome dela?

— Não. Dei seu nome, e ele falou para passar amanhã. — Tilly olhou para Barney parado na porta. — Amanhã — repetiu. — Ele me disse para mandar você passar amanhã.

Teddy afagou as costas do irmão gentilmente.

— Está bem, Barney. — Ele se voltou para Tilly e perguntou: — Lembra-se do meu irmão?

— Obrigada por trazer o creme — disse ela.

Barney corou e olhou para a parede ao lado.

Quando saíram, ela cheirou o creme do sr. Almanac e o jogou fora, então juntou algumas ervas e cremes de um baú que estava embaixo da cama e fez uma pasta.

Molly ficou deitada nua da cintura para baixo. Nas coxas, duas manchas vermelhas do tamanho da palma da mão incharam e se encheram de líquido transparente. Tilly esvaziava a comadre da mãe diversas vezes por dia, cuidava de suas feridas, e fazia o que a velha mandasse. As bolhas diminuíram e deixaram duas marcas de queimadura.

9

Em Winswept Crest, Elsbeth estava sentada na janela da sacada com o corpo rígido, os punhos cerrados e os olhos transbordando de raiva. Mona deslizava pelos cantos da cozinha passando pano em todas as superfícies, abrindo o forno e verificando as tampas de todos os potes enquanto olhava de esguelha para a mãe.

William estava no pub debruçado no balcão, pensando na mãe e no fato de que já estava na hora do chá. Os jovens entornavam suas cervejas e andavam em ziguezague até a porta, indo para o salão. Scotty Pullit deu um tapinha nas suas costas.

— Vamos lá, mariquinhas, vamos divertir as garotas. — Ele se afastou, dobrando o corpo e tossindo.

William parou na frente da agência postal, mexendo em algumas moedas no bolso, olhando para o telefone público. Ele ainda não havia se recuperado de seu encontro com o sr. Pratt e a pasta grossa cuja etiqueta dizia: "Windswept Crest". Scotty Pullit apareceu ao lado dele e ofereceu sua garrafa da aguardente escaldante de melancia. William deu um gole, tossiu e arfou, seguindo Scotty, os outros jogadores, e os filhos e filhas dos fazendeiros até o salão. Lá dentro, balões e bandeirolas estavam pendurados de uma pilastra à outra.

Ele perambulou até a mesa de bebidas onde tomou ponche e fumou com os garotos. As garotas da cidade se alvoroçaram em grupos de duas ou três e se acomodaram nas mesas dos cantos, gorjeando e conversando.

Os irmãos O'Brien prepararam seus instrumentos. Hamish testou a bateria enquanto a esposa ficou sentada ao piano, estalando os dedos e murmurando. Faith usava um vestido de tafetá vermelho-bombeiro apertado. Os cachos castanho-escuros estavam presos no alto da cabeça, à la Carmen Miranda, e brincos de rosas de plástico penduravam-se nas orelhas. Um anel que combinava com os outros adereços cobria todo o dedo. Ela usava base e pó demais no rosto. Faith sentou o traseiro largo de saia rodada num banco pequeno, pigarreou e fez um lá bemol maior. Ao lado, Reginald — "a rabeca de Faith" — passava o arco pelas cordas do violino, se esforçando para corresponder às notas dela. Bobby Pickett tocava a Fender, sorrindo e exibindo a falta de um dente da frente enquanto os presentes gritavam. Faith bateu no microfone.

— Um dois, um dois — disse, e então soprou. Um agudo estridente percorreu o lugar todo. William se encolheu e tapou os ouvidos com os dedos. — Boa noite e bem-vindos ao baile de sábado à noite com a banda de Faithful O'Brien...

— Argh, é a banda Blood e *Irmãos* O'Brien! — interrompeu Hamish.

Faith revirou os olhos, pôs as mãos nos quadris e disse no microfone:

— Hamish, já falamos sobre isso. Nenhum de vocês são irmãos.

Hamish bateu os pratos e os músicos começaram a tocar as primeiras notas de "God Save the King". Todos prestavam atenção. William se lembrou da mãe, então pegou a garrafa de aguardente de Scotty e bebeu mais para não continuar pensando. Quando o hino terminou, uma fila de jogadores de futebol levou com ousadia uma garota cada para a pista de dança. A banda começou "Buttons and Bows" e os casais pulavam de lado como se fossem uma pessoa só, dançando em sentido horário pelo salão. A banda da família de Faith O'Brien se aqueceu e tocou uma versão de "Sunny Side of the Street". Um fazendeiro encaroçado foi arrancado do lado de William por uma moça de uma região vizinha, e os dois dançaram na pista de dança cheia de saias rodadas, meias-calças com costura, sapatilhas e anáguas à espreita. Aqui e ali, um velho conjunto desfiado de saia e terno de lã de dez anos atrás dançava sedado entre os babados.

Gertrude Pratt passou pela porta, com um cardigã pendurado nos ombros e a bolsa no braço. Foi até a mesa de refrescos. William se virou para apagar seu Capstan na rua e ir embora, mas, em vez disso, se viu frente a frente com Gertrude. Ele olhou a menina de rosto redondo e olhos castanhos suaves e, sorrindo como se pedisse desculpas, levantou o braço, apontando para a porta atrás dela, e disse:

— Eu estava prestes a ir para casa...

Ela deu um passo à frente, pegou-o pela mão e o puxou até os outros, dançando.

William não dançava desde suas aulas com a srta. Dimm, quando tinha 15 anos, e era todo desajeitado. A garota em seus braços o fez se lembrar daquela época, com a diferença de que ela era uma dançarina surpreendentemente boa, leve e perfumada. Ele podia sentir os quadris dela se mexendo, a carne quente da cintura debaixo da palma de sua mão, os cabelos castanhos e cheios roçando seu rosto. William tropeçou, pisando nos pés dela, e bateu os joelhos nos dela. Então, Gertrude o segurou com mais força e mais perto, e ele sentiu os seios macios dela contra suas lapelas. Depois de alguns minutos, ele se sentia tranquilizado pela amigável garota em seus braços. Ela lhe dava uma sensação angelical, e era como se estivessem no céu.

Quando a dança terminou, William foi buscar ponche. Encontrou Scotty à mesa de bebidas e bebeu com vontade da garrafa de aguardente de melancia. Scotty olhou para Gertrude.

— Pelos meus cálculos, deve dar prejuízo, essa aí — disse ele.

— Bem — respondeu William, desolado —, ouso dizer que o pai dela está gastando meu dinheiro com ela.

Ele queria de alguma maneira pagar parte da dívida ou um empréstimo, só para começar. Ele se perguntou se... pegou a garrafa de aguardente de novo e foi até a mesa diante na qual Gertrude Pratt estava sentada à espera do ponche.

— Está muito quente aqui — disse ela.
— Sim — concordou William.
— Vamos dar uma volta lá fora? — Ela pegou William pela mão.

Os dançarinos estavam parados como estátuas de campeões no topo de troféus, aguardando. Barney McSwiney folheou as páginas manchadas de preto, e a banda procurou uma nota em comum. Eles viram Tilly Dunnage de braços dados com Teddy McSwiney, estrela e *full-forward* do time, quando os dois jovens entraram. Em seguida, Faith os viu e a banda parou; todos os olhares se voltaram para eles também. Em algum lugar do salão, um balão estourou.

Tilly manteve o olhar longe. Sabia que aquilo seria um erro, era cedo demais, ousadia demais. Uma onda de náusea tomou conta, depois uma de culpa, e ela pensou consigo mesma: *não foi culpa minha*, mas se virou para a porta de qualquer forma. Teddy a segurou com firmeza, o braço forte em volta da cintura de Tilly.

— Não posso ficar — alegou ela, mas ele continuou andando, atravessando o salão em sua companhia.

Os casais se afastaram para os lados e encararam Tilly, vestida num estonteante vestido verde que parecia esculpido, trabalhado ao redor do corpo esbelto. A peça se curvava com os quadris de Tilly, se esticava sobre os seios e apertava as coxas. E o material... crepe georgette, dois e seis o metro no balcão de ofertas dos Pratt. As garotas, em seus vestidos curtos com cinturas apertadas, cabelos imóveis em cachos perfeitos, abriram as bocas pintadas de cor-de-rosa e ajeitaram, encabuladas, as saias de babado. As garotas que tinham vergonha de dançar afundaram ainda mais nas cadeiras junto às paredes, e uma onda de cutucões de admiração passou por todos os jovens do sexo masculino.

Tilly manteve uma expressão rígida no rosto até chegarem à mesa vazia na lateral do salão, bem ao lado da banda. Sentou-se enquanto Ted pegava sua estola e a pendurava com cuidado nas costas da cadeira. Os ombros pareciam ainda mais brancos em contraste com o vestido verde, e um cacho comprido escapava pelo pescoço e parava entre as omoplatas.

Teddy foi até a mesa de bebidas. Os homens abriram caminho para que passasse. Ele voltou com um ponche para ela e uma cerveja para ele e se sentou ao lado de Tilly. Os dois olharam para a banda. A banda olhou de volta. Tilly ergueu uma das sobrancelhas para Faith. Faith piscou e se voltou para o piano, e em um segundo a algazarra voltou. A banda começou "If You Knew Suzie, Like I Knew Suzie, (Oh Oh)".

Teddy se recostou, cruzou as pernas e estendeu um dos braços até as costas da cadeira de Tilly. Ela estava tremendo. Ele a cutucou e sugeriu:

— Vamos dançar.

— Não.

Ela ficou olhando a banda a noite toda. Tilly sentiu a culpa revirar seu estômago. Estava acostumada com aquilo, acostumada a esquecer e a se divertir até se lembrar, de repente, sentindo-se subitamente indigna. Ninguém se aproximou da estrela do time nem de sua companhia naquela noite. Ela ficou satisfeita; era mais fácil assim.

Quando ficou claro que William não ia chegar a tempo para o chá, Mona leu durante um tempo, iluminada pela lamparina amarela no canto da sala. O zumbido baixo e monótono da radiola atravessava toda a casa. Elsbeth Beaumont continuava no mesmo lugar: na janela da sacada, sua silhueta era delineada pelo forte luar, realçando o formato de seu nariz.

Mona falou:

— Acho que vou para a cama agora, mãe.

A mãe a ignorou. Mona fechou a porta de seu quarto com força. Foi até sua penteadeira e pegou o espelho de mão. Fechou as cortinas, ajeitou o abajur de cabeceira, tirou as calcinhas de raiom esgarçadas e levantou a saia. Ela se sentou na beirada da cama segurando o espelho voltado para si e observou as dobras arroxeadas e escuras de sua virilha, sorrindo. Em seguida ela se despiu devagar, observando-se no espelho, deixando as alças da anágua caírem dos ombros e descerem até os tornozelos. Ela acariciou os seios e passou uma das mãos pelo pescoço. Então, por baixo da colcha de poliéster, Mona Beaumont alcançou seu silencioso orgasmo noturno.

Às margens do córrego de Dungatar, William, ereto e ansioso, se esfregou com força nas coxas quentes de Gertrude Pratt. Levando a mão ao zíper da calça, ele só conseguiu pensar numa coisa para dizer:

— Gertrude, eu te amo.

— Sim — respondeu Gertrude, abrindo um pouco mais as pernas.

Gertrude Pratt conquistou William Beaumont ao permitir que ele inserisse o dedo do meio da mão direita na abertura de seus pequenos lábios úmidos até onde ela mais se estreitava, até pouco antes do hímen.

William voltou a Winswept Crest corado e feliz. A mãe ainda estava sentada na janela, com a luz do amanhecer brilhando atrás dela.

— Bom dia, mãe — disse ele.

Ela se virou para o filho com lágrimas escorrendo pelo rosto, caindo no broche de pavão de marcassita no peito.

— Esperei você a noite toda.

— Não precisa, mãe.

— Andou bebendo.

— Sou um homem agora, mãe, e é noite de sábado... pelo menos era.

Elsbeth fungou e secou os olhos com um lencinho.

— Eu... me diverti. Da próxima vez vou insistir para Mona ir comigo — disse ele, indo para o quarto.

Teddy McSwiney acompanhou Tilly até sua casa e a levou à porta.

— Boa noite — disse ela.

— Não foi tão ruim, foi?

Ela apertou a estola em volta dos ombros.

— Posso cuidar de você... — Ele sorriu e se aproximou dela.

Tilly havia prendido um pouco de tabaco na estola e se virou para procurar.

— Isto é, se você quiser.

Ela colocou um papel de cigarro nos lábios e segurou sua latinha de tabaco.

— Boa noite — disse Tilly, abrindo a porta dos fundos.

— Eles terão que se acostumar com você — sugeriu Teddy, dando de ombros.

— Não — discordou ela. — Eu é que vou precisar me acostumar com eles.

E fechou a porta.

Shantung

Tecido com fios de seda irregulares e efeito texturizado. Muitas vezes, sua cor creme natural é tingida de tons fortes, resultando num efeito vibrante. Ligeiramente frisado ao toque e com um brilho suave. Adequado para vestidos, blusas e acabamentos.

Tecidos para costura

10

O sargento Farrat estava sentado na água quente até a altura dos mamilos, seu relógio fazendo tique-taque e a torneira pingando. Em volta do corpo rosado e aquecido, flutuavam raminhos de alecrim (para estimular clareza de pensamento) e capim-limão (pela fragrância). Ele havia passado ovo de pato cru nos cabelos e os vestígios melados escorriam pela testa, alcançando o alto das sobrancelhas brancas e se juntando à máscara de babosa no resto do rosto. Havia uma xícara de chá de camomila e, na frente dele, um caderninho no suporte de sabonete sobre a banheira. Farrat estava com um lápis na boca, pensando no vestido rabiscado no caderninho. Precisava de uma pena — talvez de pavão.

O alarme tocou. Ainda tinha uma hora antes de Beula chegar, cheia de raiva e fazendo acusações sobre os acontecimentos do baile. Ele segurou o nariz e mergulhou na água amarronzada, esfregando as preparações de beleza em seu corpo submerso. Farrat se esforçou para sair da banheira, com o traseiro apertado contra o esmalte, e se levantou, seus testículos como tomates, pendurados e pelando. Pegou a toalha e foi ainda pingando até o quarto se vestir e se preparar para a semana.

Quando Beula Harridene chegou e começou a bater na porta do escritório, o sargento estava debruçado no balcão lendo as letrinhas das instruções de seu catálogo de tricô, *Quaker Girl*, para um padrão de agasalho italiano criado pela BIKI de Milão. Ele murmurou:

— Agulhas 14 em 138 p, p.t. 9, p.m.1, 21 pontos meia (p.m. 11, no próximo p), 8 vezes...

Ele esticou uma linha de lã sobre o dedo indicador gordo, e segurava duas agulhas finas de metal na outra mão. O sargento Farrat usava seu uniforme da polícia e meias finas cor-de-rosa claro com delicadas sapatilhas de balé num tom de pêssego, amarradas cuidadosamente ao redor dos tornozelos fortes com fita de cetim branca. Ele ignorou Beula e continuou a simular os pontos com as agulhas para entender as instruções. Por fim as abaixou, deu uma pirueta na direção de seu quarto e colocou sapatos e meias convencionais. Em seguida destrancou a porta do posto policial e reassumiu sua posição atrás da mesa, enquanto Beula seguia logo atrás, tagarelando.

— ... e a fornicação que aconteceu nesta cidade na noite de sábado, sargento Farrat, foi vil e repulsiva. Garanto que vai haver confusão quando eu contar a Alvin Pratt sobre a filha...

— Você faz tricô, Beula?

Beula piscou algumas vezes. Ele virou o catálogo para ela e o empurrou sobre a mesa em sua direção. Ela estudou as instruções, com o queixo recuando até o pescoço.

— Preciso que escreva para mim em linguagem simples o que essas abreviações querem dizer. — Ele se inclinou até a orelha dela e cochichou: — Códigos. Estou tentando decodificar uma mensagem da sede. É uma mensagem secreta, mas sei que você é boa em segredos.

Na farmácia, Nancy posicionou o sr. Almanac com cuidado de modo que ele ficasse de frente para a porta de entrada aberta. Ela lhe deu um pequeno empurrão e ele trotou, pendendo para a esquerda. Nancy levou as mãos até o ouvido e fez uma careta. O sr. Almanac bateu numa mesa, ricocheteou, e parou numa parede, inclinado como uma escada.

— Por que não me deixa ir buscar a correspondência hoje, sr. A.?

— Gosto da minha caminhada matinal — respondeu ele.

Nancy ajudou o corpo duro do farmacêutico a passar pela porta até a calçada, virou-o na direção correta e impulsionou-o com gentileza para a frente.

— Ande junto da rachadura do meio.

Ela observou o corpo sem cabeça e encurvado cambalear, voltou para dentro da farmácia e apanhou o telefone.

Ruth estava na frente da chaleira elétrica usando o vapor para abrir um envelope gordo endereçado a Tilly Dunnage. Ouviu o telefone e foi até o quadro. Pegou o fone, posicionou-o na cabeça, esticou o fio e o encaixou na linha da farmácia.

— Nance?

— É Nance, sim, ele está a caminho daí.

Ruth voltou à chaleira, segurou o envelope junto ao vapor, abriu com cuidado o restante que faltava da aba e tirou a carta de dentro. Estava escrita em espanhol. Colocou-a de volta na sacola de entrega, pegou as cartas do sr. Almanac e foi até a porta. Destrancou-a, subiu as persianas, virou a placa da porta para o lado "aberto" e foi até a calçada. O sr. Almanac se embaralhava seguindo uma rachadura na calçada até alcançá-la.

— Dia. — Ela colocou uma das mãos na careca brilhante do farmacêutico.

Ele estava contando os passos até o sinal de "parar" de seu cérebro alcançar os pés.

— Bom dia — respondeu, deixando cair um fio de saliva que foi parar entre os sapatos.

Ruth enfiou um envelope de papel pardo e um pacote amarrado com fio embaixo do braço duro dele, o fez dar meia-volta e empurrou seus ombros com o dedo indicador. Ele cambaleou de volta à farmácia.

— Fique junto à rachadura do meio da calçada, hein?

Do lado de fora da farmácia, a uma quadra, Nancy estava varrendo e acenou para a amiga. Reginald entrou na loja, pedindo a Nancy para que o acompanhasse.

— O que posso fazer por você, Reg?

Reg parecia angustiado.

— Preciso de alguma coisa para uma... erupção de pele — sussurrou ele.

— Me mostre — pediu Nancy.

Reg fez uma careta.

— É mais uma irritação, está coçando...

— Ah — disse Nancy, assentindo —, alguma coisa que alivie a coceira.

— Isso, para aliviar — repetiu Reg, observando-a abrir a geladeira do sr. Almanac. — Vou querer dois potes grandes.

Muriel estava passando um pano nos tanques de gasolina na frente do armazém quando Beula Harridene foi até ela, vermelha e agitada.

— Olá, Beula.

— Aquela Myrtle Dunnage, ou Tilly, como agora se chama, foi ao baile sábado à noite.

— Não me diga.

— Com aquele Teddy McSwiney.

— Não diga! — repetiu Muriel.

— Você nunca vai acreditar no que ela estava usando, ou quase usando: uma toalha de mesa verde que comprou de você. Simplesmente a amarrou em volta do corpo. Não escondia nada. Todo mundo ficou mudo de repugnância. Está cheia de más intenções, aquela lá, pior que a mãe.

— Eu me atreveria a dizer o mesmo — concordou Muriel.

— E adivinha com quem Gertrude ficou *a noite toda*.

— Quem?

Bem na hora, William passou dirigindo devagar a monstruosidade velha de sua mãe. Quando elas viraram o rosto para olhá-lo, ele levantou uma das mãos que estava no volante, inclinou o chapéu para cumprimentá-las e seguiu em frente.

Muriel olhou para Beula e cruzou os braços. Beula assentiu.

— Escute o que estou dizendo, Muriel, ele vai deflorá-la atrás do cemitério em um piscar de olhos.

Lois estava de joelhos com um dos braços encardidos enfiado num balde de água morna com sabão, o chão ao redor molhado e brilhante. Era uma mulher quadrada com um avental engordurado que batia nas coxas quando ela andava. O cabelo curto grisalho tinha uma espécie de crista permanente e soltava flocos brancos de caspa sobre os ombros. Ela suava — água salgada escorria de seu nariz avermelhado —, mas ainda não tinha lavado nem um metro quadrado do chão de Irma Almanac.

Irma estava indo para seu posto, as articulações enferrujadas girando as rodas da cadeira, os ossos rangendo como giz num quadro-negro. A caminho da lareira, o eixo da cadeira guinchou.

— Cadê a manteiga, Irma querida? — perguntou Lois.

Irma voltou os olhos azuis na direção da geladeira. Lois atacou as rodas e juntas da cadeira com a manteiga e a levou para trás e para frente, para trás e para frente. Nem um barulhinho, mas Irma estremeceu e seus olhos se encheram d'água.

— Precisava de algo assim para seus ossos, Irma querida?

Irma observou Lois terminar de esfregar o chão. Queria ter forças para mandá-la colocar as cadeiras em cima da mesa para lavar debaixo delas também. Aquele pedaço do chão não era lavado desde que Lois fora contratada para "limpar" a casa havia anos.

— Como foi o baile? — perguntou ela.

— Bem, não é para fazer fofoca nem nada...

— Claro que não.

— ... Mas aquela Myrtle Dunnage, que se chama de Tilly hoje em dia... bem, ela é abusada, estou lhe dizendo, aparecendo com um vestido tão ousado e obsceno e seguindo Teddy McSwiney por aí a noite toda. Ela não presta, se quer saber minha opinião. Não estou falando nada, assim como não falo nada de *Faif* O'Brien e seus modos, mas aquela Tilly vai causar mais encrenca, pode esperar. Ao que parece, a jovem Gertrude Pratt e aquele William passaram a noite toda juntos...

— Gertrude, é?

— ... E Nancy me contou que Beula contou a ela que acha que agora Gertrude vai precisar se casar. Pode imaginar a reação de Elsbef?

11

O sargento Farrat tomava café da manhã no quintal com o sol matinal batendo em suas costas. Ele segurou a ponta de uma banana, apoiando-a num prato e abrindo-a no meio, e dissecou-a em intervalos de dois centímetros. Largou a faca e tirou a casca com cuidado usando um garfo de sobremesa delicado, depois colocou uma pequena meia-lua na boca e mastigou depressa. Farrat ouvira falar a respeito do vestido verde e se perguntou se poderia pedir a Tilly uma pena de avestruz. Comeu torrada com marmelada e depois espanou as migalhas de sua roupa — um vestido de Rita Hayworth que tinha copiado de uma foto de revista do casamento dela com Aly Khan. Ele fez o chapéu com uma aba maior — 45 centímetros — e a rodeou com uma rede azul-clara e rosas de crepe branco. O sargento suspirou; seria perfeito para a corrida de primavera.

No alto da Colina, Tilly estava debruçada em cima de sua máquina de costura costurando um zíper de 15 centímetros no corpete de um vestido com tom intenso de ametista, os dedos ágeis guiando o tecido em cima da chapa da agulha. Molly entrou na cozinha e, no caminho até a porta dos fundos, derrubou com a bengala o saleiro e o pimenteiro, um vaso de ervas e um incensário de cima do banco.

Tilly continuou a costurar. Lá fora, Molly se apoiou na coluna da varanda e viu alguém se aproximando: um jovem balançando os braços para estabilizar um enorme pé torto de bota na extremidade de uma de suas pernas atrofiadas. Ele pegou seu maltratado chapéu no portão e ficou parado, suado e sorrindo, apesar do rosto cheio de espinhas inflamadas. A boca era pequena e tinha dentes demais. O casaco estava apertado; e o short, largo.

— Sra. Dunnage?
— Eu sei — disse ela.
Barney fechou o sorriso.
— Sou eu, Barney.
— Somos parentes?
— Não.
— Graças a Deus.
— Eu gostaria de falar com Tilly, por favor.
— E por que acha que ela gostaria de falar com você?

Barney piscou e engoliu em seco. De súbito pareceu desolado e amassou o chapéu com as mãos.

— Olá, Barney. — Tilly estava parada atrás de Molly e sorriu para ele.

— Ah, que bom — disse ele, notando logo em seguida que ela usava apenas anáguas curtas de seda num tom forte de azul. Ele mudou o peso de um pé para o outro, afundando tristemente no pé torto.

— Teddy mandou você vir aqui?
— Sim.
— Barney... — Ela desceu o degrau na direção dele, que recuou. — Pode, por favor, voltar e dizer a ele que eu não vou à corrida com ele e que estou falando sério?

— Sim, eu sei, mas pensei que talvez quisesse ir comigo. Por favor. — Ele perdeu o equilíbrio de novo, dando um soco no chapéu.

Quando Molly abriu a boca, Tilly virou e a cobriu com uma das mãos.

— Não me importo se você se matar, Molly, eu não vou — disse Tilly.

As queimaduras nas coxas de Molly ainda inchavam num banho morno. Tilly se voltou para o decepcionado rapaz.

— Não é que eu não queira ir com você...

— Mentira! É, sim. É porque você é espasmódico — interrompeu Molly.

Tilly olhou para baixo e contou até dez, então olhou de volta para o rosto magoado de Barney, cujos olhinhos azuis brilhavam de lágrimas.

— Pode entrar para esperar até que eu termine de costurar meu vestido, Barney? Só vou demorar um minutinho. — Ela se voltou para a mãe. — Você fica aqui.

— Não adianta, não vou apodrecer — disse ela, sorrindo para Barney. — Entre, rapazinho. Vou fazer uma xícara de chá para você. Não a deixe preparar nada para você, ela é feiticeira. Deve ser uma amolação ter que arrastar esse pé torto por aí... E tem uma corcunda nas costas também?

O sargento Farrat ficou parado na frente do espelho usando apenas sua nova cinta redutora de borracha e cintura alta da Alston, feita para "inibir os pneuzinhos e conter o diafragma". Ele se vestiu com cuidado e pegou sua câmera Brownie marrom, admirando seu reflexo mais esbelto. Viu o figurino de Rita Hayworth jogado na cama atrás de si e franziu a testa.

A tribuna estava cheia, todos à espera da corrida seguinte. Elsbeth parecia desconfortável na atmosfera quente e cheia de cavalos. William Beaumont apareceu com Gertrude Pratt no braço, seguido por Alvin. Os espectadores pararam de se abanar para olhar. Mona arfou, e a mão de Elsbeth voou até o broche de marcassita no pescoço.

Ela virou o rosto e levantou os óculos de ópera para observar com atenção os obstáculos vazios ao longe. Mona cobriu a boca com o lencinho e se aproximou da mãe. William, Gertrude e Alvin abriram caminho entre a multidão e se sentaram ao lado de Elsbeth. Alvin abriu um sorriso para Elsbeth e a saudou, enquanto Gertrude congelou o sorriso na direção de algum lugar depois das copas das árvores, e William sorriu cordialmente para os que os encaravam na tribuna.

Então Alvin perguntou:

— Já apostou, Elsbeth?

— Eu não jogo — respondeu ela.

Alvin deu uma risadinha.

— Entendi... veio apenas pelos mexericos, então?

Elsbeth baixou os binóculos e os deu para Mona.

— Acho que vou apostar no número 13, o *Bem Casado* — continuou Alvin em tom alegre.

Os espectadores recomeçaram a se abanar bem devagar com as apostas.

— *Muito esperto* — guinchou Elsbeth.

Gertrude corou, e William mordiscou o lábio inferior enquanto encarava os próprios pés. Alvin se levantou, pigarreou e disse com a voz muito clara:

— Como eu tinha certeza de que nos encontraríamos aqui, sra. Beaumont, tomei a liberdade de trazer comigo algumas de suas contas em aberto... dos últimos dois anos. — Ele abriu o casaco e colocou uma das mãos no bolso interno. — Achei que economizaria com a postagem. Sabe como é.

Ela aceitou a pilha gorda de notas fiscais da mão dele. Gertrude se levantou e marchou pela multidão, que abria caminho para ela passar.

William se levantou e olhou feio para a mãe.

— Que aborrecimento — disse ele, apressando-se em meio aos chapéus de palha e boinas.

As mãos em luvas brancas que abanavam as apostas loucamente ficaram para trás.

De vestido novo e chapéu de palha de abas largas, Tilly se aproximou da mesa da cozinha. Barney se levantou depressa, derrubando a cadeira em que estava sentado. Ele engoliu em seco. Havia recheio de biscoito e flocos de coco no queixo comprido. Tilly ficou parada na cozinha cinzenta usando o vestido de uma vibrante cor de ametista. Era feito de shantung e tinha um decote baixo quadrado e um corpete firme que descia apertado até as coxas. Nos joelhos, camadas curtas de saias de cetim balançavam. Os braços e pernas estavam nus e Barney imaginou que devia ser difícil se equilibrar nas sandálias de tiras pretas.

— Barney — começou Tilly —, acho justo você saber de uma coisa. Seu irmão o enviou aqui a fim de me chamar para a corrida só para me tomar de você assim que chegarmos lá, e então vai dar algum dinheiro para se livrar de você. Acha isso certo?

— Não. É errado. Eu o fiz me dar o dinheiro antes.

Teddy aguardava na esquina da biblioteca num Ford velho, mas muito bem-polido, quando Tilly — com vestido brilhante de seda reluzindo sob a luz do sol — chegou de braços dados com o cambaleante Barney. Os dois conversavam intensamente ao passarem pela margem do córrego do outro lado e continuaram a ignorá-lo até chegar à rua do campo oval de futebol, que se transformava numa pista de corrida ou em campo de críquete no intervalo dos campeonatos. Em sensatas blusas florais de botão e saias plissadas, as mulheres pararam tudo para encarar. Os queixos caíram e as sobrancelhas se ergueram e elas cochicharam: *Ela acha que é da realeza.* Tilly abriu caminho até as tribunas ainda de braços dados com Barney. Teddy caminhava ao lado dos dois, sorrindo e tirando o chapéu para o povo boquiaberto. Os três deram as costas para a multidão e se encostaram na cerca dos estábulos para assistir aos cavalos.

— Graham, meu melhor amigo, é um cavalo — disse Barney.

— Você também é — balbuciou Teddy.

— Gosto de cavalos — disse Tilly.

— Mamãe diz que eu ainda não me formei direito. Papai diz que eu só tenho metade dos parafusos.

— As pessoas também dizem coisas a meu respeito, Barney.

Os sons dos cochichos os alcançaram e Teddy escutou Tilly comentar muito baixo:

— Podemos ir embora, se quiser.

Ele virou a cabeça para olhar as mulheres atrás deles. Estavam em pares e grupos, reunidas, reparando em seus próprios vestidos. Estampas claras em raiom, ombreiras, cinturas enfaixadas, bustos proeminentes, golas altas e empertigadas, mangas três-quartos, conjuntos de tweed, luvas e chapéus atarracados com véus cobrindo os olhos.

Era o vestido roxo. Estavam falando do vestido de Tilly.

— Não há necessidade de ir embora — disse Teddy.

Gertrude Pratt se aproximou e pisou entre Tilly e Barney.

— Foi você que fez esse vestido? — perguntou.

Tilly se virou para ela e respondeu:

— Sim. Faço vestidos. Conhece Barney, não conhece? — Tilly apontou para Barney, inquieto atrás de Gertrude.

— Todo mundo conhece Barney — retrucou Gertrude, com desdém.

Seus olhos não deixaram os de Tilly. Era um rosto incomum, com pele de alabastro. Parecia que ela tinha saído de um filme, e o ar ao seu redor parecia diferente.

— A-rá, aí está você, Gertrude! — Era o sargento Farrat.

Ela se virou para ele:

— Minha nossa, que belo guarda-sol.

— Sim, alguém perdeu. William está procurando você, Gertrude. Acho que pode encontrá-lo na...

Gertrude se virou para Tilly mais uma vez.

— O sargento está falando de William Beaumont. William e eu estamos praticamente noivos.

— Parabéns — disse Tilly.
— Então você é uma costureira treinada?
— Sim — confirmou Tilly.
— Onde estudou?
— No exterior.
— Ali vem ele — disse o sargento Farrat.

Gertrude quase correu para interceptar o namorado, pegando o braço do jovem alto a fim de levá-lo para longe dali.

— Está extremamente encantadora, Tilly — elogiou o sargento, radiante, mas Tilly estava olhando o jovem par de Gertrude, e ele retribuía o olhar.

— Me lembro dele — comentou ela.

— Ele costumava fazer xixi na calça na escola — contou Teddy.

William achou deslumbrante a moça alta de rosto incomum e ombros fortes. Havia um McSwiney de cada lado dela, como guardiões de uma estátua rara.

Gertrude puxou o braço dele.

— Aquela é...? — perguntou William

— Myrtle Dunnage e os McSwiney. Eles se merecem.

— Fiquei sabendo que ela estava de volta — comentou ele, ainda encarando. — Está muito bonita.

Gertrude puxou mais uma vez o braço de William, que olhou para a namorada e para seus olhos castanhos, que estavam vermelhos, assim como seu nariz, de tanto chorar. O sol batia forte em seu rosto.

Naquela noite, Gertrude deitou no banco de trás do carro com os joelhos abertos. William tinha levantado as anáguas da namorada, e estava com a boca sobre a sua, ofegando pelo nariz, quando ela virou o rosto e disse:

— É hora de entrar.

— Sim! — exclamou William, começando a abrir o zíper.

— NÃO! — disse Gertrude, empurrando os ombros dele.

Ela se debateu, tentando se nortear no escuro com William ainda suando em cima dela, lambendo seu pescoço. Conseguiu se desvencilhar dele e saiu. William foi deixado ali ingurgitado, sem fôlego e sozinho no carro da mãe. Ele coçou a cabeça, ajeitou a gravata e suspirou. Foi até o hotel Station, mas não havia nem sinal de vida. A suave luz amarela no topo da Colina estava acesa, então dirigiu naquela direção e parou na subida para fumar um cigarro. Mona comentou que a garota Dunnage aparentemente viajava e estava enlouquecendo a srta. Dimm, pois sempre ia à biblioteca pedir livros estranhos. Ruth Dimm disse que ela recebia até um jornal francês pelo correio todo mês.

William foi para casa. A mãe estava esperando.

— Por quê? — gritou ela.

— Por que não?

— Não pode se casar com ela, é uma bezerra!

— Posso, sim, se quiser — decretou William, levantando o queixo.

Elsbeth ficou olhando para seu único filho e gritou:

— Você foi enfeitiçado... e não é preciso ser nenhum gênio para descobrir como.

O tom de voz de William subiu até alcançar o tom estridente dos Beaumont:

— Quero um futuro, uma vida...

— Você tem uma vida.

— Não é a minha! — William dirigiu-se ao quarto pisando forte.

— NÃO! — gemeu sua mãe.

Ele se virou.

— Ou é ela ou é Tilly Dunnage.

Elsbeth desabou numa cadeira. Ao passar pelo quarto de Mona, William gritou:

— E você deveria encontrar alguém também, irmã.

Mona interrompeu sua masturbação debaixo do cobertor e mordeu o lençol.

William foi ver Alvin Pratt no dia seguinte e, naquela mesma noite, já estava tudo arranjado para que William se casasse, limpando assim o nome da mãe.

12

Marigold Pettyman, Lois Pickett, Beula Harridene e Faith O'Brien estavam paradas em frente à vitrine vazia da Pratts. Dois dias antes, Alvin tinha removido os anúncios especiais do vidro. Purl, Nancy e Ruth se juntaram ao grupo. Por fim, Alvin, empoeirado e da cor de um pão, se inclinou na vitrine, catou alguns insetos mortos e colocou um catálogo aberto numa página com cinco bolos de casamento caprichosamente ilustrados. Ao lado, pôs um bolo de casamento de dois andares e decoração elaborada numa bandeja de prata. Sorriu amavelmente para sua bela criação antes de fechar com cuidado as cortinas de renda atrás do bolo.

Lá dentro, Muriel, Gertrude e Tilly estavam debruçadas juntas no balcão do armarinho folheando uma revista. Sentada ao lado na cadeira de rodas, Molly olhava através da porta.

— Lois Pickett sempre pareceu um lencinho de bolso manchado de chá — observou.

Tilly a olhou com uma careta.

— E todos nós sabemos como Marigold Pettyman anda desequilibrada hoje em dia.

O vestido de noiva que estavam olhando era um tomara que caia com uma cintura muito apertada envolta por uma faixa de cetim que terminava numa sem graça saia de tule bordado. Na parte de cima do corpete, havia mais um monte de cetim, um laço, feito para esconder qualquer resquício de decote.

Gertrude apontou para uma foto e disse:

— Este, eu gosto deste.

— É lindo, Gert — disse Muriel, dando um passo atrás para imaginar sua filha usando o vestido de noiva branco.

— Vai esconder essas suas coxas — ofereceu Molly.

Tilly empurrou a cadeira da mãe até as ferramentas e a estacionou na frente de uma prateleira cheia de caixas de pregos. Molly tinha razão sobre as coxas, mas Tilly poderia enfatizar a cintura de Gertrude, o que também ajudaria os quadris. Depois havia também o traseiro quadrado e as pernas e braços sem forma. Além disso, Gertrude era peluda debaixo do cardigã, então deixar pele à mostra estava fora de cogitação. Ela também tinha um peito de pombo. Tilly olhou o vestido de novo.

— Ah, não — disse ela. — Podemos fazer algo muito melhor que isso.

Gertrude prendeu a respiração.

Teddy estava apoiado no bar enquanto Purl lhe contava tudo sobre o casamento.

— ... Então é claro que Elsbeth está furiosa. Ruth disse que ela ainda não enviou os convites, mas que Myrtle Dunnage ligou para Winyerp e pediu mais de cinco metros de tecido e quase quatro de renda. Deve chegar na sexta-feira.

— Sexta? — repetiu Teddy.

— De trem.

Teddy apareceu na varanda da Colina naquela mesma noite e falou sobre a demora nos serviços de entrega perto do Natal e contou sobre a reclamação de Hamish a respeito do atraso dos novos trens a diesel. Tilly se apoiou no batente da porta, cruzou os braços e ergueu uma das sobrancelhas.

— ... e sei que foi uma decisão apressada, da parte de William — continuou ele. — Uma decisão muito precipitada.

— Então acha que Gertrude precisa do vestido de noiva o mais rápido possível?

— Eu, não, mas talvez Gertrude ache, para poder dizer a ele o quanto antes que já está tudo pronto.

— Talvez devêssemos deixar a cargo dos trens e do destino.

— E aí ninguém conheceria seus dotes como costureira. — Ele pôs as mãos nos bolsos e olhou para as estrelas. — Por acaso, estou indo a Winyerp amanhã. — Ele a olhou. — Molly pode gostar do passeio. Já andou de carro, Molly?

— Não me parecem grande coisa — retrucou ela.

Teddy avisou que ia sair por volta das oito.

Quando ele se aproximou do carro na manhã seguinte, Tilly já estava sentada no banco, adorável num chapéu clochê e óculos escuros. Ela olhou o relógio e abanou uma mosca que voava perto do rosto.

— Olá — disse Teddy.

Ele a deixou sozinha na cidade às nove, combinando de reencontrá-la no pub ao meio-dia. No almoço, Teddy pediu para ela um prato de salada e uma cerveja e pegou os pacotes, deixando-a livre a tarde toda. Ele a deixou em casa ao entardecer. Quando entrou em casa, Tilly descobriu que Molly tinha desmontado a máquina de costura. Ela levou três dias para encontrar todas as peças e reencaixá-las.

Uma semana antes do Natal, Tilly estava debruçada sobre a máquina na mesa da cozinha, feliz por estar criando novamente. Molly estava na cadeira de rodas ao lado fogão, desfazendo o agasalho de tricô que usava, um ninho amassado de lã crescendo sobre os joelhos. Tilly olhou a pilha de lã.

— Por que está fazendo isso? — perguntou.

— Estou com calor.

— Saia de perto do fogo.
— Não quero.
— Fique à vontade.
Ela apertou o pedal da máquina com força. Molly pegou o atiçador do fogo e o escondeu debaixo da manta, depois empurrou as rodas devagar.

Os dedos de Tilly guiavam a superfície escorregadia debaixo do controle do pedal, a agulha correndo. Molly remexeu por baixo da manta, pegou o atiçador e o ergueu e bateu na cabeça de Tilly, bem na hora em que Teddy batia na porta de tela. Ele escutou um grito e logo depois o barulho de alguém caindo.

Encontrou Tilly no canto com a mão na cabeça. Molly estava sentada com uma postura inocente ao lado do fogo desfazendo o suéter. No chão, perto da mesa, havia uma pilha de cetim e de renda.

— O que aconteceu?
— Ela me bateu — disse Tilly.
— Mentira.
— Bateu, sim. Você me bateu com o atiçador.
— Mentirosa. Você só quer que eu seja internada. Você é a perigosa aqui, você matou meu gambá. — Molly começou a choramingar.
— Ele voltou para a árvore por causa da fumaça da chaminé, você pode ir vê-lo sempre que tiver vontade. — Tilly esfregou a cabeça.
— Se você não estivesse sempre mexendo seu caldeirão.

Teddy olhou filha e mãe, então foi até Molly e afagou suas costas magras, entregando-lhe o lenço.

— Pronto, pronto — consolou ele.

Molly se apoiou nele, lamentando. Ele ofereceu-lhe sua garrafinha de bolso.

— Tenho uma coisa perfeita.

Molly a aceitou e a levou até a boca. Teddy foi até Tilly e tocou nela.

— Me mostre.

— Está tudo bem.

Ela se encolheu ainda mais no canto, mas ele insistiu. Teddy passou os dedos pelos gloriosos cabelos e tateou o crânio quente.

— Está com um galo na cabeça — disse ele, então se virou para Molly e a flagrou colocando a garrafinha dentro da camisola. — Me dê isso.

— Venha você mesmo pegar.

Teddy torceu o nariz. Tilly enfiou as mãos na camisola da mãe, recuperando a garrafa e devolvendo-a para Teddy.

— Está vazia — constatou ele.

Tilly recolocou o vestido caído de Gertrude em cima da mesa.

— Eu vim convidar vocês duas para um drinque de Natal amanhã à noite, mas... — Ele olhou de lado para Molly e sacudiu a garrafinha mais uma vez.

— Eu adoraria — respondeu Molly, arrotando em seguida.

— Eu não vou — disse Tilly.

— Tudo bem. Ele vem me buscar, não vem, filhinho?

Teddy foi buscá-la e levou flores para Tilly. Um enorme buquê de aveludadas rosas vermelhas, quase negras, com cheiro de açúcar, verão e água do riacho. Tilly ficou surpresa.

— Arrisquei minha vida para colhê-las para você ontem à noite.

— No jardim de quem... Beula ou do sargento Farrat?

Teddy deu uma piscadela.

— Vem tomar um drinque?

— Não.

— Só um.

— Realmente agradeço por me livrar de Molly durante uma hora, de verdade.

— Ainda assim pode vir.

— Vai ser bom ficar sozinha.

Molly estava no degrau da varanda.

— Venha logo, então — chamou ela. — Deixe-a ficar amuada sozinha.

Do degrau dos fundos, Teddy insistiu mais uma vez:

— Venha, por favor? Vamos nos divertir muito lá embaixo. Há uma pilha de presentes do Papai Noel para as crianças debaixo da árvore. Todas já estão aos berros.

Ela sorriu, fechou a porta e murmurou:

— Isso partiria meu coração.

13

Elsbeth se enfiou na cama, se recusando a ter qualquer coisa a ver com os planos para o casamento. William estava um pouco desesperado, mas de algum modo as coisas pareciam continuar avançando. O sr. Pratt restituiu sua conta, então ele enfim podia começar a pensar em melhorar a propriedade: comprar tábuas e consertar cercas para começar, um trator novo, a colheita da estação seguinte, futuros filhos, uma família para sustentar, e Gertrude se ajustaria, aprenderia...

Ele leu um soneto para ela. Shakespeare, número 130.

— O que achou, querida?

— Do quê?

— Era Shakespeare, William Shakespeare.

— Lindo.

— Sim... mas de que parte mais gostou, Gertrude?

— A maioria dos poemas são compridos demais; esse não era.

Os dois estavam debaixo de um halo de mariposas que sobrevoavam a lâmpada em cima da porta dos Pratt. William girou a aba do chapéu entre os dedos e disse:

— Mona falou que os convites estão prontos...

Mona jamais sonhou que um dia seria dama de honra de alguém. Como Elsbeth não fez lista de convidados, Mona entregou uma a Gertrude — ela simplesmente listou cada parente e colega de turma que William já teve.

— ... Eu estava esperando um casamento pequeno, não havia me dado conta...

— Me beije, William, você não me beija há séculos — queixou-se Gertrude.

Ele deu um beijo rápido em seu rosto, mas ela o puxou.

— Gertrude, preciso dizer isso, dizer que, é... sei que já fez sua roupa e tudo...

— É um vestido, William, um vestido de noiva.

— ... e que os preparativos estão tão, bem, acelerados... parece que está fazendo um trabalho exemplar. Só me pergunto porque, se é para ser para sempre, eu só... foi tudo tão apressado e... bem, se não tiver certeza de que vai ser feliz lá em casa comigo, mamãe e Mona, não faria mal esperar... até estarmos mais seguros, não tão ocupados, depois da colheita... podemos tranquilamente... eu entenderia.

Gertrude tremeu o queixo, franziu a testa e apertou os olhos.

— Mas você, isto é, a gente... eu nunca... eu achei que você me amava. E minha reputação?

Uma luz se acendeu na casa. Gertrude escorregou até as tábuas de madeira do chão e se sentou entre os sapatos velhos e instrumentos de jardinagem, cobrindo o rosto com as mãos. William suspirou e se abaixou até ela. Ele afagou seus ombros.

Ele encarava os próprios cadarços quando sentiu uma movimentação na porta da igreja. Os convidados se viraram para olhar e uma exclamação coletiva varreu a multidão. William fechou os olhos e Faith tocou a marcha nupcial. William respirou fundo e abriu os olhos para o corredor. As rugas de preocupação em sua testa desapareceram e a cor voltou ao seu rosto, os ombros relaxaram e ele se balançou no lugar. Eram seus nervos, tinha sido um ataque de nervos. Ela estava linda. Os cabelos castanho-escuros estavam ondulados e presos no alto com uma fileira de exuberantes rosas cor-de-rosa, os olhos brilhando, suaves como veludo marrom. O pescoço era fino e a pele, macia como um pêssego. Usava um belo vestido de tafetá, rosa-pêssego, de decote arredondado — não decotado demais — e mangas três-quartos de tule off-white. O corpete apertava a cintura com firmeza e agarrava nos quadris, terminando num grande e suave laço abaixo do traseiro, antes de cair elegantemente. Fitas desciam dele e se arrastavam quase três metros enquanto ela caminhava devagar na direção de William, com o tafetá fluindo sobre as pernas. Gertrude Pratt era curvilínea e suculenta, e ela sabia disso. Mona vinha atrás, corcunda e trêmula. Arrumados em cachos suaves que caíam nos ombros, os cabelos estavam coroados por rosas cor de ferrugem que combinavam perfeitamente com o vestido de decote também redondo de tafetá ferrugem. O modelo havia sido feito de modo a realçar as poucas curvas de Mona. A seda apertava as coxas e se abria de leve a partir dos joelhos. Nos ombros caídos, uma gola boba de tule off-white descia até as costas. A noiva e a dama de honra levavam enormes buquês de rosas de cores vibrantes. As mulheres notaram, conforme as duas passavam, que a estilista fazia mágica com tecidos e tesouras. Gertrude notou William olhando-a radiante e soube então que estava a salvo.

 Elsbeth estava sentada no banco da frente com uma expressão dura no rosto. Só saiu da cama quando os amigos de faculdade de William e todos os parentes chegaram para o grande dia comemorando e gritando. Sua elegante prima Una, de Melbourne, se aproximou.

 — Primoroso — elogiou ela com um sorriso de aprovação.

 Elsbeth virou o rosto para a prima e encheu o peito. Levantou o queixo e reassumiu sua expressão de "alguém pisou em merda de cachorro".

 — Sim — respondeu à prima —, a família de minha nora tem um negócio próprio, e eles andam nesses círculos comerciais.

Gertrude brilhava de braços dados com o pai na frente do altar. Muriel começou a chorar, se exaltou e ficou sem ar, tendo de ser levada para fora, onde tirou a cinta. Ela perdeu a cerimônia.

Mais tarde, o atraente casal ficou debaixo do sol forte sorrindo para as câmeras Brownie. Garotinhas com belos vestidos penduraram ferraduras feitas de renda nos braços de Gertrude, e o sargento Farrat apertou com vigor o braço de William — reparando nos belos detalhes da roupa. Gertrude e William pararam na frente do Triumph Gloria e acenaram para todos os mexeriqueiros — Purl e Fred, Lois, Nancy, Ruth e sua irmã, a srta. Dimm e, finalmente, Beula, todos reunidos em seus roupões e chinelos. Muriel queria ter chamado os amigos de longa data e clientes fiéis para o casamento de sua única filha, mas Gertrude tinha dito apenas:

— Vamos chamar o conselheiro, Marigold Pettyman e o sargento, mas não precisamos chamar os outros.

Na recepção, os convidados se reuniram com alegria para jantar diante de toalhas de mesa adamascadas com peônias e laços de cetim. As mulheres da Country Women's Association of Australia serviram champanhe para o brinde, cerveja para os homens e vinho para as mulheres, e ofereceram salada de frango com chá seguida pela sobremesa, pavlova.

Tilly Dunnage chegou a tempo de ouvir os discursos. Ficou do lado de fora da porta no escuro e deu uma olhada nos convidados que estavam sentados. William se levantou para bater um garfo em sua taça. Corado e exultante, ele começou:

— Chega uma hora na vida de todo sujeito...

Ele agradeceu à mãe, ao falecido pai, à irmã, ao sr. e à sra. Pratt, a sua bela e radiante noiva, ao exército de fornecedores e amigos que ajudaram a repor bebidas, sem os quais nada daquilo teria sido possível, ao pastor pelas belas palavras, ao sargento Farrat e à srta. Beula Harridene pelas flores esplêndidas. Ele terminou dizendo:

— E isso basicamente engloba todo mundo, então, sem mais delongas, vou fazer um brinde...

Cinquenta cadeiras arranharam juntas o chão conforme os convidados se levantaram para se juntar a ele num brinde ao rei e ao país, ao primeiro-ministro, à ocasião especial e ao futuro. Saúde.

Cada uma das mulheres sentadas no War Memorial Hall naquela tarde estava atenta, esperando ansiosamente pelo nome da costureira ou estilista. Ela não foi mencionada.

Em casa, Tilly se sentou ao lado da lareira com um copo de cerveja e um cigarro, pensando nos dias de estudante com a atarracada Gertrude, que precisava usar mais de um elástico nas tranças porque os cabelos eram muitos grossos. Na hora do almoço, Tilly se sentava num banco de madeira na beirada do parquinho e assistia aos meninos jogarem críquete. Do outro lado, a pequena Gertrude, Nancy, Mona e algumas outras meninas pulavam corda.

Uma bola de borracha de críquete quicou e passou rolando por ela. Stewart Pettyman gritou:

— Vai pegar, Dunnybunda, vai pegar!

Outro menino gritou:

— Não, não, ela vai colocá-la na privada do banheiro das meninas de novo!

— É, aí a gente pega ela de novo!

Eles começaram a gritar:

— Se pegar a bola, Dunnybunda, a gente pega você, pega a bola e a gente enche sua boca de cocô.

As garotas engrossaram o coro. Myrtle entrou correndo na escola.

Depois da aula, Myrtle tentou fugir, mas ele estava esperando, bloqueando sua passagem na esquina da biblioteca. Ele a agarrou pelo pescoço, a arrastou para trás da biblioteca, segurou-a pela garganta contra a parede e esfregou a vagina dela com força por baixo da calcinha. Myrtle não conseguia respirar e sentia-se prestes a vomitar. O gosto do vômito chegou a queimar.

Quando ele terminou, olhou-a nos olhos, como um demônio. Estava suado e tinha um cheiro quente, como o de urina. Ele falou:

— Fique paradinha, Dunnybunda, senão vou até sua casa hoje à noite e mato sua mãe, a puta, e quando ela estiver morta vou atrás de você.

Myrtle ficou parada junto à parede. Ele andou para trás encarando-a com olhos demoníacos. Myrtle sabia o que ele ia fazer, sua agressão favorita. Ele abaixou a cabeça como um touro e correu correu correu na direção dela o mais rápido que conseguia, para bater com a cabeça em sua barriga, como um touro. Myrtle encolheu a barriga e fechou os olhos — poderia matá-la logo.

Ela resolveu morrer.

E então mudou de ideia.

Deu um passo para o lado.

O garoto correu e bateu com a cabeça a toda a velocidade na parede de tijolos vermelhos da biblioteca. Ele se amarrotou e caiu na grama seca e quente.

Molly entrou. Ela tinha se afeiçoado à cadeira e a decorara. Enquanto ficava sentada ao lado da lareira ou pegando sol na varanda, amarrava fios de lã e fitas nos braços, tecia gerânios nos raios das rodas e colocava tapetinhos de tricô no assento. Quando lhe dava vontade, ela trocava a cadeira colorida pela bengala e perambulava pela casa mexendo nos armários de louça, desencaixando os trilhos das cortinas ou jogando objetos no chão. Ela parou na lareira ao lado da garota que encarava o fogo.

— Como foi o baile, Cinderela? — perguntou.

— Os vestidos estavam lindos. — Ela se convenceu de que não podia esperar nada de mais da cidade. — Era um casamento.

— Que pena.

Gertrude tirou o vestido de noiva e o pendurou num cabideiro. Olhou seu reflexo no espelho do banheiro — uma morena normal de pernas bambas e seios feios. Deixou a camisola de seda cor de chá deslizar pelos mamilos frios e se olhou no espelho mais uma vez.

— Sou a sra. William Beaumont, de Windswept Crest — declarou.

William estava lendo um livro despreocupadamente na cama, com o pijama listrado de flanela desabotoado até o peito. Ela se enfiou debaixo das cobertas ao lado do marido.

— Bem — disse ele, e rolou por seu lado da cama para apagar o abajur.

Ela pegou uma toalha da bolsa e a colocou debaixo do traseiro.

William a procurou no escuro. Eles se abraçaram e beijaram. O corpo dele parecia duro, mas macio da flanela. Ela se sentia esponjosa e escorregadia.

William deitou em cima de Gertrude, que abriu as pernas. Uma coisa quente e dura saiu do pijama e a cutucou na parte de dentro das coxas. Ele começou a se mover e a ofegar no ouvido dela, então ela se ajeitou debaixo dele até o pênis encontrar uma parte úmida em seus pelos pubianos e ele empurrar.

Ele ficou deitado ao lado de Gertrude.

— Machuquei você, querida?

— Um pouco — respondeu ela.

Não era nada como diziam. O desconforto foi apenas momentâneo e localizado, uma sensação violenta e desconfortável. Uma vez, quando ela era mais jovem, enfiou sua mão num tronco oco por causa de uma aposta. Os dedos ficaram cobertos de uma coisa quente, molhada, grudenta, irritadiça e melada; ovos quebrados. Havia um ninho no tronco. Aquela sensação a fez se sentir estranha também.

— Bem — repetiu William, e beijou sua bochecha.

Ele achou bastante satisfatório e, em sua opinião, tudo tinha dado certo. William abordou a noiva assim como abordava o pequeno ovo de chocolate que ganhava depois da missa das onze horas no domingo de Páscoa. Ele descascava o alumínio, expondo com cuidado uma pequena parte do chocolate. Então quebrava uma parte para comê-lo, saboreando-o. Mas William sempre era vencido e acabava enfiando o ovo inteiro na boca de uma vez, se empanturrando, e acabava ao mesmo tempo satisfeito e estranhamente insatisfeito.

— Está feliz?
— Estou feliz agora — respondeu a esposa.
William encontrou a mão dela no escuro e a segurou.

Gertrude manteve a toalhinha no lugar pelo resto da noite. De manhã, examinou as manchas secas vermelhas de perto, as cheirou, e então embrulhou a toalha em papel pardo e guardou-a para jogá-la fora num momento mais discreto. Quando entrou de baixo do chuveiro, estava cantarolando. A nova sra. Beaumont recusou a oferta de tomar café da manhã na cama e chegou à mesa impecavelmente arrumada e radiante. Elsbeth e Mona encontraram alguma coisa importante para procurar em seus ovos e William abriu o jornal na sua frente, mas Gertrude não estava envergonhada.

— Bom dia a todos — disse ela.
— Bom dia — responderam todos.
O que se seguiu foi um silêncio desconfortável.
— Puxa — começou Mona —, há um de cada lado da mesa agora.
— Quando termina a colheita? — perguntou Gertrude.
— Como expliquei, querida, depende do tempo. — Ele olhou para a mãe em busca de apoio. Elsbeth encarava a janela.
— Não pode mandar alguém cuidar disso?
— Bem, querida, tem Edward McSwiney, mas eu...
— Ah, William, aquele homem horroroso de novo! — Elsbeth bateu a xícara no pires e cruzou os braços.
Gertrude abriu um sorriso doce.
— Eu realmente não me importo tanto com nossa lua de mel, William, não mesmo, é só que... uma viagem urgente a Melbourne é *necessária*. Preciso comprar material novo para as cortinas do quarto...

— Eram perfeitamente adequadas para mim — interrompeu Elsbeth.

— Alguém quer mais chá? — perguntou Mona, segurando o bule.

— Pare de inclinar o bule... vai deixar uma mancha na mesa — explodiu Elsbeth.

— Preciso de linho novo e de algumas coisas para completar meu enxoval para começar minha vida direitinho.

Gertrude mordeu uma torrada e colocou sal no prato ao lado dos ovos. Elsbeth olhou William de esguelha, e ele voltou a afundar atrás do jornal.

A sra. William Beaumont continuou:

— Papai tem uma conta na Myers e me deu um cheque em branco.

William ficou roxo. Elsbeth ficou sem cor e Mona gritou:

— Ah, vamos! Há anos não fazemos compras!

Gertrude torceu o nariz para a colher de chá manchada e abriu seu ovo cozido.

14

Tilly estava sentada à sombra da glicínia observando o trem de carga comprido afastando-se devagar dos silos, engatinhando rumo ao sul, até desaparecer atrás da Colina. Ele seguiu a oeste, num horizonte pálido. Era verão mais uma vez, estava quente, aquela época do ano que se segue ao Natal e à tosa, depois que o sol amadureceu as plantações. O barulho do aço nos trilhos, de metal contra metal, tomava conta de Dungatar sempre que os gigantescos vagões de grãos chegavam aos silos.

Quando as máquinas chegavam, as crianças iam olhar e brincar. Os trens paravam trazendo vagões vazios para serem enchidos de trigo, enquanto outros vinham de Winyerp já cheios de sorgo. Winyerp fica ao norte de Dungatar, no meio de um ondulante cobertor marrom de acres e acres de sorgo. As fazendas ao redor de Dungatar eram mares dourados de trigo, que logo eram colhidos por colheitadeiras que cuspiam o grão em semirreboques. Os semirreboques transportavam os grãos e os deixavam nos silos. Quando a montanha de trigo armazenado ficava seca, uma enorme broca mergulhava no interior e o grão subia numa espiral para ser jogado numa correia transportadora que levava ao cais de carga, onde tudo era então derramado num caminhão ferroviário vazio, até que estivesse abarrotado de grãos amarelos. No calor do dia, as sufocantes nuvens de poeira de trigo formavam nuvens nos silos. Os caminhões de grãos ficavam lado a lado, à espera, até as máquinas chegarem e eles serem enganchados e ligados ao final da fila, atrás dos carros cheios de sorgo. Por fim, as máquinas apinhadas de sementes douradas e marrons os levavam para longe do vasto cinturão de trigo, onde o sol brilhava a maior parte do ano e a chuva costumava ser escassa. As máquinas paravam repetidas vezes em outros silos e desvios para reabastecer ou pegar mais caminhões de grãos, arrastando-os para um porto distante. Os passageiros dos carros faziam uma pausa nas passagens de trem para contar até cinquenta caminhões barulhentos passando.

O trigo virava farinha ou às vezes navegava até outras terras. O famoso sorgo de Winyerp virava forragem.

A cidade se aquietava novamente e as crianças voltavam a brincar no córrego. Os adultos esperavam pela temporada de futebol. O ciclo era familiar para Tilly, como um mapa.

Molly saiu da cozinha e cutucou Tilly com a bengala.

— O que está olhando?

— A vida — disse Tilly, pegando uma cesta de bambu. — Eu volto já. — Ela começou a descer A Colina.

— Não precisa — gritou Molly. — Prefiro que meu gambá volte.

Marigold Pettyman e Beula Harridene pararam de conversar para observá-la se aproximando.

— Acha que sabe costurar, é? — rosnou Beula.

— Disseram que você copiou aqueles vestidos de uma *Women's Weekly* — acusou Marigold, como se fosse grande coisa. — Sabe remendar, então?

Tilly olhou para as infelizes mulheres e respondeu em tom seco:

— Sei.

Tilly subiu A Colina de volta com as compras, com punhos e dentes cerrados. Ela encontrou Lois Pickett sentada no degrau com um saco de papel amassado no colo.

— Tem uma bela vista daqui de cima e um belo jardim nascendo — disse.

Tilly passou por ela para entrar na varanda. Lois se levantou.

— Ouvi dizer que sabe costurar, que fez o vestido que usou na corrida, e Muriel disse que você nem usou molde para o vestido de noiva de Gert, só um manequim.

— Entre — pediu Tilly em tom amável.

Lois abriu o saco de papel e esticou um vestido mofado velho e engordurado na mesa da cozinha, apontando para a costura debaixo do braço.

— Se desfez aqui, vê?

Tilly pareceu aflita, balançou a cabeça e estava prestes a abrir a boca para responder quando Purl Bundle gritou "iu-rú" da varanda e entrou sem permissão na cozinha com seus saltos altos e calça corsário vermelha, toda alegre, loira, com uma postura que se esperaria de uma garçonete. Ela enfiou diversos metros de cetim e renda nos braços de Tilly e disse:

— Vou querer uma linha de roupas de dormir e lingerie que vai devolver o ânimo para o quarto, obrigada.

Tilly assentiu.

— Ótimo — disse Purl.

Lois perguntou:

— Talvez você possa tirar a parte de cima e transformar numa saia?

Naquela tarde, Molly ficou sentada coçando debaixo das camadas e camadas de cobertores nos joelhos enquanto Barney descansava no degrau a seus pés, o lábio inferior grosso pendurado, com uma expressão de pura admiração no rosto. Tilly estava jogando golfe entre o sopé da colina e a casa dos McSwiney com seu taco número três. Uma das bolas passou rasante pela srta. Dimm, que tinha subido a colina e estava com o rosto voltado para as nuvens e um dos braços preparados para se defender de obstáculos invisíveis. Ela levava debaixo do braço um rolo de algodão xadrez azul e branco e um saco de papel cheio de botões, zíperes e moldes de uniforme escolar, dos tamanhos P a G. A srta. Dimm era extremamente míope e ao mesmo tempo muito vaidosa, então ela só usava óculos na sala de aula. Estava sempre de cabelo curto e com uma blusa branca enfiada numa saia volumosa. Tinha o traseiro enorme de tão gordo, mas gostava muito de seus pés pequenos, então andava para todo lado com sapatilhas amarradas por laços e, quando se sentava, cruzava e exibia os tornozelos. Ela se aproximou do saco de golfe e apalpou os tacos.

— Tacos de golfe — explicou Tilly, mostrando-lhe um.

— Ah, que sorte sua, tem um monte deles! Estou procurando pela pequena Myrtle Dunnage. — Ela disparou na direção da casa.

Na varanda encarou sem piscar o abafador de chá de tricô cor-de-rosa e azul na cabeça de Molly e explicou:

— Vim em nome do Comitê dos Pais e Professores da Escola Pública de Dungatar e gostaria de ver a pequena Myrtle Dunnage, por favor.

— Aposto que sim — respondeu Molly. — Na verdade acho que você *deveria* mesmo ver, assim saberia o que temos que aguentar toda vez que olhamos para você.

— Entre, srta. Dimm — disse Tilly.

— Ah, aí está você.

A srta. Dimm se virou para a parede de glicínias salpicada de sol atrás de Molly e estendeu uma das mãos.

Elas combinaram um preço justo e todas as provas necessárias para os nove uniformes escolares e, quando estava saindo, a srta. Dimm agradeceu o chapéu de Molly mais uma vez, caiu no degrau da frente, se recompôs e saiu saltitando. Barney tinha recolhido as bolas de golfe na cesta de vime de Tilly e as estava lançando com o taco um de Tilly quando a professora passou por ele, tropeçou e deu uma cambalhota para longe, deixando a anágua de renda à vista, os laços de cetim das sapatilhas voando.

Teddy estava subindo quando viu a srta. Dimm.

— Meu Deus — disse ele, correndo até onde ela estava esparramada de costas com a saia levantada até a cabeça e as coxas furadas, como uma casca de laranja, e expostas para o mundo. Barney debruçou-se para olhar. O que acha que está fazendo, seu cabeça de vento? — disse Teddy, levantando-se e tirando a grama de sua calça xadrez nova.

— Jogando golfe — respondeu Barney, mostrando o taco.

— As bolas estão caindo no meu telhado.

— Boa tacada — elogiou Tilly, apertando sua mão. — Merece uma xícara de chá. — Ela levou Barney pela mão.

Teddy piscou para o irmão, magro, cheio de espinhas e todo torto, mancando de mãos dadas com a mulher mais bonita que ele já vira. Então ajudou a srta. Dimm a se levantar.

— Venha, vou levar você até a rua.

— Puxa, obrigada... quem é você?

Na manhã seguinte, Faith folheava uma *Women's Illustrated* enquanto Tilly se ajoelhava na frente dela para marcar a bainha. A capa dizia: "Extravagância de Dior leva as mulheres para dez anos atrás — Balenciaga se rebela, página 10". Faith tentou pronunciar "Ba-len-ci--aaaaah-ga", e folheou os artigos sobre moda — túnicas, golas afastadas do corpo, chemises, anarruga de algodão, jeans, Estados Unidos, Anna Klein, Galanos, Chanel, Schiaparelli, Molyneux e outros nomes que ela não sabia pronunciar.

— Ruth disse que você recebe um monte de encomendas da cidade — começou ela, olhando para Tilly, de cima — e cartões postais de Paris escritos em francês de alguém chamado Madeleine.

Tilly se levantou e abriu um pouco o corpete para que cobrisse um pouco mais o colo. Faith o puxou de volta para baixo.

Molly pigarreou e, em sua melhor personificação de Elsbeth Beaumont, disse:

— Ela alega ter cuidado de Madame Vionnet, a famosa estilista parisiense. — Molly olhou de forma acusatória para Tilly. — Ela provavelmente *morreu.*

— Ela era muito velha — justificou Tilly, segurando alguns alfinetes com a boca fechada.

— Ela ensinou você a costurar? — indagou Faith.

Molly apontou o nariz para o teto.

— Ao que parece, Madame Vionnet recomendou nosso gênio aqui para trabalhar com Balenciaga por causa de seu talento incomum para cortes enviesados. — Molly fez um barulho alto de gases com a língua e os lábios. — Nunca ouvi falar de nenhum deles.

— Una, prima de Elsbeth, disse que o vestido de noiva de Gertrude era muito parisiense — comentou Faith. — Um dia vou a Paris — acrescentou em tom sonhador.

— Com quem? — cacarejou Molly com atrevimento.

— Posso fazer essa bainha enquanto espera, se quiser.

Faith olhou para Molly.

Tilly insistiu:

— Molly pode ficar na varanda; que tal uma xícara de chá enquanto espera?

Faith assentiu e tirou o vestido. Ela se sentou só de combinação e meias de seda lendo os catálogos de Tilly, estudando as imagens. Quando Tilly lhe devolveu a saia com a bainha perfeita, Faith devolveu as revistas.

— Eu não devia ter dado todo esse trabalho, na verdade, é só uma saia de pregas velha que merece ser jogada fora. Provavelmente vai acabar numa das meninas dos McSwiney.

Muriel foi a próxima.

— Faça mais alguma coisa que combine comigo, desta vez algo que eu possa usar para trabalhar, mas bem bonita, como minha roupa no casamento de Gert.

— Com prazer — respondeu Tilly.

Quando Ruth voltou da estação de trem com os sacos de cartas na manhã seguinte, ela e Nancy derramaram o conteúdo no chão da agência postal e encontraram o envelope gordo de Tilly. Ela o abriu e folheou a revista nova até encontrar o artigo — fotografias coloridas de um desfile em Nova York mostrando as últimas criações de Emilio Pucci e Roberto Capucci. Elas analisaram as roupas e as modelos angulares com maçãs do rosto altas e delineador preto nas pálpebras e disseram:

— Não são de outro mundo?

Então, Nancy disparou até A Colina.

A batida na porta acordou Tilly. Ela estava de bexiga cheia, ainda tinha remelas nos olhos e o cabelo desgrenhado quando abriu, fechando um sarongue de seda em volta da cintura. Nancy se distraiu ao ver seus ombros nus, então ela apenas levantou a edição de janeiro da sua *Vogue* e apontou para uma modelo num conjunto de calça em cores vibrantes em espiral.

— Está vendo ela? É isso que eu quero.

Tilly pareceu não ter entendido, por isso Nancy continuou:

— Pode comprar o tecido de seus amigos de Melbourne, mas não mostre a ninguém, não quero ninguém me copiando.

— Ah — murmurou Tilly em compreensão. — O conjunto de terno e calça.

— Você recebeu uma encomenda e um cartão postal de Florença.

Nancy os entregou a Tilly e foi embora.

Naquela noite, Teddy ficou sentado na varanda bebendo uma garrafa de cerveja, fumando e observando Barney tirar as ervas daninhas da horta de Tilly e jogá-las num carrinho de mão. Quando o carrinho se encheu, Teddy o empurrou e jogou a grama fora. Graham se virou para olhar, e, quando Teddy se afastou de novo com o carrinho, o cavalo suspirou, mudou o peso de pata em pata e abaixou a cabeça de novo. Molly saiu de fininho da cozinha e tirou um copo de vidro de baixo de sua manta, então Teddy esvaziou o restante da cerveja no copo dela e foi até a porta de tela. Tilly estava na janela, costurando algo delicado à mão.

— Pensei em dar uma volta, pescar no córrego, é agradável lá embaixo à noite, podíamos...

— Tenho um negócio para cuidar aqui — disse ela, sorrindo para ele, um genuíno e largo sorriso que ia até os olhos.

— Legal — disse ele.

15

Nancy estava encaixando cerdas novas no velho cabo de vassoura e Muriel limpava a vitrine da Pratts com um jornal encharcado de aguarrás. Beula Harridene dobrou a esquina correndo, parando entre as duas mulheres.

— Roupas novas?

As mulheres sorriram e assentiram.

— Deveria mandar fazer alguma coisa também. Aquela Tilly sabe fazer mágica — disse Muriel.

— Dá para ver — disse Beula. — Se ela conseguiu convencê-las de que estão bem nessas coisas.

Naquele momento, o Triumph Gloria retornava à cidade. As três pararam para olhar. William dirigia com um estranho no banco do passageiro, enquanto Gertrude, Elsbeth e Mona iam atrás, cada uma com um chapéu novo. Havia três grandes malas novinhas em folha amarradas na traseira do automóvel e diversos baús de madeira num novo reboque atrás do carro. Quando o veículo grande e antigo dobrou a esquina da rua principal, Evan Pettyman largou sua xícara de café e se aproximou da janela para acompanhar o retorno triunfal dos Beaumont. Na escola, a srta. Dimm colocou os óculos para ver o que era aquela coisa grande passando, e Purl parou de sacudir os tapetes na sacada do pub para olhar também.

Os moradores de Dungatar de repente tinham algo mais para esperar e aquilo era palpável. Os anfitriões da festa de casamento, suas malas cheias de roupas da Collins Street, em breve descobririam que as mulheres da cidade também tinham deslumbrantes roupas novas, e cada bainha de cada saia seguia a última moda europeia.

Num sábado de manhã, Elsbeth Beaumont e a nora chegaram à Pratts General Store, cada uma num vestido novo com chapéus e luvas combinando. Às nove, elas pararam na frente das prateleiras sujas com suas saias Chanel, enormes e arredondadas por metros e metros de tafetá, com as barras roçando as latas de graxa de sapato e garrafas de limpadores de calçados brancos, fazendo balançar as ferraduras penduradas.

— Minha nossa! — exclamou Muriel — Olhe só para você.

— Olá, Muriel — disse Elsbeth, com os dentes um pouco semicerrados.

— Olá, mãe. — Gertrude se inclinou para receber um beijo no rosto.

— A viagem foi boa? — perguntou Muriel sem muita emoção.

— Ah, for-mi-dá-vel — respondeu Gertrude.

Elsbeth assentiu concordando.

— Maaaaaaravilhosa.

Muriel saiu de trás do balcão. Os sapatos precisavam ser polidos e, os cabelos, de uma boa escovada, mas ela também estava de roupa nova — uma túnica comprida de linho cinza com uma incomum gola com peitilho e uma saia reta que ia até a canela. Nas costas, a túnica e a saia davam duas voltas e estavam presas com um martingale. O conjunto era bem-cortado, chique e prático, e combinava com ela. Gertrude e Elsbeth estavam ao mesmo tempo surpresas e ofendidas.

— Onde está meu pai?

— "Seu pai" ainda pode ser encontrado nos fundos, Gert. Se você gritar "Oi, pai", ele continua respondendo — respondeu Muriel.

— Pode dizer a ele que voltamos e que preciso falar com ele.

Muriel cruzou os braços e olhou diretamente para a filha.

— Reg — disse ela. Reginald fechou a boca, que estava aberta enquanto observava. — Se não se importa, chame Alvin para mim?

Ele colocou a bandeja de tripas que estava segurando na bancada de mármore e saiu atrás de Alvin.

A nova Gertrude continuou:

— Elsbeth e eu temos planos ótimos para muitas coisas excitantes a fazer no próximo ano. Vamos dar a *Duuungatar* o ano de sua vida. Vai ser tão divertido, não vai, Elsbeth?

Elsbeth fechou os olhos e estremeceu os ombros de tanta alegria.

— *Tão* divertido! — confirmou.

Reginald voltou.

— Com licença, *madame*, seu "pai" está correndo para vir atendê-la e vai estar aqui assim que possível — informou ele, abaixando a cabeça de leve.

— Obrigada — disse Elsbeth, graciosa.

Reg voltou para suas entranhas e carcaças.

— Ora... olá, olá, olá — disse Alvin em seu mais amigável tom de voz.

Ele se aproximou da filha (passada adiante de forma tão bem-sucedida) com os braços abertos, pegou na sua cintura e a levantou, rodando num círculo, de modo que suas anáguas Dior giraram em volta dela e espalharam a poeira da loja. Ele a abaixou de um jeito desajeitado, com um apertão e uma tosse. Ela estava mais pesada do que ele esperava.

— Minha garotinha.

Alvin estava radiante, e pegou o rosto da filha com as mãos cheias de farinha. Gertrude estremeceu e trocou um olhar de exasperação com Elsbeth. Depois ajeitou o chapéu.

— Sim, eu notei. Chapéu novo! — disse ele, assentindo para Muriel, que revirou os olhos.

— Papai, Elsbeth e eu queremos que coloque este folheto na vitrine numa posição de visibilidade e distribua outros dentro da loja. Tiramos diversas cópias e colocaremos lembretes no jornal local...

— Nós criamos um Clube Social — anunciou Elsbeth. — Eu sou a secretária, Trudy é a presidente e Mona será nossa datilógrafa. Pensamos em Muriel para ser a tesoureira e...

— *Trudy?*

— Sim, mãe, pode me chamar de *Trudy* de agora em diante. Nossa primeira reunião está marcada para segunda-feira e será na nossa casa, em Windswept Crest. Já temos as datas de todos os eventos e vamos reunir os moradores para organizar suas funções, especialmente para a arrecadação de fundos... Chás, partidas de croqué, festas...

Elsbeth a corrigiu:

— Um *baile*, um *baile* para arrecadação de fundos.

— Um baile, o maior e melhor que já tivemos...

— E terá um Eisteddfod teatral, com uma parte criada especialmente para e-lo-cu-ção — enfatizou Elsbeth.

— Isso! — exclamou Gertrude, assentindo para Elsbeth.

A sogra estendeu as cópias dos panfletos para Alvin. Uma pilha de letras datilografadas em negrito diziam: "TRUDY E ELSBETH BEAUMONT CONVIDAM AS DAMAS DE MENTE PROGRESSISTA DE DUNGATAH PARA UMA REUNIÃO". Abaixo do título vinha um parágrafo escrito em caprichada letra cursiva. Alvin passou os polegares pelas tiras do avental. O grupo ficou em silêncio durante a pausa.

— Dunga*tah*? — perguntou Alvin.

— Onde está Mona? — perguntou Muriel.

— Está aprendendo adestramento e equitação — respondeu Gertrude. — Temos um homem novo na propriedade.

— Mona tem pavor de cavalos — comentou Muriel.

— Exatamente! Esse é o objetivo. — Trudy estalou a língua e balançou a cabeça.

Alvin parecia surpreso.

— Estão com um empregado novo?

— O nome dele é Lesley Muncan, um verdadeiro cavalheiro — anunciou Elsbeth, fungando para Alvin.

O sorriso no rosto de Alvin continuava fixo.

— Ora, ora.

Ele olhou as duas de cima a baixo, das penas balançando nos impressionantes adereços de cabeça aos dedos dos pés espremidos em sapatos novos e modernos.

— Andaram fazendo umas extravagâncias em Melbourne, hein?

Gertrude sorriu com um ar conspiratório para Elsbeth, que apertou seu braço num gesto de camaradagem.

— Imagino que William esteja trazendo o cheque de sua colheita em breve, considerando a questão de sua conta aberta, sra. Beaumont, e espero que tenham trazido todos os recibos de suas compras para darmos um pulo no escritório e vê-los juntos antes que eu possa acrescentá-los à sua conta já existente.

Os sorrisos nos rostos das Beaumont desapareceram na mesma hora.

— Papai, eu pensei...

— Eu falei que podia comprar um pequeno enxoval de casamento para VOCÊ — interrompeu Alvin, olhando para Elsbeth e bufando também.

Elsbeth enfiou os panfletos nas mãos de Muriel e dirigiu um olhar furioso para a nova nora.

Septimus Crescant estava no canto do bar conversando com Hamish O'Brien. Purl estava em pé atrás do bar pintando as unhas, enquanto Fred, Bobby Pickett e Scotty Pullit estavam à mesa de cartas, bebendo, fumando e embaralhando. Por fim, Fred olhou para a cadeira vazia de Teddy e disse:

— É melhor começarmos logo. — Reginald deu as cartas e cada jogador atirou moedas de dois xelins na mesa.

O telefone tocou. Purl foi até a parede e tirou o fone do gancho com delicadeza, tomando cuidado para não estragar as unhas. Bobby abanou suas cartas para Purl e sussurrou:

— Diga a ela que acabei de sair.

— Alô, hotel Station...

Os jogadores de pôquer ficaram olhando-a.

— Olhe, amor, agradeço muito, mas estarei ocupada no domingo, tudo bem? Adeus. — Purl colocou o telefone de volta no gancho.

— Era a pobre Mona-de-nome-Mona-de-espírito ligando em nome do Clube Social de Dungatar. Me convidou para uma reunião inaugural naquela casa idiota, para discutir seu primeiríssimo dia de croqué e chá de arrecadação de fundos... e haverá uma "noite de apresentação".

— Isso é o que chamo de evento imperdível — zombou Fred.

Purl fechou os olhos e balançou a cabeça devagar.

— Mal posso esperar.

Os homens voltaram às cartas e Hamish e Septimus retomaram sua discussão.

— Claro — recomeçou Hamish — que tudo começou a dar errado quando o homem domesticou as safras e surgiu a necessidade de proteger a plantação e se juntar em grupos, construir muros e manter longe os neolíticos famintos.

— Não — discordou Septimus —, foi a invenção da roda o que mais afundou a humanidade.

— Ora, a roda é necessária para o transporte.

— Então veio a Revolução Industrial, e a mecanização fez o resto do estrago...

— Mas máquinas a vapor, o vapor é inofensivo, um trem a vapor a toda a velocidade é um som de se admirar...

— Diesel é mais limpo. — Septimus bebeu um gole de cerveja.

O crupiê parou de embaralhar e os jogadores voltaram seus olhares para os dois outros clientes no canto do bar.

Hamish virou o rosto para os companheiros.

— E a Terra é redonda!

Ele jogou o restante de seu copo de Guinness no chapéu duro de Septimus no chão do bar. Em resposta, Septimus derramou o conteúdo de seu copo de cerveja na cabeça de Hamish, encharcando seu grande bigode de morsa. Hamish levantou os punhos cerrados, assumiu uma clássica pose do boxeador Jack "Nonpareil" Dempsey e começou a dançar, movendo os braços como as hastes das rodas de um trem. Purl abanou os dedos com esmalte molhado e suspirou.

— Vamos lá, então, Septimus, seja homem, vamos lá fora...

Hamish deu um golpe assim que Septimus se abaixou para pegar o chapéu. Hamish deu mais dois socos no ar e o terceiro acertou quando Septimus se levantou para colocar o chapéu na cabeça. Ouviu-se um barulho baixo, mas audível, como de um ovo batendo numa mesa de cozinha. Septimus se dobrou, segurando o nariz ensanguentado.

— Hamish — disse Fred —, está na hora de você se retirar.

Hamish colocou seu chapéu de chefe da estação e, acenando da porta com alegria, despediu-se:

— Vejo vocês amanhã.

Purl entregou um lenço a Septimus, que o aceitou e foi até a porta.

— Nessa cidade um homem pode cobiçar a esposa de seu vizinho e não se ferir, mas falar a verdade pode lhe render um soco no nariz.

— Pode mesmo — concordou Fred —, então eu não diria mais nada se fosse você, ou então vai acabar com o nariz *quebrado* da próxima vez.

Septimus foi embora.

Purl perguntou se Reg doaria carne para o clube de futebol novamente naquele ano.

— E também marcar o tempo deles — respondeu Scotty.

Ruth e a srta. Dimm, Nancy e Lois Pickett, Beula Harridene, Irma Almanac e Marigold Pettyman também foram abordadas pelo Comitê Social de Dungatar. Faith não se encontrava em casa. Estava ensaiando com Reginald. Mona pediu às damas que comparecessem à reunião inaugural em Windswept Crest e que, por favor, levassem um prato de comida. As mais novas recrutadas do Clube Social de Dungatar logo ligaram para Ruth na central telefônica e pediram para falar com Tilly Dunnage.

— Elsbeth está falando com ela nesse instante — disse ela. — Depois sou eu, e depois transfiro vocês todas.

Quando Ruth chegou ao topo da Colina, bateu na porta dos fundos e chamou:

— Alguém em casa?

— Acho difícil que estivéssemos por aí fazendo visitinhas, não é? — devolveu Molly.

Logo depois as outras foram chegando e tiveram de esperar na cozinha com Molly Maluca, encurvada em sua cadeira decorada, mexendo na lenha acesa na lareira com a bengala. Ela assoou o nariz nos dedos e atirou o catarro verde nas chamas, observando de perto o muco borbulhar, chiar e desaparecer.

Tilly, profissional e graciosa, levou cada uma de suas clientes individualmente até a sala de jantar para conversar sobre o que estavam precisando e no que estavam pensando. Ela notou que as integrantes do recém-formado Clube Social de Dungatar tinham adquirido um sotaque da noite para o dia — uma interpretação da pronúncia de Dungatar para o inglês britânico.

Como clientes, seus pedidos eram simples: "Preciso ficar mais bonita que todas as outras, especialmente Elsbeth."

Em Windswept Crest, o novo homem, Lesley Muncan, estava sentado encolhido de pernas cruzadas na cozinha, olhando as costas de Mona enquanto ela lavava os pratos debruçada sobre a pia.

Lesley trabalhava na lavanderia do hotel onde os Beaumont se hospedaram na lua de mel quando encontrou William no vestíbulo, lendo o jornal.

— As garotas foram fazer compras e gastar todo o seu dinheiro? — brincou ele.

— Sim — respondeu William, surpreso.

— Está gostando da estadia?

— Sim. E você?

Lesley ajeitou os punhos da camisa.

— É um bom hotel — respondeu. — Você é do campo, não é?

— Sim — confirmou William, sorrindo.

Lesley olhou em volta rapidamente e se sentou ao lado de William.

— Já trabalhei muito com equitação e estou de olho em uma colocação adequada. Suponho que não conheça ninguém precisando de um instrutor de equitação, conhece?

— Bem...

Lesley olhou na direção da recepção.

— Para uma cavalariça? Até para ajudar nos estábulos? Posso começar desde já.

Naquele instante, Elsbeth, Trudy e Mona entraram juntas, trazendo junto o cheiro da seção de perfumes da Myers. Lesley levantou-se num salto para ajudá-las com os pacotes.

William falou:

— Este é outro hóspede... senhor?

— Muncan, Lesley Muncan, é um prazer conhecê-las.

— O sr. Muncan é um equestre e tanto.

— É mesmo? — perguntou Gertrude.

— Mona — disse Lesley em Windswept Crest, batendo a ponta do cigarro com o dedo indicador —, se eu consigo encaixar meu pé num estribo, você também consegue... ainda estamos bem no começo, minha querida.

Mona tinha medo de cavalos, mas queria que Lesley gostasse dela.

— Vou tentar — prometeu, passando o pano de prato na louça limpa.

Mona queria alguém, um companheiro. Sua mãe e Trudy tornaram-se melhores amigas, e Mona muitas vezes se via sozinha naquela casa grande, sentada na janela da sacada, observando os estábulos onde Lesley trabalhava. Ele havia se alojado no celeiro, mas nos últimos dias aparecia na cozinha quando a via na janela.

— Ótimo — disse ele —, pois é o que sua mãe quer, e não podemos decepcionar a patroa, podemos?

Elsbeth e Trudy estavam relaxando com William na biblioteca, que até aquele dia era chamada de "sala vaga" — um cômodo no meio da casa malprojetada, sem janelas, um antigo depósito de tralhas. William tinha começado a fumar cachimbo. Ele achava que o gesto de tirá-lo do meio dos dentes e movimentá-lo ao falar era útil para enfatizar uma ideia. A maioria de suas ideias na verdade eram de Trudy, mas ela o deixava usá-las. Assim, ela podia dizer: "Mas, William, você disse que um sofá de couro duraria mais." Estava tocando *South Pacific* na vitrola nova, "Bali Haiiiiii, come to meeeee". Sem aviso Trudy congelou, tapou a boca e saiu correndo da sala. Elsbeth e William ergueram as sobrancelhas um para o outro.

Mona veio trôpega pelo corredor, gritando:

— Mamãe, William, venham rápido!

— Ela acabou de vomitar em cima dos pratos! — gritou Lesley, fechando os olhos e levando as costas da mão até a testa.

— Minha nossa, Trudy! — exclamou William, indo até ela.

Elsbeth levou a mão até a boca e se apoiou na geladeira.

— Vou esquentar a água — disse Mona.

— Tem se sentido mal ultimamente, querida? — perguntou Elsbeth, subitamente preocupada.

— Um pouco cansada, apenas.

Elsbeth olhou com ar conhecedor para o filho, e os dois se viraram para Trudy com amor e enorme gratidão. Eles se aproximaram enquanto Lesley balbuciava para o teto.
— Puxa vida. Ela está grávida.
Mona segurou o bule de chá junto ao peito e constatou:
— Vão querer transformar meu quarto em berçário!
Elsbeth foi até a filha.
— Sua infeliz egoísta — retrucou ela, dando um tapa com força em seu rosto.

Em uma noite, Beula Harridene estava caminhando quando surpreendeu Alvin apontando uma lanterna para a mala de um caixeiro-viajante, examinando seus materiais baratos. Na manhã seguinte, ela viu os mesmos materiais no balcão de Muriel à venda por preços mais altos. A seção de botões, zíperes e contas havia sido expandida, pois Alvin os importava de lojas especializadas em Richmond, enquanto comprava os acessórios no atacado da Collins Street e os vendia pelo dobro para os competitivos habitantes locais. Nos últimos tempos, as mulheres faziam roupões de brocado "importado" com botões de marfim ou strass e desfilavam em suas casas usando chiffon de cores pastéis ou calças justas de veludo com faixas na cintura e blusas de gola alta, como estrelas de cinema.

Continuavam chegando baús para a srta. T. Dunnage, Dungatar, Austrália. O sargento Farrat visitou A Colina numa noite na hora em que Ruth lutava para arrastar um deles da van até a varanda de Tilly.

— Minha nossa! — exclamou o sargento. — O quem tem aí? Ouro?

— Suprimentos — disse Tilly —, algodões, estampas, lantejoulas, revistas, penas.

— Penas? — O sargento Farrat apertou as mãos.

— Ah, sim — confirmou Ruth —, penas de todos os tipos.

Tilly olhou para ela e ergueu uma das sobrancelhas. A mão de Ruth voou até a boca. O sargento Farrat se deu conta de tudo o que estava acontecendo entre as duas.

— Penas de avestruz?

— Na verdade eu não sei, sargento — mentiu Ruth. — Eu *imagino* que tenha, isto é, não tenho como *saber exatamente* o que há na caixa, mas como todo mundo anda falando das roupas novas para a noite de apresentação do clube social...

Todos olharam para o baú. Os lacres estavam rasgados, e havia buracos onde deveriam estar os pregos originais, e, perto de cada um deles, pregos novinhos em folha pareciam ter sido martelados sem muita habilidade. O lacre original havia sido arrancado e em seu lugar alguém havia colado a fita normal do serviço postal.

— Bem — continuou Ruth —, é melhor eu ir embora, então. Purl deve estar esperando seus sapatos novos e Faith recebeu partituras novas para ensaiar.

Eles a observaram se afastando com sua van, então o sargento Farrat sorriu para Tilly e perguntou:

— Como anda sua mãe?

— Hoje em dia está longe de ser negligenciada. — Tilly cruzou os braços e o encarou.

O sargento Farrat tirou o quepe da polícia e o colocou sobre o peito.

— Sim — falou, baixando o olhar para o chão.

— É incrível o que um pouquinho de cuidado pode fazer — continuou ela. — Ela tem dias bons e outros não tão bons, mas é sempre divertida e se lembra das coisas de vez em quando.

Os dois arrastaram o baú de madeira até a cozinha.

— Eu tinha a impressão de que Mae cuidava dela — comentou o sargento.

Molly entrou na cozinha de camisola e chinelos, arrastando um pedaço de corda. Ela parou e olhou atentamente o sargento Farrat.

— Ela se meteu em encrenca? Não estou nada surpresa.

— Gostaria de se juntar a nós para uma xícara de chá com bolo, Molly?

Molly nem olhou para Tilly e apenas se aproximou mais do sargento.

— Meu gambá desapareceu — revelou. — Mas acho que sei o que aconteceu com ele. — Ela inclinou a cabeça para indicar uma panela grande cozinhando em fogo brando no fogão.

— Entendo — disse ele, assentindo com gravidade.

Molly saiu. Tilly serviu uma xícara de chá ao sargento. Ele bateu no baú com a lateral do sapato e caminhou em volta dele.

— Vai precisar de alicates para abrir isso — notou.

Tilly lhe entregou os alicates. Ele baixou sua xícara de chá e se ajoelhou na frente do baú. Então levantou a tampa e mexeu no interior, pegando pacotes e segurando-os junto ao nariz, cheirando.

— Posso abri-los, por favor?

— Bem, eu ia...

Ele rasgou o embrulho com lascívia, puxando os tecidos, passando-os entre os dedos e colocando-os na mesinha de trabalho de Tilly. Ela folheou os desenhos e moldes que havia feito e os colocou junto com o material. O sargento Farrat chegou ao último pacote, no fundo do baú. Apertou-o junto ao peito e rasgou em pedacinhos o papel pardo, libertando metros e metros de organza de seda magenta brilhante.

— Ah — suspirou ele, mergulhando o rosto no monte de tecido. Então parou abruptamente e olhou boquiaberto para Tilly, batendo as mãos no próprio rosto corado, chocado com sua entrega.

— Linda, não é? — disse ela. — É para mim.

O sargento andou até ela, pegou-a pelas mãos e olhou em seus olhos.

— Posso, por favor, ficar com uma de suas penas de avestruz?

— Sim.

Ele beijou a mão de Tilly e envolveu a organza magenta em volta dos próprios ombros, depois caminhou com ar gracioso até o espelho em saltos altos imaginários. Ele deu uma voltinha, apreciando seu reflexo, então olhou para Tilly e disse:

— Sou brilhante com lantejoulas e strass, e aposto que sei fazer uma bainha tão rápido quanto você... Sou um mago com zíperes e na medição também.

— O que acha de rufos e babados?

— Odeio.

— Eu também.

A partir de Windswept Crest, o pasto uniforme e cortado se estendia até o horizonte como um capacho novo. Na propriedade dos Beaumont, o gado ficava mergulhado até o estômago na palha baixa e cinzenta, o que restara da plantação da última estação. Havia um oásis verde que era a casa principal, cercada por eucaliptos, cujo telhado vermelho contrastava com o céu claro. Carros estacionados refletiam a luz do sol, e pequenas marquises listradas estavam montadas em frente à ilha verde. Em um cercado, um cavalo trotava segurado por uma corda controlada por uma silhueta pequena de casaco vermelho — Lesley e seu adestramento. Os convidados estavam andando pelo cercado aparado que descia até o córrego de Dungatar, ali também cercado por eucaliptos. William estava explicando a Bobby e Reg sobre os novos acontecimentos.

— Mandamos Ed McSwiney construir um novo jardim e estábulos para os cavalos. A quadra de tênis está sendo renovada e temos um novo sistema de irrigação para os jardins, os galinheiros e por aí vai. E é claro que estão aqui para experimentar o novo gramado de croqué, e creio que minha mãe vai anunciar um projeto novo quando der os diversos prêmios para os bolos... — William parou de sorrir e baixou a voz. — Tenho planos para a agricultura, quando conseguir as máquinas... — Ele enfiou as mãos no bolso e se afastou.

Scotty Pullit disse:

— E para isso estamos aqui, para pagar por tudo.

— Gramado bonito — comentou Bobby. Os jogadores de futebol olharam para o campo de croqué e sorriram.

Muriel passou nas barracas recolhendo o dinheiro, colocando-o num saco de papel pardo. Ela mancou com seu banco dobrável debaixo do braço até Trudy. Muriel o abriu, tirou as sandálias brancas sujas de terra e se sentou ao lado da filha, que estava deitada na espreguiçadeira, na varanda da casa. Trudy olhou em volta, nervosa. Havia batom nas pontas do bigode claro de Muriel, os fios pareciam pequenas cabeças de fósforo. Ela estava precisando de uma tintura e um permanente, e seus pés estavam ressecados e rachados.

— Alguns parentes novos meus de Toorak estão aqui hoje — disse Gertrude.

— Una, a prima de Elsbeth? — perguntou Muriel.

— Você não se apresentou!

— Na verdade nos conhecemos há muito tempo, Gert...

— *Trudy*, meu nome é Trudy, já lhe disse isso.

— Eles não moram em Toorak, eles moram aqui do lado, em Prahran. — Muriel se levantou de um jeito abrupto, pegou o banco e atirou o saco de papel no colo de Trudy. — Eu deveria saber bem, nasci e cresci no sul de Yarra.

Muriel saiu mancando com as sandálias na mão e a saia presa entre as nádegas. Ela caminhou olhando para o chão.

— Minha própria filha se tornou o tipo de gente que quis evitar justamente me mudando para cá.

Graham ergueu o focinho comprido e aveludado e virou a cabeça para trás. Ele já tinha devorado metade de uma fileira de cenouras, umas quinze cabeças de alface, um ou dois tomates — ainda não maduros — alguns feijões e um pepino ou dois. Descobrindo que não gostava muito de pepinos, ele voltou às cenouras e as arrancou da terra pelas folhas, sacudindo-as e colocando-as na boca. Faith passou por ele a caminho de mais um encontro com Reginald e sorriu.

— Você é um cavalo danadinho.

Hamish estava na parte mais distante da propriedade, depois de ajustar os sinais de sua maquete de estação de trem. O trem a vapor em miniatura sacudia e buzinava a cada volta nos pequenos trilhos de aço.

— Não mexam — grunhiu ele para as crianças que assistiam. — É uma máquina muito delicada, ajustada, balanceada... escute o ritmo... magnífico. Existe, é claro, um modelo melhor que esse, o classe D, tipo 4-6-0. Tinha dois cilindros de dezenove polegadas, rodas acopladas, diâmetro de... EI, EU FALEI PARA NÃO TOCAR! AGORA PONHA ESSA CAIXA D'ÁGUA DE VOLTA JÁ.

Seis dos jovens pupilos de Lesley entraram no cercado em cavalos e pôneis.

— Senhoras e senhores, pais...

Lesley sorriu para os moradores de propriedades distantes, sentados em suas calças de equitação ao lado das carroças dos cavalos, fazendo piquenique em mesas dobráveis. Eles assentiram de volta. Atrás dele, os pôneis moviam-se em diagonal numa linha desigual.

— Os fundamentos da equitação são o ritmo, a maleabilidade, o contato, o impulso, a linearidade e o autocontrole num cavalo. O ritmo é a batida; e o tempo, a medida contada entre as batidas, ou os passos. O cavaleiro deve sentir a música que o cavalo está tocando.

Os pais ergueram suas garrafas térmicas e riram. Lesley se virou para trás e percebeu que os cavalos e pôneis tinham se amontoado num dos cantos da arena onde circulavam e estavam se mordendo, chutando e dando pinotes. As crianças berravam de cima das selas.

Teddy removeu os aros do gramado de croqué e começou uma partida de *kick-to-kick*. Alguém chutou de forma vacilante e a bola quicou na direção do córrego, mas foi interrompida por Faith, que estava subindo pela encosta tirando grama dos cabelos e das roupas. Ela devolveu a bola para os braços de Scotty Pullit com um pontapé poderoso e continuou onde estava, perto do riacho. Nancy se juntou à fileira de gente na frente da propriedade, seguida por Ruth. Teddy juntou todos os jogadores no meio e eles se dividiram em dois times. Bobby, Reginald e Barney ergueram bastões usados nos saltos de obstáculos e improvisaram os gols. Eles jogaram cara ou coroa e os jogadores assumiram suas posições. Deram uma camisa branca a Barney e o orientaram a agitá-la cada vez que a bola passasse entre as estacas. Ele ficou parado orgulhoso na sua posição com a camisa no alto, a postos. Teddy deu o primeiro chute e, quando a bola avançou na direção dos postes, gritou:

— Atenção, Barney.

Barney desceu a camisa e marcou a bola. Reginald declarou que não havia sido gol. Teddy deu um tapinha fraco nas costas de Barney e Reg anunciou que o time de Teddy perderia um ponto. Houve uma discussão, os gritos ecoando acima do riacho, as gargalhadas altas atravessando os eucaliptos e eriçando as cristas das cacatuas. Elsbeth Beaumont virou as primas para as carroças dos cavalos e seus donos.

— É sempre essa tagarelice.

Enquanto os moradores da cidade jogavam futebol, Trudy Beaumont contava o dinheiro.

Mona e Lesley descansavam em fardos de palha na escuridão dos estábulos.

— Acho que vou usar meu vestido de dama de honra novamente — disse ela, suspirando.

— Como ele é?

— É cor de ferrugem...

— Ah, aquele, o de gola boba. Por que não pede que a escandalosa daquela Tilly não-sei-o-quê faça coisas novas para você? Ouvi dizer que cobra barato.

— Mamãe disse que ainda não usei o laranja vezes o bastante.

Eles estavam quebrando pedaços de palha e balançando as botas.

— Você, hum, vai à apresentação desta noite com alguém em especial?

— Ora, mas é claro! — guinchou Lesley. — Vou buscar Lois Pickett às sete.

— Entendi.

Lesley revirou os olhos. Mona se deu conta então de que seu amigo, seu mestre, tinha feito uma piada. Eles se esparramaram nos fardos de tanto rir.

Quando Mona passou pela porta do salão de braços dados com Lesley naquela noite, estava resplandecente. Usava um vestido simples de raiom azul de saia rodada e prega macho na frente que já tinha fazia anos, mas ela envolveu os ombros com uma echarpe floral vermelha e prendeu uma flor vermelha atrás da orelha. Estava se misturando bem às outras mulheres que ainda preferiam luvas pretas compridas, cinturas marcadas e saias plissadas, tafetá, algodão estampado, saias de corte princesa, tudo em modelos contemporâneos. Mas Tilly Dunnage havia renovado as roupas com um toque europeu, tornando-as quase de vanguarda. A batida da música no salão era acelerada; os tons de voz, agudos e excitados. Lesley se virou para Mona e disse:

— Agora ponha os ombros para trás e caminhe como lhe ensinei.

Quando Trudy e Elsbeth pisaram no palco e assumiram suas posições nos microfones, a sala toda cochichou e em seguida se calou. Todos os olhares estavam nelas. Elsbeth usava um vestido sofisticado de tafetá da cor de um rubi. A gola ia de ombro a ombro, e Tilly havia criado um corpete original e elaborado num drapeado moderno.

A gravidez já tinha dado quase 19 quilos a mais a Trudy. O rosto já estava tão inchado que as bochechas pareciam velas infladas de um veleiro. Ela retinha tanto líquido que parecia ter boias salva-vidas ao redor dos tornozelos. Para distrair os olhares da aparência de Trudy, Tilly criara um modelo bem *Vogue*, todo voltado para o corte e o acabamento. Era de tafetá azul-marinho até o meio das canelas, seco e estruturado, para acomodar a barriga inchada, e se movimentava em largas pregas apenas na bainha.

Mona andou até o palco com Lesley logo atrás. Ele se inclinou e lhe disse baixinho:

— Está nevando um pouco.

Ela olhou para a porta.

— Mas não estou com frio.

— Quis dizer que sua anágua está aparecendo.

Ele ergueu as sobrancelhas na direção da bainha do vestido dela e inclinou a cabeça na direção da porta. Os dois foram discretamente até lá e saíram em meio à escuridão. Lesley segurou o xale de Mona enquanto ela se atrapalhava com a alça da anágua e um alfinete de segurança que deixava preso na calcinha.

— Rápido — disse Lesley —, estão quase começando o discurso de boas-vindas.

Mona tirou seu vestido e o enfiou nas mãos de Lesley, pedindo:

— Segure isso.

— Senhoras e senhores — trinou Elsbeth —, bem-vindos à noite de apresentação do primeiríssimo Clube Social de Dungatar. — Ela fez uma pausa enquanto todos batiam palmas. — Esta noite vamos apresentar as integrantes do comitê e falar sobre nossos planos de arrecadar fundos para o Clube Social de Dungatar! Nossa tarde de arrecadação de fundos, chá e croqué foi um começo promissor e muito popular!

Elsbeth deu um sorriso radiante, mas ninguém aplaudiu, então ela continuou.

— Naturalmente, não poderíamos ter arrecadado dinheiro bastante sem a ajuda das damas que fazem parte do comitê do clube. E então, sem mais delongas, é com muito prazer que lhes apresento as integrantes do comitê. Primeiro, nossa secretária e tesoureira, a sra. Alvin Pratt. — Os convidados bateram palmas e Muriel pisou no palco, sorriu e cambaleou. — E um agradecimento especial deve ser dado à nossa incansável datilógrafa e faz-tudo, srta. Mona Beaumont...

Mas Mona não estava em lugar algum. A plateia murmurou, olhando de um lado para outro. Apoiada na porta no fundo do salão, Nancy acenou para Trudy e pôs a cabeça para fora.

— Psiu, Mona.

— O quê?

— É sua vez. — Nancy entrou. — Eles já estão vindo — gritou ela, e Trudy e Elsbeth sorriram para a multidão, que esperava.

Mona e Lesley voltaram ao salão aos tropeços e todos começaram a bater palmas. Foram até o palco e Mona subiu para ficar entre a mãe e a cunhada. As palmas diminuíram e alguém riu. A multidão murmurou em conjunto enquanto as mulheres cobriam as bocas e os homens olhavam para o teto.

Foi quando Lesley notou. O vestido de Mona estava do avesso.

Tilly estava em casa, cercada por retalhos coloridos. As últimas duas semanas tinham sido um período de intensa costura à mão, drapeados e moldes, e ainda havia um baile por vir. Teddy chegou usando jeans Levi's novos, uma impecável camiseta branca e uma jaqueta de couro cheia de zíperes e rebites. Ele tinha passado brilhantina nos cabelos e assumido uma postura insolente, e fazia um bico para combinar. Caíam bem nele. Ela o olhou e sorriu.

— Vai usar couro e jeans no primeiríssimo evento do Comitê Social?

— O que você vai usar?

— Eu não vou.

— Ah, vamos lá. — Ele deu um passo na direção dela.

— Não tenho nada para usar.

— Invente alguma coisa, vai ficar muito mais bonita que todos lá, de qualquer maneira.

Ela sorriu e disse:

— Não seria muito bom para mim, seria?

— Podemos só ficar num canto observando todas as suas lindas criações desfilando no salão nos corpos da srta. Dimm, Muriel e Lois. — Ele parou. — Entendi o que quis dizer.

Teddy afundou na cadeira ao lado do fogo e colocou as botas em cima do baú de madeira. Molly olhou para ele, levantou o lábio superior e cuspiu nas chamas.

— Você se acha bonito, não acha? — perguntou ela.

— Podemos ir ao cinema em Winyerp — sugeriu Teddy —, ou podemos ficar sentados aqui com Molly a noite toda.

— O que está passando? — perguntou Tilly em tom alegre.

— *Crepúsculo dos Deuses,* com Gloria Swanson.

— Vocês dois vão ao cinema e tenham uma ótima noite — decretou Molly. — Não se preocupem comigo, vou ficar bem aqui... sozinha, sem ninguém. De novo.

Molly insistiu em se sentar no banco da frente do Ford de Teddy em sua primeira volta de carro na vida.

— Se vou morrer, quero pelo menos ver a árvore em que vamos bater — esclareceu ela.

Mais tarde exigiu que se sentassem na primeira fila da sala de cinema, bem debaixo da tela. Ela se sentou entre os dois, assobiando e gargalhando com o desenho de Tom e Jerry, e fez comentários difamatórios em voz alta sobre todo o resto.

— Eles não estão num carro de verdade, é tudo faz de conta... Ele não convence bem, convence? Ela acabou de beijá-lo e o batom não está borrado e os olhos parecem axilas... Levantem e saiam do caminho, preciso ir ao banheiro rápido!

Em casa, eles se ofereceram para colocá-la na cama, mas Molly relutou.

— Não estou com sono — garantiu, olhando o céu estrelado para inibir um bocejo.

Teddy entrou e pegou um copo, encheu-o com a aguardente de sua garrafinha e o deu a Molly. Ela bebeu tudo e esticou o braço com o copo para que ele colocasse mais. Teddy olhou para Tilly, que estava olhando para as luzes do salão lá embaixo, de onde vinham fragmentos das conversas, então ele serviu mais um pouco de aguardente a Molly. Pouco tempo depois, estavam levantando-a para colocá-la na cama.

Os dois voltaram a se sentar sob as estrelas, olhando o salão de Dungatar aos poucos ficando mais escuro e as socialites se dispersando.

Teddy se virou para ela.

— Para onde foi quando saiu daqui?

— Melbourne, para estudar.

— E depois?

Ela não respondeu. Ele pareceu impaciente e insistiu:

— Vamos lá... sou eu, não eles.

— É só que nunca falei sobre isso até agora.

Ele manteve o olhar fixo nela, incentivando-a. Por fim Tilly explicou:

— Consegui um emprego numa fábrica. Eu ia trabalhar lá para sempre a fim de reembolsar meu "benfeitor", mas era horrível. Pelo menos era uma fábrica de roupas.

— Você sabia quem era seu benfeitor?

— Eu sempre soube.

— E depois?

— Fugi. Para Londres.

— E depois para a Espanha.

— E depois para a Espanha, Milão, Paris. — Ela desviou o olhar.

— E então? Tem mais, não tem?

Ela se levantou.

— Acho que vou entrar agora...

— Tudo bem, tudo bem.

Teddy segurou-a pelo tornozelo e ela pareceu não se importar, então ele se levantou e passou o braço em volta de seus ombros e Tilly se inclinou contra ele, só um pouquinho.

17

Uma hora Mona parou de chorar, pois Lesley começou a rir da história. Àquela altura, Trudy e Elsbeth já tinham pensado numa solução.

— Vai ter que se casar com ela... — concluiu Elsbeth.
A maneira de resolver tudo.
Lesley se sentou de súbito.
— Mas eu não quero me...
— ... Ou ir embora da cidade — sugeriu Trudy.

Lesley pediu a Tilly que lhe fizesse um enxoval novo de cavalgada — sedas azuis e cor-de-rosa e calças de montaria brancas, justas e impecáveis. Ele encomendou botas até o joelho e saltos cubanos da RM Williams, em Adelaide. Mona usou seu vestido de dama de honra com uma rosa branca presa atrás da orelha. Foi uma cerimônia discreta no jardim da frente de Windswept Crest. O sargento Farrat conduziu a rápida cerimônia. William levou o sr. e a sra. Lesley Muncan até a estação de trem. Enquanto o trem se afastava, eles acenaram para William, parado ali com seu cachimbo entre os dentes, ao lado de Hamish e Beula. O Comitê do Clube Social de Dungatar havia doado duas passagens de trem como presente de casamento, então o sr. e a sra. Lesley Muncan passariam a noite na suíte principal do Grand Hotel com vista para o rio de Winyerp.

Quando os recém-casados voltaram para a recepção do hotel meros cinco minutos após o dono do lugar levá-los à suíte, ele ficou surpreso.

— Vamos passear — informou Lesley. — Vamos buscar as chaves às cinco e meia e desceremos para jantar às seis.

— Como quiserem — disse o homem, piscando.

Depois do jantar, eles subiram. Na porta da Grand Suite — o grande quarto de esquina com a janela em arco perto do banheiro — Lesley virou para a nova esposa e disse:

— Tenho uma surpresa para você.

— Eu também. — Tilly havia feito dois itens para o enxoval de Mona, um deles um négligé bem "moderno", uma criação de Tilly.

Lesley abriu a porta da suíte. Numa mesa ao lado da cama, havia um balde esmaltado cheio de gelo e uma garrafa de espumante. Duas taças de cerveja de duzentos mililitros estavam posicionadas ao lado, e, entre elas, havia um cartão. Sinos de casamento em dourado e serpentinas soletravam: "Parabéns!" Dentro do cartão, a esposa do dono do hotel havia escrito:

"Parabéns + Boa sorte de todos nós do X X X".

— Ah, mestre — disse Mona. — Volto em um segundo.

Ela pegou sua mala e desapareceu na porta do banheiro ao lado. Lesley correu até o banheiro masculino, se debruçou em cima da privada e começou a arrotar com ânsias de vômito. Depois de algum tempo, voltou com as mãos suadas e a pele pálida à suíte principal, onde, nervosa, Mona estava reclinada na colcha de chenille, usando apenas sua nova camisola.

Lesley foi vencido.

— Ah, meu Deus, Mona.

Ele pegou as mãos dela e a fez se levantar, então se afastou e deu duas voltas ao redor dela. Em seguida tocou no refinado roupão de seda e disse:

— Mona, é simplesmente di-vi-no!

Ele abiu o espumante, encheu as taças, e os dois entrelaçaram os braços e beberam. Mona corou.

— Acho que não vou beber muito... querido.

— Bobagem — disse Lesley, dando-lhe um beijo rápido na bochecha. — Vai fazer o que eu mandar, sua esposa safadinha, senão vou puni-la com minha chibata de equitação. — Eles deram risadinhas e brindaram com as taças.

Na metade da primeira garrafa, Lesley tirou mais uma da mala e a colocou no gelo. Na metade da segunda, Mona desmaiou, então Lesley terminou o resto do champanhe, cobriu o pescoço e os ombros com um pedaço do roupão da esposa, colocou o polegar na boca e dormiu, inspirando fundo o tecido de seda marcado pelo cheiro de lírios do vale.

Mona acordou com dor de cabeça. Mas a primeira coisa que viu foi o marido novo parado na janela — vestido, arrumado e pronto para pegar o trem de volta para casa. O coração de Mona parecia lento, cheio de dor, seu queixo tremia e parecia haver um enorme nó na garganta. Ela mal conseguia engolir. Os dois sequer haviam dormido abraçados.

— Vamos logo, esposa. — Lesley sorriu. — Há uma deliciosa e quente xícara de chá nos esperando lá embaixo.

Em Windswept Crest, Trudy a levou até seu velho quarto — que se tornou um quarto de bebê — e, em seguida, a mãe entregou-lhe um cheque.

— Mãe... — O rosto de Mona se reacendeu.

— Não é um presente, é sua herança. Tive muito trabalho para consegui-la. Como pode ver, está nominal a Alvin Pratt Imobiliária, um depósito para aquela casinha vazia na cidade. — Ela deu meia--volta e, quando passou pela porta do estábulo, disse: — Você é responsabilidade de Lesley agora.

Naquela tarde o sr. e a sra. Lesley Muncan se mudaram para a casinha entre a organizada casa de Evan e Marigold Pettyman e a confortável casa de tábuas de Alvin e Muriel Pratt.

Faith recortou as letras de uma edição da *Women's Weekly* e as colou meticulosamente num papelão cor-de-rosa para formar as palavras, desenhou balões e serpentinas passando pelas letras e salpicou glitter na cola. Ela recortou um sino de um cartão de Natal e o colou inclinado ao lado da palavra "Bela".

Venha um, venham todos
Comecem a temporada de futebol dançando
Baile do Clube Social de Dungatar
Com músicas inéditas da nova banda
Faithful O'Briens
E o concurso
A BELA DO BAILE
Convites — Bobby ou Faith.

Hamish acenava para o trem da tarde no momento em que Faith o viu, a caminho dos Pratt. Quando o trem parou, ele ajudou uma estranha a descer do vagão para a plataforma. A mulher olhou ao redor com ansiedade e perguntou:

— Quando sai o próximo trem?

— Depois de amanhã, às nove e meia em ponto, será um classe D...

— Tem algum ônibus?

Hamish colocou as mãos para trás e cruzou os dedos.

— Não — respondeu.

— Obrigada — disse ela, se afastando.

Hamish apontou para Edward McSwiney, que esperava na porta com a carroça.

— Pode pegar uma carona até o hotel com nosso táxi ali.

A mulher colocou um dos dedos enluvados sob o nariz e apontou para suas malas de couro na plataforma, entre encomendas, cartas e gaiolas de galinhas. Hamish as levou até Edward, e a estranha pegou sua mala de mão e passou com cuidado por Graham, mantendo-se bem distante. Caminhou pela trilha de cimento quebrada com sapatos de couro de crocodilo e, por fim, entrou no saguão do hotel Station, tirando seus óculos escuros e suas luvas e pigarreando para anunciar sua chegada. Fred levantou os olhos do jornal e olhou para o bar. Ela pigarreou mais uma vez e Fred foi até a entrada. Ele a analisou por cima do aro das lentes bifocais: os sapatos empoeirados, as pernas magras, mas bem-torneadas, a saia lápis e a jaqueta, que ela tirou, revelando uma camisa branca feita inteiramente de bordado inglês. Ele podia ver a roupa íntima.

— Está perdida?

— Gostaria de um quarto para duas noites, por favor... com banheira.

Ela estendeu o casaco na direção dele. Fred colocou o formulário no balcão, dobrou o casaco sobre o braço e abriu um sorriso gracioso.

— Certamente, madame, pode ter o quarto ao lado do banheiro. É um banheiro compartilhado, mas você é a única hospede além do sr. Pullit, e ele não toma banho há nove anos, então será todo seu. É um bom quarto, com janelas para oeste, que lhe darão uma bela vista do pôr do sol, de uma casinha no alto de uma colina e do horizonte até perder de vista.

Edward passou pela porta da frente e depositou as malas com cuidado ao lado da mulher.

— Obrigada — disse ela, com um sorriso amarelo para Edward, e olhou de volta para Fred, que se abaixou, pegou as malas e a guiou até o quarto no andar de cima.

Ela examinou o quarto, abriu as portas do armário, se sentou na cama, pegou um dos travesseiros para inspecionar o tecido e se olhou no espelho.

— Veio de longe? — perguntou Fred.

— Achei que uma ou duas noites no campo seria uma experiência agradável. — Ela olhou para Fred. — Foi o que pensei, de qualquer maneira.

— Irá jantar esta noite?

— Depende — respondeu ela, indo até a sacada.

Fred a avisou de que, se precisasse de alguma coisa, era só gritar. Depois, desceu depressa para procurar Purly.

A estranha ficou sentada sob o sol da tarde. Ela acendeu um cigarro e respirou fundo, olhando as pessoas na rua principal, notando os vestidos, e então parou, boquiaberta. Era surpreendente o quanto as mulheres de Dungatar se vestiam bem, indo da biblioteca até a farmácia em vestidos luxuosos, ou conjuntos de calça de bom gosto, feitos de tecidos sintéticos, ou relaxando no parque em vestidos de decotes assimétricos típicos da alta-costura europeia. Ela desceu até a sala das damas e viu um grupo conversando numa das mesas, bebendo drinques de limão sem álcool e usando cópias de Balenciaga com acabamentos de veludo. Da porta de entrada, ela examinou um grupo de mulheres segurando cestas, lendo alguma coisa na vitrine da loja de artigos gerais. Uma mulher gorda de cabelos sem graça usava um vestido simples sem cintura marcada de crepe de lã com corte princesa, gola levantada e mangas japonesas estruturadas realçando o corpo retangular como uma geladeira. Uma mulher pequena e ossuda usava um conjuntinho cor-de-rosa claro trespassado de lapelas amplas e acabamento roxo, tudo suavizando sua pele craquelada como couro. Ao lado, debruçada numa vassoura, uma garota com corpo de menino usava um modelo que a mulher tinha certeza de que ainda não havia sido inventado. Era um belo vestido preto de lã de decote canoa e mangas curtas. A parte de cima ficava um pouquinho solta até um cinto largo preto de couro de bezerro com uma enorme fivela preta. A saia era estreita e ia até os joelhos! Havia uma loira exibindo certa petulância numa calça corsário de veludo, uma dona de loja num elegante conjunto de túnica de *faille* e uma mulher pequena e esticada vestindo calça capri de seda e um paletó sem mangas muito chique. A mulher voltou para o quarto e fumou mais cigarros. Ela se perguntou como Paris teria chegado aos confins dilapidados e torsos negligenciados de donas de casa banais daquela província rural.

— Faith fez um belo trabalho com o cartaz — declarou Ruth.
Todas assentiram.
— Muito artístico — acrescentou Marigold.
— Não diz quanto custa — reclamou Beula.
— É sempre a mesma coisa — disse Lois.
— Não dessa vez — devolveu Beula, assentindo com vigor. — O clube precisa de novos uniformes de árbitro e Faith está cobrando pela banda... eles têm praticado muito, estão com canções novas... e um novo nome também.
— Bem, se alguém saberia é você.
Beula colocou as mãos nos quadris.
— E Winyerp toda vem.
As outras mulheres a encararam.
— Winyerp toda vem? — perguntou Lois.
Beula fechou os olhos e confirmou devagar com a cabeça.
— É melhor reservarmos uma mesa... — advertiu Muriel.
— ... ao lado uma da outra — completou Lois.
Elas releram o cartaz.
Nancy, parada atrás das três com a vassoura, disse:
— Ela recebeu mais um baú há pouco tempo.
— De onde, dessa vez?
— Espanha?
— França?
— Nenhum dos dois. Nova York — revelou o sargento Farrat. As mulheres levaram um susto e se viraram para ele. — Sim — confirmou ele. — Nova York. Eu estava lá quando o abriu.
— Já escolhi minha roupa — disse Purl —, precisam ver o que vou usar.
— Eu também.
— É claro que a minha vai ser bem diferente!

— Vou usar uma coisa bem original!

— Mas, puxa vida! — disse o sargento, levantando os ombros e fechando os olhos de êxtase — Precisam ver o tecido que Tilly recebeu só para ela! — Ele colocou as mãos nas bochechas. — Organza... rosa-magenta! E o modelo... ela é uma *verdadeira* estilista! — elogiou, suspirando. — A estrutura de Balenciaga, a simplicidade de Chanel, os drapeados de Vionnet e a arte de Delaunay.

Ele se afastou com o chapéu apoiado com elegância na cabeça e os sapatos bem-engraxados reluzentes.

— Ela sempre guarda o melhor para si mesma — criticou Beula.

As mulheres se viraram na direção da Colina e estreitaram os olhos.

Purl esperou com a caneta pronta para anotar o pedido. A estranha estava examinando os três itens do menu.

— O que vai ser, queridinha?

A mulher olhou-a e perguntou:

— Onde conseguiu essa roupa?

— Uma menina daqui. Eu sugiro ou o filé com salada ou a sopa, se não estiver com muita fome. Posso esquentar uma torta ou até fazer um sanduíche...

— Essa "menina daqui" fica aberta até tarde?

Purl suspirou.

— Eu diria que ela trabalha em casa.

— Onde ela mora?

— No alto da Colina.

— Talvez possa me mostrar...

— Eu explico como chegar lá depois que tiver comido seu filé... Qual o ponto?

A visitante ficou só de combinação e meias de seda diante do fogo, folheando o caderno de desenhos de Tilly e conferindo o conjuntinho da Chanel pendurado nas costas de uma cadeira. Tilly estava ao lado com o caderninho e a fita métrica, admirando o permanente suave e as mãos finas e bem-feitas da mulher.

— Certo — disse a viajante, sorrindo. — Eu definitivamente quero o de seda selvagem com gola *mao* que a garçonete tem, e vou querer essa interpretação de Dior, e esse conjunto de calça... criação própria, imagino. — Ela continuou a folhear os desenhos de Tilly.

— E quanto a alterações? — perguntou Tilly.

— Serão pequenas. Se precisar de alguma eu mesma as farei. — Ela olhou para Tilly. — Alguns desses são muito originais.

— Sim, são modelos originais meus.

— Entendo. — Ela fechou o bloco e perguntou: — Por que não vem trabalhar para mim?

— Tenho meu próprio negócio aqui.

— Aqui? E onde exatamente fica "aqui"?

— Aqui é onde estou, por enquanto.

A visitante sorriu.

— Seus talentos estão sendo desperdiçados aqui...

— Pelo contrário, tenho muita demanda. E, de qualquer maneira, tenho uma pequena fortuna para receber, mas até isso acontecer não posso ir para a Collins Street.

A mulher olhou para a porta fechada atrás de Tilly.

— Adoraria ver o que guarda no seu ateliê.

Tilly sorriu.

— Você me deixaria entrar no *seu* ateliê?

Algum tempo depois, Tilly levou a estranha até a porta e lhe emprestou uma lanterna.

— Deixe-a na caixa postal na base da Colina. Depois disso, a rua já estará iluminada.

— Obrigada. Vai me mandar a conta?

— Sim.

— E eu vou pagar. — Elas apertaram as mãos. — Se um dia reconsiderar...

— Agradeço sua oferta, mas, como expliquei, no momento não estou em posição de considerar uma mudança por diversos motivos. Mas sei onde encontrá-la — disse Tilly, fechando a porta.

Conforme o dia do baile se aproximava, as mulheres chegavam à Colina como ondas, batendo na porta dos fundos de Tilly e fazendo exigências a respeito de modelos exclusivos e acessórios específicos. Tilly lhes mostrava fotografias de europeias belas e famosas e tentava explicar a diferença entre estilo e moda. Ela sugeria que elas cortassem os cabelos (o que resultou numa impressionante quantidade de sósias de Louise Brooks) ou os escovassem cem vezes a cada noite. Mostrou como se desfiava o cabelo para fazer bufantes, topetes e outros estilos de penteado. Incentivou-as a ir atrás de presilhas de cabelo, flores, rabos de cavalo e tranças artificiais, fitas, grampos e pentes com pedrarias, bijuterias imitando verduras, miçangas coloridas de vidro e botões em formato de cigarro. Ela as inspirou a fazer seus próprios brincos com as contas de antigos colares, as fez comprar tintas e henas do sr. Almanac (que as tinha desde a *Belle Époque*), e mostrou a maneira correta de aplicar bronzeador ou base de rosto clara e lápis de olho azul-escuro. Motivou-as a encomendarem lingeries novas e citou Dorothy Parker: "Brevidade é a alma da lingerie." Ensinou-as sobre a silhueta de cada corpo e o que caía bem nos corpos delas e por quê. Construiu moldes e fez croquis especialmente para elas e as alertou de que cada uma precisaria de três provas de roupa, e então as orientou quanto à escolha de fragrâncias que refletissem o clima das roupas. Mais uma vez, todas correram até o sr. Almanac, então Nancy chamou um perfumista para uma tarde de experimentação. Tilly tentou esclarecê-las, envolvendo-as em luxuosos materiais e dobrando-os contra os corpos para que sentissem como era ser acariciada e afluente, e elas tiveram uma amostra de como era estar numa loja de departamentos envoltas pelas belas criações de um gênio.

A Faithful O'Briens chegou — Faith e Hamish, Reginald Blood e Bobby Pickett — em busca de figurinos novos. Faith queria dois tons de vermelho com lapelas de lantejoulas para os homens e lantejoulas dos pés à cabeça para ela. Bobby Pickett ficou em pé na cozinha com os braços esticados enquanto Tilly rodeava o corpo grande com a fita métrica e rabiscava os números no caderninho. Reg e Faith esperaram pacientemente na cozinha, comentando em silêncio sobre as fotografias de moda das revistas importadas e cutucando um ao outro. Na cadeira, Molly se sentou junto à mesa perto de Hamish, colocando a mão no joelho dele e subindo-a pela coxa até a virilha. Ele virou o rosto de morsa para ela e ergueu as espessas sobrancelhas alaranjadas, então Molly sorriu e fez biquinho pedindo um beijo. Ele se afastou depressa para olhar a coleção de discos de Tilly.

— Coloque um para tocar — sugeriu Tilly.

Com cuidado, Hamish colocou um disco na vitrola e posicionou a agulha sobre o vinil. Depois de um ruído, o som de uma canção comovente tomou conta do cômodo.

— Que tipo de música horrorosa é essa? — perguntou Faith, desaprovando.

— Música para chorar — disse Hamish.

— Blues — esclareceu Tilly.

— Eu gosto — disse Reg. — Ela tem uma voz metálica, mas tem alguma coisa...

Hamish grunhiu.

— Dolorosa, acho...

— Qual o nome dela? — perguntou Reg.

— Billie Holiday.

— Parece que estava precisando de um bom drinque — sugeriu Hamish.

O sargento Farrat ligou ao anoitecer para ir buscar caixas compridas de rendas, sedas, contas e penas, assim como vestidos delicadamente dobrados, simples e precisos, precisando apenas de uma passada final com um pano molhado ou uma salpicada de água da chuva. Tilly revelou-lhe:

— Não consigo convencer Faith a desistir das lantejoulas vermelhas.

— Mas Faith *é* um tipo de mulher de lantejoulas vermelhas — opinou o sargento, indo até o manequim.

Tilly levantou as mãos.

— Esta cidade não tem jeito.

— E nunca terá, mas sou grato pelo que faz por ela. Se soubessem...

— Você está na mesa de quem?

— Ah — respondeu o sargento —, sou obrigado a ficar na mesa dos Beaumont com os Pettyman. Nós, dignitários, sempre nos sentamos juntos. — Ele suspirou. — Vou convidá-la para uma dança, posso?

— Eu não vou.

— Ah... a organza magenta, minha cara, você ficaria tão... você precisa ir. Vai ficar a salvo com Teddy. — O sargento Farrat sacudiu a caixa e continuou: — Se não me prometer que vai, não vou terminar isso.

— Você deve isso aos vestidos — disse ela. — Não vai resistir.

E assim o sargento foi embora para passar o resto da noite fazendo bainhas, alinhavando e revestindo, e belamente camuflando ganchos e botões.

Lesley Muncan segurava a esposa à distância de um braço, olhando para o teto. Na vitrola rodava um disco, repetindo uma mesma faixa, rodando e rodando. Mona apertou seu ombro com mais força, se aproximou e beijou o rosto do marido.

— Mona, pare — disse ele, se afastando dela mais uma vez.

Ela retorceu as mãos.

— Lesley, eu...

— Já falei isso, eu não posso! — Ele bateu os pés no chão e enterrou o rosto entre as mãos.

— Por quê?

— Simplesmente não... funciona. Não sei por quê — explicou ele com a voz infeliz escondida atrás das mãos.

Mona se sentou no velho sofá, com o queixo trêmulo.

— Devia ter me contado — reclamou ela num tom de voz titubeante.

— Eu não sabia — gritou Leslie.

— Mentira! — gritou ela de volta.

— Ora, está bem!

— Não precisa ficar zangado comigo — disse Mona, tirando o lencinho da manga.

Lesley suspirou e afundou no sofá ao lado dela, cruzando os braços e olhando para o chão. Depois de alguns instantes, disse:

— Quer que eu vá embora?

Mona revirou os olhos.

Ele virou o rosto para olhá-la.

— Não tenho família nem amigos.

— Mas você falou...

— Eu sei, eu sei. — Ele pegou suas mãos. — Minha mãe realmente morreu, essa parte era verdade. Ela me deixou dívidas no jogo, um estábulo infestado por doenças e alguns cavalos idosos. Os cavalos já viraram cola ou gelatina a esta altura, e os estábulos foram queimados.

Mona continuou olhando para baixo.

— Mona, olhe para mim. Por favor?

Ela não obedeceu. Ele suspirou.

— Mona, você não tem um único amigo de verdade neste mundo, nem eu...

— Então você também não é meu amigo de verdade?

Lesley se levantou e pôs as mãos nos quadris.

— O que foi que deu em você?

— Só estou me defendendo — disse ela, olhando para ele. — Eu amo você, Lesley.

Ele começou a chorar. Mona se levantou e o abraçou, e os dois ficaram no meio do cômodo um bom tempo abraçados, o disco ainda arranhando na mesma música. Depois de um tempo, ela continuou:

— Ninguém mais nos quer.

Os dois riram.

— Então — disse Lesley, assoando o nariz no lencinho de Mona —, onde estávamos mesmo? Numa valsa, não era?

— Mas eu não sei dançar... — disse Mona.

— Também não sou bom em várias coisas, Mona — respondeu ele baixinho —, mas vamos dar nosso melhor juntos, está bem?

— Sim.

Lesley deu uma leve batidinha na vitrola e, quando as primeiras notas de "Danúbio Azul" tocaram, o sr. e a sra. Muncan começaram a valsar.

18

Tilly estava observando um besouro de barriga para cima tentando se desvirar no piso gasto. Ela o apanhou e o deixou na grama. Lá embaixo, a luz do trailer de Teddy estava acesa. Ela entrou na cozinha, conferiu o relógio e então se olhou no espelho. Sentou-se na cama, cruzou os braços e olhou para seu colo, sussurrando *não, não, não*, mas, quando ouviu os passos dele na varanda, murmurou um *que se dane* e foi até a cozinha. Ultimamente, ela se surpreendia sentada ao lado dele e pegando no seu braço quando caminhavam até o córrego. Uma noite, ela pescou três percas antes de se dar conta de que Barney não havia ido com eles. Naquela noite ele estava sentado no chão ao lado de Molly, que cantava num ritmo completamente diferente do de Ella Fitzgerald. Teddy serviu cerveja para todos, depois se acomodou na poltrona velha e colocou os pés no baú de madeira, olhando para Tilly, que costurava borlas na borda de um xale limão de jacquard para Nancy.

— Não sei por que se importa — confessou ele.

— Elas querem que eu costure coisas... é meu trabalho. — Ela baixou a peça e acendeu um cigarro.

— Elas estão cheias de atitude, acham que têm classe. Você não está lhes fazendo bem.

— E todas acham que eu não estou fazendo bem a você. — Tilly estendeu seu cigarro para Teddy. — Todo mundo gosta de ter alguém para odiar.

— Mas você quer que gostem de você — disse Molly. — São todas umas mentirosas, pecadoras e hipócritas.

Teddy assentiu, soltando anéis de fumaça.

— Não existe bem ou mal, só a ideia de bem ou mal — disse Tilly.

Molly voltou seu olhar para Teddy, mas o jovem observava Tilly com avidez.

— Vou trabalhar na horta — avisou Barney.

— Agora não — disse Teddy —, está escuro.

— Não — explicou ele —, amanhã.

Tilly concordou com a cabeça.

— Amanhã vamos plantar mais verduras.

— Você arrumou um parceiro de golfe *e* um jardineiro de primeira — observou Teddy.

— O jardim é dele.

— Aproveitadores. Vocês só querem comida para aquela multidão lá embaixo — acusou Molly.

Tilly deu uma piscadela para Barney, que ficou vermelho. Mais tarde, quando a brasa já tinha virado apenas cinzas suaves, quando Molly já havia adormecido e Barney tinha muito antes ido para casa dormir, Teddy olhou para Tilly com a cabeça de lado e um brilho nos olhos. Ela achou aquilo inquietante. Ele fazia as palmas de suas mãos suarem e os pés coçarem quando a olhava daquele jeito.

— Você não é o pior tipo de mulher, é? — De súbito, ele desceu os pés e se aproximou de Tilly, apoiando os cotovelos nos joelhos. — Poderia fazer um sujeito bem feliz.

Teddy estava prestes a pegar suas mãos quando ela se levantou.

— *Eu lhe imploro, imploro que não se apaixone por mim, que sou mais falso que juramento de bêbado*[1] — recitou ela. — Preciso colocar Molly para dormir.

— Eu não conhecia essa — disse Teddy.

— A-rá. *Boa noite, boa noite, dizer-te adeus é uma dor tão doce...*

Ela atirou uma almofada que atingiu a porta enquanto ele a fechava. Teddy enfiou a cabeça para dentro novamente. Soprou um beijo na direção dela e depois desapareceu.

Tilly soprou um beijo de volta para a porta fechada.

Ele foi buscá-la para o baile usando um smoking, gravata-borboleta e sapatos de verniz, tudo novo em folha. Tilly não estava arrumada.

— Vai sair assim?

— E se ninguém for conversar com você, como da última vez? — perguntou ela, sorrindo.

Teddy deu de ombros.

— Posso conversar com você.

— Vão tornar tudo desconfortável...

Ele pegou-a pela mão.

— A gente vai dançar.

Como ela ainda parecia ter dúvidas, Teddy abraçou-a pela cintura e ela se aninhou nele.

— Sabia que você não resistia a mim.

Ela riu. Ele conseguia fazê-la rir. Puxou-a para mais perto e os dois dançaram tango em volta da mesa da cozinha.

— Vamos dançar o jitterbug tão bem que eles vão fugir do salão de dança!

— E aí vão me odiar mais ainda — gritou ela, arqueando o tronco para trás com o apoio do braço dele, seus cabelos tocando o chão.

— Quando mais odiarem você, mais nós dois vamos dançar — disse Teddy, colocando-a novamente de pé e segurando-a junto de si.

Eles olharam um para o outro, seus rostos aproximados, as pontas de seus narizes quase se tocando.

— Que nojo — interveio Molly.

Teddy subiu o zíper das costas do vestido de Tilly e enfiou as mãos nos bolsos, admirando a forma como o zíper se assentava com perfeição sobre a coluna e como levantava um pouco a pele, como ela tinha arrumado o cabelo para o alto, suas lindas orelhas e a bela curva do lábio superior. Ele se afastou e a olhou parada ali em seu fabuloso vestido. Tilly tinha copiado um dos vestidos mais famosos da Dior — o Lys Noir, uma criação sem alças que ia até o chão, concebida como um sarongue —, mas encurtara a bainha, de modo que a organza magenta ia até pouco abaixo dos joelhos na frente e a capa que descia do meio das omoplatas transformava-se numa cauda que se arrastava no chão, acompanhando seus passos.

— Que perigo — elogiou Teddy.

— Foi você quem disse.

Ela estendeu-lhe a mão. Ele a pegou, apertando-a em sua mão forte. Era seu grande amigo e seu aliado. Tilly pegou a cauda, apoiando-a no braço livre. Ele a puxou para mais perto e a beijou. Foi um beijo quente, macio e delicioso que desceu até as solas dos pés de Tilly, a fez dobrar os dedos e a derreteu por completo. Aquele beijo fez os joelhos tremerem e quererem levantar e as coxas quererem se abrir, empurrou seus quadris contra os dele e a fez gemer. Ele a beijou devagar até chegar ao pescoço e subiu de volta até a orelha, em seguida passou aos lábios, onde a surpreendeu um pouco sem fôlego.

— O que estou fazendo? — sussurrou ela.

Ele a beijou mais uma vez.

Molly aproximou-se em sua cadeira. Eles se viraram para olhar a velha mulher com o abafador de chá na cabeça, os fios de lã e fitas amarrados na cadeira como a crina molhada de um cavalo, e os gerânios secos pendurados nos raios das rodas.

— Minhas intenções são as melhores — disse Teddy.

— Você sabe perfeitamente bem que garotas que usam vestidos assim não justificam intenções honrosas — retrucou Molly.

Eles gargalharam, e ela sentiu os seios pressionados contra Teddy, percebeu os batimentos cardíacos dele e o roçar suave de sua barriga na dela. Ele a segurava como se ela fosse de cristal, e Tilly sorriu. Teddy desceu A Colina de carro segurando sua mão.

As bem-vestidas mulheres de Dungatar chegaram atrasadas e entraram no salão em intervalos de três minutos com posturas eretas, os narizes empinados. Elas se moviam devagar até o meio do salão, passando pelos convidados boquiabertos de Winyerp.

Em geral, Marigold mandava suas medidas e uma fotografia do que queria por Lois, mas, dessa vez, ela tinha ido experimentar a roupa. Tilly envolvera seu corpo tenso e trêmulo em camadas longas e suaves de crepe de seda azul-pastel, cortado enviesado e com uma cauda curta e moderna. Um pedaço de tule alto e refinado subia até a garganta (para esconder as erupções na pele) e estava salpicado de strass. As mangas três quartos eram ligeiramente abertas e feitas do mesmo tule. Ela prendeu o cabelo no alto da cabeça e enrolou a franja. Evan lhe disse que estava parecendo "um serafim" e esfregou as mãos uma na outra.

Lois Pickett tinha levado um desenho para Tilly e dito: "E assim?" Tilly olhou por um instante a blusa de mangas compridas com a gola afastada do corpo e a saia de camponesa, mas lhe fez um vestido preto de crepe até o chão com a barra da frente levantada, expondo os tornozelos magros. As mangas *mao* iam até as pulseiras, o decote baixo no formato de uma ferradura, expondo uma respeitável, mas atraente, amostra do colo de Lois. Tilly costurou uma rosa de cetim cor-de-rosa na frente, perto do quadril, suavizando a aparência de barril da moça. Lois flutuou até o meio do salão como uma autêntica *bon vivant* três tamanhos mais magra, com os cabelos arrumados, ondulados e polvilhados de glitter.

Para a srta. Prudence Dimm, Tilly costurara crepe de lã azul-royal rente ao corpo e inserira um plissado duplo de seda azul-céu de um dos lados, que esvoaçava e brilhava conforme a mulher se movia. Ela vinha atrás de Nancy, que suava só pelo fato de estar usando um vestido frente única de lamê prateado que grudava nela como caramelo quente numa maçã. Ela não conseguia rebolar na saia tão apertada e foi forçada a se manter ereta (sem a ajuda de um cabo de vassoura) para as lapelas de lamê não dobrarem, expondo as laterais dos seios. Ruth seguia Prudence. Tilly tinha criado a roupa perfeita para esconder os ombros torrados de sol de Ruth: uma blusa translúcida de mangas compridas e gola alta com leve bordado que começava na altura dos mamilos e aumentava na cintura. A saia de seda era comprida e macia, com uma fenda até o alto da coxa magra. Ela parecia uma frequentadora do Cotton Club de Nova York.

Purl tinha apontado para uma foto de Marilyn Monroe em *Nunca fui santa* e dito: "Quero ir assim." Ela estava na porta de braços dados com Fred, branca como leite, reluzindo num corpete de cetim verde-claro mínimo e alças finas cheias de contas. Uma saia verde de tule saía de maneira sedutora de sua cintura fina e pendurava-se em triângulos sobre as tiras bordadas das sandálias de salto agulha. Ela ficara platinada e copiara as ondas na altura do ombro de Jean Harlow. O sorriso de Fred igualava-se ao brilho de Purl.

O desfile de moda continuou. Tilly havia escolhido cetim rosa-pastel para Gertrude. A parte de cima era chique — de gola canoa e manga princesa — e a cintura se erguia de leve na frente para acomodar a gravidez. A saia tinha um caimento evasê até os tornozelos. William estava com um bigode como o de Clark Gable e levou a esposa até o meio do salão com uma das mãos nas costas e a outra levemente erguida, apoiando a palma de Trudy. Eles seguiram Elsbeth, que deslizava pelo salão como se equilibrasse um vaso de porcelana na cabeça. Seu vestido era exuberante, de veludo verde-garrafa, sem mangas e com um decote quadrado adornado por um debrum de cetim preto. Um cinto largo de cetim se fechava em suas costas num enorme nó e descia até o chão. Tilly fizera luvas de cetim preto até os cotovelos para combinar. Elsbeth e Trudy usavam coques banana.

O sargento Farrat chegou de cartola e fraque e foi direto para sua mesa. Evan e Marigold estavam sentados no lado oposto. Trudy e Elsbeth cercaram William e se debruçaram para conversar perto dele.

— Quando vamos ver a Bela do Baile? — perguntou Trudy.
Elsbeth procurou pelo salão.

— Está vendo algum vestido magenta?

— Ela ainda não chegou — disse William.

Elsbeth se virou para o filho.

— Em qual mesa ela está?

Evan deu uma palmadinha na mão da esposa e disse:

— Acho que os juízes não terão muita dificuldade em decidir quem é a Bela do Baile esta noite. — Ele piscou para Elsbeth e Trudy.

Beula Harridene passou marchando pela porta. As faces estavam coradas, e o cabelo, despenteado. Ela usava um cardigã branco por cima de um vestido de botão verde-claro até o chão com a barra empoeirada.

— Eles estão chegando! — gritou ela, sentando-se ao lado do sargento Farrat.

Elsbeth, Trudy e Evan se levantaram e foram até o palco. Os Faithful O'Briens tocaram "My Melancholy Baby". Lesley se virou para Mona e pediu em tom formal:

— Vamos dançar, minha querida?

Os dois foram até o meio do salão, seguidos pelo sargento Farrat e por Marigold e pelo restante dos casais de Dungatar. Todos rodaram e rodaram com suas cabeças erguidas. As mulheres de Winyerp e Itheca ficaram nas cadeiras escondendo seus vestidos antiquados e xales de malha. Quando Nancy foi ao banheiro, uma mulher num vestido duro, sem alças e estampado ficou ao seu lado diante do espelho e perguntou:

— Quem fez os vestidos encantadores de vocês?

— É nosso segredo — respondeu Nancy, virando as costas.

Evan Pettyman ficou na frente do microfone e secou o suor da testa com um lencinho quadrado branco. Deu as boas-vindas aos convidados de fora da cidade, falou sobre boa vizinhança e competições e pediu que as participantes do concurso Bela do Baile se levantassem e desfilassem pelo salão só mais uma vez para que os jurados pudessem tomar sua difícil decisão. Purl, Lois, Nancy, Ruth, a srta. Dimm, Mona e Marigold caminharam, rígidas e sorridentes, na frente de Trudy e Elsbeth, que juntaram as cabeças assentindo e cochichando. Evan fez uma reverência a elas enquanto Hamish providenciava o rufar de tambores.

— Minha nossa! — exclamou Evan, levando a mão ao coração. — A decisão realmente foi acertada. A Bela do Baile desta noite é... minha boa esposa, Marigold Pettyman!

Ele foi até sua envergonhada esposa, pegou sua mãozinha e a puxou até o salão de dança para inaugurarem a primeira valsa da noite.

No final da valsa, Beula foi até Marigold e a ajudou a ir ao banheiro para recuperar o fôlego e jogar um pouco de água fria nos pulsos. Beula ficou atrás dela, abanando-a com um monte de papel higiênico.

— Então você ganhou o Bela do Baile num vestido que *ela* fez — sibilou. Marigold assentiu.

— Sabe quem é o pai dela, não sabe? — provocou Beula.

— Um caixeiro-viajante, um vendedor de máquinas Singer — respondeu a Bela.

— Errado. Molly me revelou o nome dele, é o nome do meio dela.

Marigold se aproximou de Beula, que cochichou no seu ouvido, em seguida se afastou para ter certeza de que ela tinha escutado e viu suas erupções ficarem roxas.

Tilly e Teddy estavam de mãos dadas, sorrindo na porta de entrada. Eles batiam os pés no ritmo da música, vendo os vestidos de Tilly flutuarem pelo salão.

— Ah, deus — disse ela, quando Faith tentou um fá sustenido. Não havia ninguém na porta, apenas dois lugares vazios, o caderno da rifa, uma garrafa térmica e um banco de lona desmontável.

Tilly pegou a planta das mesas e se aproximou do diagrama. Havia seis mesas com cerca de doze nomes em cada. Ela leu os nomes com atenção.

— Procure a mesa seis — disse Teddy.

Fred Bundle o chamou do meio de um grupo de jogadores parados perto da entrada, então Teddy deu um passo para dentro, deixando a mão de Tilly escapar da sua.

— Mesa seis — disse Tilly. — Norma e Scotty Pullit, Bobby Pickett e T. McSwiney...

T. Dunnage estava datilografado em tinta fraca embaixo de T. McSwiney, mas seu nome fora riscado. Ela encontrou seu nome mais uma vez numa mesa com os Beaumont, mas alguém tinha usado uma caneta vermelha para cobri-lo. Na mesa da escola primária, onde estavam a srta. Dimm, Nancy, Ruth e outros, alguém tinha se dado o trabalho de furar com um alfinete um retângulo onde havia estado um nome, deixando um retângulo recortado. Na mesa de Purl, um nome anotado depois de todos os outros fora coberto de tinta preta. Na frente do salão, na mesa da banda, escrito a lápis em letras grandes, algumas ao contrário, estava BARNEY. Ao lado, Barney tinha acrescentado "+ TILLY" de lápis vermelho. Barney era o encarregado de repor as bebidas dos integrantes da banda e de virar as páginas do livro de partituras de Faith. Mas até mesmo ali alguém havia rabiscado seu nome.

Ela se endireitou e se virou para a porta, mas Teddy não estava lá — apenas os jogadores, de costas. Tilly ficou parada, incerta. O conselheiro Evan Pettyman se virou para ela, resfolegou e cuspiu no chão perto da barra de seu vestido. Ela olhou o borrifo esverdeado no chão e, quando levantou a cabeça, viu os olhos âmbar de Beula Harridene. Beula sorriu e disse:

— Bastarda assassina.

Depois fechou a porta. Tilly ficou sozinha no foyer em seu reluzente vestido Lys Noir magenta, envolveu a estola ao redor dos ombros e tentou virar a maçaneta. Alguém a estava segurando do outro lado.

Teddy a encontrou sentada no parque debaixo de uma árvore, tremendo e com os nervos à flor da pele. Ele lhe deu um pouco da aguardente.

— Eles só não querem que a gente chame mais atenção que eles.

— Não é isso... é pelo que fiz. Às vezes me esqueço, e justo quando estou... é a culpa, o mal dentro de mim. Carrego comigo, em mim, o tempo todo. É como uma coisa negra, um peso... Fica invisível e, assim que me sinto segura, a coisa volta... aquele menino está morto. E tem mais. — Ela tomou outro gole.

— Conte-me.

Ela começou a chorar.

— Ah, Til — disse ele, abraçando-a. — Pode contar.

Ele a levou de volta ao trailer na base da Colina. Os dois se sentaram um de frente para o outro e Tilly contou tudo. Foi preciso um bom tempo e ela chorou muito, então ele a beijou repetidas vezes, chorou com ela e a abraçou forte. Ele a acariciou e a acalmou e disse que não era culpa dela, que todo mundo estava errado. Depois de tudo, fizeram amor íntima e ternamente, e ela dormiu.

Ele a cobriu com o vestido magenta e se sentou nu ao lado, fumando cigarros e velando seu sono inquieto com lágrimas escorrendo pelo rosto. Então a acordou, deu-lhe uma taça de champanhe e disse:

— Acho que deveríamos nos casar.

— Casar? — Ela riu e chorou ao mesmo tempo.

— É o que eles mais odiariam, e, além do mais, você é a mulher para mim. Não há como existir outra agora.

Ela assentiu, sorrindo para ele em meio às lágrimas.

— A gente faz aqui mesmo. A gente faz um casamentão em Dungatar e depois se muda para um lugar melhor.

— Melhor?

— Longe dessas histórias ruins, para um lugar bom, onde as festas de sábado à noite sejam melhores...

— E vai levar minha mãe louca também?

— Podemos levar até meu irmão meio lento.

— Barney. — Ela riu e bateu palmas. — Sim, Barney!

— Estou falando sério.

Ela não respondeu, então Teddy continuou:

— É a melhor proposta que vai receber por aqui.

— Para onde iríamos?

— Para as estrelas. Vou levá-la às estrelas, mas antes...

Tilly esticou o braço para puxá-lo, e ele se deitou com ela novamente.

Mais tarde os dois se deitaram juntos em cima do silo olhando para cima; duas silhuetas num telhado prateado corrugado sob um céu de veludo preto com o brilho das estrelas e uma lua fria e branca. O ar estava gelado, mas o sol do outono havia deixado o telhado de ferro morno.

— Você nunca brincava comigo quando eu era criança — disse Tilly.

— Você nunca chegava perto da gente.

— Eu observava vocês brincando aqui, você, Scotty e Reg. Usavam binóculos para procurar foguetes do "espaço sideral". Às vezes eram cowboys a cavalo atrás de índios.

Teddy riu.

— Ou o Super-Homem. Eu me meti numa encrenca séria uma vez. A gente pulava nos vagões de grãos quando eles partiam do carregamento e ficava em cima do trigo até cruzar o córrego, e então, a gente pulava. Um dia o sargento ficou esperando com Mae. Nossa, como eu apanhei dela.

— Destemido — murmurou Tilly.

— Destemido — confirmou ele. — Até hoje.

— É mesmo? — Ela se sentou. — E quanto à minha maldição?

— Não acredito em maldições. Vou mostrar a você. — Ele se levantou.

Tilly continuou sentada e o observou descer até a beirada do telhado inclinado.

— O que está fazendo? — gritou ela.

Ele olhou para os vagões de grãos alinhados ao lado do cais de carregamento.

— Podem estar vazios — advertiu ela.

— Não. Estão cheios.

— Não faça isso — gritou ela —, por favor, não!

Ele se virou, sorriu e soprou um beijo.

Evan Pettyman estacionou seu carro do lado de fora de casa e ajudou a esposa bêbada a entrar. Deitou-a na cama e estava tirando as meias de seda de seus pés flácidos quando ouviu alguém gritar. Ele tentou escutar. Vinha da linha do trem.

— Me ajude, preciso de ajuda... por favor!

Ele viu Tilly Dunnage subindo e descendo a linha de trem com o vestido rasgado e os cabelos elétricos balançando ao vento enquanto mexia nos grãos do vagão com uma vara comprida.

— Ele está aqui dentro... — gritou ela, num tom de voz que parecia vindo de algum lugar após a morte —,... mas não segura a vara.

Feltro

Tecido de fibras curtas de lã dispostas em todas as direções, que se entrelaçam com o calor do vapor e com pressão, formando um material denso. Tingido de cores simples e fortes. Usado em saias, boinas e luvas.

Tecidos para costura

19

Tilly estava sentada na frente do sargento Farrat. Ele segurava uma caneta esferográfica sobre uma prancheta com papel e carbono. O uniforme da polícia parecia amassado, macio e mole, e em alguns lugares os cabelos brancos estavam para cima.

— O que aconteceu, Tilly?

— Não — corrigiu ela, naquele tom de voz que parecia vir de longe, olhando para o chão. — Meu nome é Myrtle, ainda sou a Myrtle...

— Prossiga.

— Você se lembra de quando construíram o silo?

O sargento Farrat assentiu.

— Sim. — Ele abriu um pequeno sorriso, lembrando-se da excitação que a nova construção tinha trazido. Tilly pareceu desmoronar mais um pouco, então ele pediu gentilmente: — Continue.

— Os meninos escalavam até o alto e pulavam... — Ela parou.

— Sim, Tilly — sussurrou ele.

— Como o Super-Homem.

— Eram garotos tolos — disse o sargento Farrat.

Ela continuou olhando para baixo.

— Apenas garotos. O povo de Dungatar não gosta da gente, sargento Farrat, nem de Molly nem de mim, e nunca vão me perdoar pela morte daquele menino nem pelos erros de minha mãe... eles nunca a perdoaram, mesmo sem ela jamais ter feito algo errado.

O sargento assentiu, concordando.

— Não fiquei no baile. Teddy me encontrou e fomos para o trailer dele, onde ficamos até... bem, durante um bom tempo, mas acabamos indo para o silo... queríamos assistir ao nascer do sol...

O sargento assentiu mais uma vez.

— Contei meus segredos, e ele garantiu que não se importava. "Eu sou a fada Morgana", falei, "uma alma penada". Estávamos felizes, ele disse que ia ficar tudo bem...

Ela começou a desmoronar de novo, mas se forçou a se recompor.

— Era como se eu enfim tivesse tomado a decisão certa. Como se voltar para casa tivesse sido a coisa certa a fazer, pois quando cheguei encontrei um tesouro... um aliado. Ele pegou mais champanhe e subimos até o teto do silo.

Tilly parou e ficou encarando o chão durante um bom tempo. O sargento deixou, porque a mulher parecia estar derretendo por dentro e ele precisava que ela continuasse falando, precisava entender.

Por fim, ela continuou:

— E houve, é claro, o menino...

— Quando você tinha dez anos — completou o sargento numa voz suave.

— Sim. Você me mandou para aquela escola longe daqui.

— Sim.

— Eles foram muito bons comigo. Me ajudaram, disseram que não tinha sido minha culpa. — Ela recuperou o fôlego. — Mas então teve outro... todos em que toco se machucam ou morrem.

Ela se dobrou na cadeira de madeira da delegacia e tremeu e soluçou de tanto chorar até estar fraca e exausta de tanta dor. O sargento Farrat a colocou em sua cama de dossel e se sentou ao lado dela, chorando.

Edward McSwiney tinha visto o que acontecera com Stewart Pettyman. Ele testemunhara o que se passara entre ele e Myrtle Dunnage do alto do silo, vinte anos antes. Edward estava remendando o telhado. As crianças tinham brincado lá em cima e quebrado as calhas. Edward McSwiney escutou o sino da escola e parou de trabalhar para observar as silhuetas pequenas ao longe saírem da escola e irem para casa. Ele viu Myrtle ser encurralada e viu o garoto agredi-la, mas, quando chegou lá, a menina estava em pé, congelada, apavorada, junto à parede.

— Ele correu na minha direção como um touro... — explicou ela, numa voz aguda, colocando um dedo ao lado de cada orelha para imitar os chifres —... assim.

Edward McSwiney tentou abraçá-la quando ela começou a tremer, mas Myrtle se encolheu e escondeu o rosto, e Edward entendeu o que ela tinha feito. Ela deu um passo para o lado e o menino bateu com a cabeça na parede da biblioteca, e estava caído com o pescoço quebrado e o corpo redondo e atarracado perpendicular à cabeça.

Mais tarde, naquele mesmo dia, Edward esteve na delegacia com Molly e Evan Pettyman, e o sargento Farrat pediu:

— Conte ao sr. Pettyman o que viu, Edward.

— Eles costumavam ir atrás dela e provocá-la — contou ele a Evan —, chamá-la de bastarda. Já os peguei fazendo isso muitas vezes. Seu pequeno Stewart encurralou a pobrezinha na esquina da biblioteca. Ela só estava tentando se defender...

Evan virou o rosto. E olhou para Molly.

— Meu filho, meu filho foi morto pela sua filha...

— Sua filha! — gritou Molly.

Edward jamais se esqueceu da expressão no rosto de Evan naquele momento... quando se deu conta do que tudo aquilo significava, do ponto a que tinha chegado.

Molly notou aquela expressão também.

— Sim. Como eu queria que você tivesse me deixado em paz... Mas me seguiu até aqui e me manteve como sua amante... Você arruinou nossa vida. Teríamos tido uma chance, pelo menos uma, Myrtle e eu poderíamos ter tido algum tipo de vida... — Molly cobriu o rosto com as mãos e chorou. — Pobre Marigold, pobre e estúpida Marigold, você vai deixá-la louca. — Ela então voou para cima dele, o arranhando e chutando.

O sargento Farrat a puxou, a segurou e disse:

— Stewart Pettyman está morto. Teremos que mandar Myrtle para longe.

E o sargento precisou assistir enquanto Edward contava à própria família:

— Perdemos nosso herói, Teddy.

Eles desmoronaram na sua frente como pedaços de renda. Ele não conseguia lhes oferecer nada, nenhum conforto, e entendeu perfeitamente por que Molly Dunnage e Marigold Pettyman ficaram loucas e se afogaram na tristeza e no desgosto que se pendurava como teias de aranha entre as ruas e prédios de Dungatar, uma vez que, em todo lugar para onde olhavam, viam o que um dia haviam tido. Ver onde alguém a quem não podiam mais ter havia caminhado e sempre sendo lembradas de que seus braços estavam vazios. E em cada lugar para onde se voltavam podiam ver que todos olhavam para elas, cientes.

O sargento Farrat fez muitas perguntas a Deus sentado ali ao lado de Tilly, mas não obteve nenhuma resposta.

Quando Farrat por fim escreveu o relatório, não mencionou o champanhe nem os dois entrelaçados sob as estrelas tão próximas, nem que tinham feito amor repetidas vezes e que tinham se transformado numa mesma pessoa em suas intenções e que deviam estar compartilhando uma vida, e não apenas algumas horas. Ele não mencionou que ela sabia que era uma mulher amaldiçoada, que fazia rapazes morrerem com o som de seu choro e não escreveu que Teddy estava tentando provar que não havia perigo em pular, mesmo ela tendo lhe implorado para que não desafiasse o destino daquele jeito.

Teddy estava decidido, então pulou no silo cheio de trigo no escuro, o depósito de trigo que seria rebocado de manhã e descarregado num navio com destino ao alto-mar e a continentes distantes.

Mas o silo não estava cheio de trigo. Estava cheio de sorgo. Sorgo fino, brilhante, marrom-claro. Não estava destinado a ir para outros continentes. Era forragem. E Teddy desapareceu como um parafuso mergulhado num tanque de óleo e soterrou e sufocou no fundo daquele enorme recipiente num lago de sementes marrons escorregadias como areia movediça.

Em vez disso, ele escreveu que Teddy McSwiney tinha escorregado e que o terrível erro fora todo dele, e que a testemunha, Myrtle Evangeline Dunnage, de fato o advertira quanto a fazer aquilo e era inocente.

O sargento Farrat encontrou Molly ao lado do fogo, quieta e pensativa. Ele entrou e ela não o olhou, mas perguntou:

— O que foi?

Ele contou, e ela foi com a cadeira até a cama no canto e cobriu a cabeça com o lençol.

Tilly sabia que precisava continuar em Dungatar, como uma espécie de punição. Se fosse a qualquer outro lugar, aconteceria a mesma coisa. Estava falida de todas as maneiras possíveis e tudo o que lhe restava era sua frágil e doente mãe.

O sargento Farrat sabia que precisava se pronunciar e acolher seu rebanho — salvá-los deles mesmos e fazê-los ver uma lição naquilo tudo. Ele perguntou se Tilly iria ao funeral e ela o olhou com a alma vazia e disse:

— O que foi que eu fiz?

— Vai ser melhor se enfrentá-los — aconselhou ele —, mostrar que não tem nada a esconder. Nós iremos juntos.

Foi um enterro sério e brutal com uma tensão que nenhuma palavra seria capaz de descrever. Foram horas negras e chocantes, e tanta tristeza deixou o ar doentio. As pessoas não conseguiram encontrar forças para cantar, então Reginald acompanhou Hamish na gaita de fole e eles tocaram um hino fúnebre de Dvorák chamado "Sinfonia do Novo Mundo", que tirou o fôlego de todos os reunidos e deu voz ao luto. Então o sargento Farrat se afastou de Tilly para dar uma espécie de sermão. Ele falou de amor e de ódio e do poder de ambos e os lembrou do quanto todos amavam Teddy McSwiney. Mencionou, também, que Teddy McSwiney era, pela ordem natural da cidade, um pária, que morava no sopé. Sua mãe, a bondosa Mae, fez o que o povo de Dungatar esperava que ela fizesse: ficou no próprio canto, criando os filhos pela verdade, enquanto o marido, Edward, trabalhava duro e consertava os canos de todos, podava as árvores e recolhia o lixo. Os McSwiney mantinham-se a certa distância, mas a tragédia abrange a todos e, de qualquer maneira, todo mundo da cidade não era *diferente*, mas, ainda assim, parte dela?

O sargento disse que o amor era tão forte quanto o ódio, e que por mais que eles pudessem odiar alguém, também podiam amar um pária. Teddy era um até ter se provado um grande patrimônio, e ele amava uma pária — Myrtle Dunnage. Ele a amava tanto que a pediu em casamento.

O sargento Farrat começou a andar de um lado para outro na frente do grupo, falando em tom austero:

— Ele queria que vocês a amassem, a perdoassem, e se ela tivesse recebido tal amor naquela noite... Mas é claro que vocês não podiam amá-la, vocês não têm o coração tão grande quanto o dele, nem jamais terão, e essa é a parte mais triste. Teddy achava isso imperdoável. Tão imperdoável que ia embora com Myrtle e vocês o teriam perdido. Se a tivessem incluído, Teddy poderia ter ficado conosco, em vez de tentar provar a força de seu amor naquela noite. Ele cometeu um erro terrível, e precisamos perdoá-lo. Ele amava Myrtle Dunnage tão intensamente quanto vocês a odeiam, por favor, pensem nisso: ela disse que se casaria com ele, e eu sei que, sem exceção, todos vocês teriam sido convidados para a ocasião. Teria sido uma ocasião reconfortante, uma união certeira e verdadeira. Na verdade, era...

Um som veio das profundezas de Mae. Era um som que apenas uma mãe poderia fazer.

Tilly estava ouvindo tudo, mas era como se estivesse assistindo através de uma câmera. Ela viu que o caixão era branco e estava coberto por uma montanha de coroas e que havia fileiras e fileiras de costas trêmulas e montes de rostos cheios de lágrimas virados para longe dela — os Almanac encolhidos juntos; os Beaumont rígidos, severos e contidos; a gorda Lois vermelha, se coçando e assoando o nariz; seu bebezão, Bobby, chorando; e Nancy e Ruth agarradas a ele. Marigold bebia de um frasco com alguma coisa, e havia também Evan, vermelho de raiva, mas sem olhar ninguém nos olhos. Os jogadores de futebol estavam enfileirados com as costas retas, os dentes semicerrados, os olhos vermelhos e cheios d'água.

O sargento Farrat levou Tilly para casa após o enterro, e Molly se levantou para sentar-se na cadeira ao lado da filha.

O velório foi um evento horrível ainda repleto de choque, raiva e infelicidade. Atrás do bar, Fred e Purl eram como órfãos num ponto de ônibus, pois ninguém estava com muita vontade de beber e os sanduíches simplesmente não desciam. Os McSwiney estavam sentados como se fossem uma só pessoa, de rostos tristes, rígidos e chocados. Atrás deles, penduradas na parede, havia fotos de seu menino esperto segurando a bandeira da vitória da Grande Final. O time não parava de repetir:

— Ele ganhou sozinho para todos nós. — Eles tentaram enfiar a bandeira nos braços cruzados de Edward.

Barney subiu A Colina no dia seguinte com a cacatua no ombro, a vaca logo atrás e as galinhas ciscando em seu rastro. Ele amarrou a vaca na cerca, colocou a cacatua em uma estaca e postou-se na frente de Tilly, amassando o chapéu com as mãos. Ele tentou levantar a cabeça para encará-la, mas não conseguia olhá-la nos olhos.

Tilly estava enjoada — ela podia sentir o gosto da bile subindo pela garganta e seu corpo doía de tanto chorar. Estava exausta, mas sua mente estava acelerada e envenenada de ódio por si mesma e pelo povo de Dungatar. Ela rezou pedindo para que um Deus no qual não acreditava viesse buscá-la e levá-la embora. Ela olhou para Barney e desejou que ele a machucasse ou a abraçasse, mas ele simplesmente apontou para os animais e disse numa voz fraca e aguda:

— Papai disse que vai precisar deles, e eles precisam de um lugar para ficar.

Ela se levantou cambaleante e estendeu-lhe uma das mãos, mas ele abriu a boca e saiu tropeçando, uivando, chorando, com os braços cruzados. Tilly sentiu sua cabeça rodar e seu peito apertar e se deixou cair no degrau, com o rosto retorcido e cheio de lágrimas.

Graham estava esperando com seus arreios, a carroça atrás dele cheia de caixas, embrulhos e cachorrinhos marrons e brancos. Edward e Mae, Elizabeth, Margaret e Mary, Barney, George, Victoria, Charles, Henry, Mary e Charlotte, com o bebê no colo, estavam em pé juntos. Eles assistiram à queima dos trailers e dos vagões. Primeiro havia apenas fumaça, mas depois as chamas explodiram com um estrondo e uma pequena muralha de vermelho e laranja rolou pela grama de inverno até o sopé da colina. O caminhão de bombeiros gritou dos escritórios do condado e os alcançou, estacionando na frente da fogueira ardente. Alguns homens saíram do caminhão e pararam ao lado da família McSwiney, balançando as cabeças e indo embora logo em seguida.

Quando Edward sentiu-se satisfeito, a casa da feliz família não passava de uma pequena montanha preta amarrotada, e aquela mesma família partiu. Eles seguiram Graham com os primeiros raios de sol batendo nas costas. Ninguém olhou para trás, apenas caminharam devagar, determinados a encontrar um lugar para recomeçar, seus gemidos baixos gravados na memória dela para sempre.

A tarde foi ficando amargamente fria, mas ainda assim ela não conseguia voltar para dentro de casa. O lugar estava cheio de materiais — pedaços de pano coloridos, fios soltos e bobinas de algodão, agulhas e bordas desgastadas, manequins com o formato da esnobe Elsbeth e da inchada Gertrude, da frágil Mona ou da pútrida fofoqueira Lois, da endurecida mexeriqueira Ruth e da venenosa Beula. O chão era um tapete de alfinetes, como agulhas de pinheiros numa plantação escura. Ela acendeu mais um cigarro e bebeu o resto da aguardente de melancia da garrafa. Seu rosto estava inchado; os olhos, roxos e inchados de tanto chorar. Os cabelos estavam grudados em pedaços sobre os ombros como folhas de babosa, e as pernas e pés tinham ferimentos do frio. Mortalmente pálida e tremendo atrás da fumaça subindo do sopé, ela olhou para baixo. A cidade estava dormindo, o olho do campo oval fechado.

Tilly se lembrou dos olhos de Stewart Pettyman fixos nela, do som, *crack*, do grunhido, e então do som seguinte, como o de uma vaca caindo no pasto. Quando ela abriu os olhos, de repente Stewart Pettyman estava caído na grama quente de verão com a cabeça toda torcida para o lado. Ela sentiu um cheiro e viu sair sangue dos lábios vermelhos e babões dele. O short do menino ficou ensopado da urina que se derramava debaixo das coxas.

O sargento Farrat dissera a ela:

— Ele quebrou o pescoço. Está morto e foi para o céu.

Tilly olhou para o silo quadrado e escuro disposto como um caixão gigante ao lado da linha de trem.

20

O povo de Dungatar permaneceu unido. Eles balançavam suas cabeças, apertavam os dentes, suspiravam e conversavam em tons de ódio. O sargento Farrat caminhava entre seu rebanho, monitorando-os, escutando. Não tinham absorvido nada de seu sermão, apenas continuavam odiando.

— Ela o fez pular.
— Ela o matou.
— É amaldiçoada.
— Puxou isso da mãe.

Uma manhã bem cedo, Tilly desceu até a Pratts para comprar fósforos e farinha. Purl e Nancy pararam para olhá-la quando ela passou, com um ódio que perfurava o coração de Tilly. Faith esbarrou com força nela ao vê-la parada mexendo nas prateleiras e alguém foi até suas costas e puxou seu cabelo. Muriel arrancou a farinha e o dinheiro de sua mão e os atirou à calçada. Eles subiam A Colina no meio da noite para atirar pedras no telhado da casinha, circulando em volta da propriedade, arrancando com o motor de seus carros, gritando:

— Assassinas! Bruxas!

Mãe e filha ficavam atrás da porta trancada encolhidas em sua desolação e tristeza, movendo-se muito pouco. O sargento Farrat lhes levava comida. Molly enfiava torrada e geleia e escondia ovos cozidos nas dobras de seus lençóis e encaixava legumes ao vapor nas reentrâncias de sua cadeira. Em dias quentes ela ficava rodeada de moscas. Ela só ficava calada, levantando-se dia após dia apenas para se sentar e ficar olhando o fogo, seu velho coração machucado sem parar de bater. Tilly a deixava sozinha apenas à noite, quando rondava pela planície ou na beira do córrego em busca de galhos secos para queimar. Elas ficavam juntas ao lado do fogo olhando as chamas e se aninhavam debaixo dos cobertores para escutar os sons da escuridão da noite. A amargura tomava conta da alma de Tilly e revelava-se no seu rosto. As pessoas queimavam seus lixos na fossa para que o mau cheiro subisse até A Colina e impregnasse a casa.

Lesley descia a rua principal deserta entre Mona e a prima de sua mãe, Una Pleasance, que estava tremendo.

— Naturalmente, estou acostumada aos invernos europeus. Morei em Milão por muitos e muitos anos — dissera ele. — Trabalhava com os Lippizzaner.

Mona passou o braço pelo de seu marido.

— Ele adestrava os cavalos, não era, Lesley?

— E agora está em Dungatar? — Una observou as poucas lojas sem graça da rua principal.

— Fui forçado a voltar para a Austrália quando minha querida mamãe morreu. Alguém precisava resolver as pendências e, justo quando eu estava prestes a voltar para a Europa, fui fisgado pelos Beaumont.

Mona assentiu.

— Fisgado, pela gente.

— Mas Dungatar não é nenhuma...

— Fisgado assim como você, Una! — cantarolou Lesley, com um sorriso doce para ela. — Então aqui estamos! Aquele é o hotel Station... a quilômetros da linha de trem. — Ele riu, cutucando Una.

— Fazem um ótimo filé com fritas — revelou Mona.
— Se é que gosta de filé com fritas — disse Lesley.
Una apontou para A Colina.
— O que é aquilo?
Eles pararam, olhando a fumaça subindo até envolver as paredes cobertas de cipó e se dispersar pela planície. Dedos de fumaça se apertavam ao redor da chaminé e iam até as nuvens.
— É onde moram Molly Maluca e Myrtle — respondeu Mona.
— Ah — disse Una, assentindo.
— Aqui é a loja Pratts — apontou Lesley, interrompendo o transe. — O único fornecedor das redondezas, uma mina de ouro! Tem de tudo: o pão, o açougueiro, itens de armarinho, ferramentas, até produtos veterinários, mas aí vem o homem mais rico de Dungatar!
O conselheiro Pettyman estava caminhando na direção deles, sorrindo, com os olhos fixos em Una.
— Bom dia — disse ele. — Se não é a família Beaumont com minha convidada especial. — Ele pegou a mão de Una e beijou seus dedos brancos e compridos.
— Só estamos dando a Una um tour por seu novo lar...
— Permita-me! — interrompeu Evan, esfregando as mãos e lambendo os beiços, sua respiração visível no ar de inverno. — Posso levar a srta. Pleasance no conforto do carro do conselho, afinal, ela é minha convidada. — Ele lhe deu o braço e a fez dar meia-volta até seu carro. — Podemos seguir o córrego para ver algumas das propriedades ao longo dele e então...
Ele abriu a porta do carro e ajudou Una a se sentar no banco do passageiro, tirando o chapéu para Mona e Lesley, deixados na calçada. Em seguida, partiu com a nova garota da cidade.
— Que exibido! — exclamou Lesley.

Tilly estava sentada apoiada à parede olhando através da neblina cinzenta o campo oval verde e cinza sujo de lama lá embaixo, cercado por carros escuros, os torcedores parados entre eles como pequenas lágrimas. Os homenzinhos corriam de uma ponta do campo até a outra, com faixas pretas nos braços, enquanto agarravam a bola, os torcedores gritando palavras de desprezo para os adversários. Ela sabia que a raiva e o pesar os estimulavam. Os gritos batiam no grande silo e ecoavam até alcançá-la, atravessando os cercados no meio da fumaça.

Começou a chover forte. A chuva inundava e encharcava a cidade, caindo sobre os carros e o teto de ferro acima de Tilly. A água batia nas janelas e castigava as folhas dos legumes e verduras da horta de Barney. Um motor a diesel grunhiu da estação de Dungatar, os vagões de passageiros vazios. A vaca, amarrada na descida da Colina, parou de mastigar para escutar e então virou o traseiro para o céu e dobrou as orelhas para a frente. Os jogadores pararam e ficaram esperando, cegos e confusos com o ar cinza e espesso, até a chuva parar, quando voltaram a jogar.

Tilly temia que uma derrota no futebol pudesse levá-los até ela, fazê-los sair molhados e pingando do portão do campo e marchar A Colina acima com os punhos cerrados em busca de sangue e vingança. Ela esperou até ouvir algumas palmas dispersas da torcida e uma buzina. A cacatua balançou a cabeça, encheu o peito e ergueu uma das garras do corrimão da varanda... mas Dungatar havia perdido, falhado em sua última chance de ir para as finais. Os carros saíram pelo portão e se dispersaram.

Ela voltou para dentro, onde Molly estava sentada folheando as páginas de um jornal.

— Ah — disse ela —, é só você.

Tilly olhou para a mãe, com os ombros esqueléticos debaixo de um surrado xale de juta.

— Não — corrigiu ela —, sou eu *e* você; há apenas você e eu, e você só tem a mim.

Ela se sentou para costurar, mas depois de um tempo guardou a agulha com cuidado na barra do vestido novo de Molly e se recostou para esfregar os olhos. Olhou para a cadeira vazia de Teddy e para o baú de madeira onde ele costumava colocar os pés e deixou sua mente divagar olhando as chamas alaranjadas do fogão. Molly espalhou o jornal na mesa da cozinha, apertou os olhos por trás dos bifocais apoiados na ponta do nariz e disse:

— Preciso dos meus óculos, onde foi que os escondeu?

Tilly se inclinou e virou o *Amalgamated Winyerp Dungatar Argus Gazette* de cabeça para cima.

— Ora — disse Molly, com um sorriso sorrateiro. — Estão com uma costureira nova, de Melbourne. Vai dar encrenca, ela vai ter uma fila de vendedores de máquinas Singer atrás dela, perambulando pelo campo deixando corações e hímens partidos em seu rastro.

Tilly espiou por cima do ombro da mãe. O único item na coluna "Beula's Grapevine" dizia: "A Alta Costura Chegou." Havia uma fotografia da presidente, secretária e tesoureira do Clube Social de Dungatar — usando criações de Tilly — sorrindo para uma mulher séria, cujo penteado com o cabelo dividido ao meio dissecava seu bico de viúva.

"Esta semana Dungatar dá as boas-vindas à srta. Una Pleasance, que nos trouxe seus consideráveis talentos como estilista. O Clube Social de Dungatar, em nome de toda a comunidade, recebe a srta. Pleasance e aguarda ansiosamente a grandiosa abertura de seu ateliê de moda, o *Le Salon*. Atualmente, a srta. Pleasance está hospedada com o conselheiro e a sra. Evan Pettyman. A localização de seu negócio será temporariamente na casa deles. A grande inauguração será na sexta-feira, 14 de julho, às duas da tarde. Damas, por favor, levem um prato de comida."

Logo ao amanhecer elas ouviram o Triumph Gloria se aproximar e ficar parado na grama. Tilly andou na ponta dos pés até a porta dos fundos e espiou. Lesley estava atrás do volante, e Elsbeth esperava no banco de trás tapando o nariz com um lencinho. A nova costureira estava ao lado, observando a glicínia que subia pelas colunas da varanda e parando acima do telhado. Mona estava em pé na varanda, girando um chicote de equitação nas mãos. Tilly abriu a porta.

— Mamãe disse que quer... todas as coisas que você começou a fazer, as minhas e as dela e as de Trudy, de Muriel... Lois... — Sua voz foi diminuindo.

Tilly cruzou os braços e se apoiou no batente da porta.

Mona se endireitou.

— Podemos pegá-las, por favor?

— Não.

— Ah.

Mona correu de volta para o carro e se debruçou para falar com a mãe. Seguiu-se uma conversa baixa em tom de discussão, e então, hesitante, Mona voltou para a varanda.

— Por quê?

— Porque ninguém me pagou.

Tilly bateu a porta. A casa frágil rangeu e se inclinou mais um centímetro para perto do chão.

Naquela noite, alguém bateu na porta.

— Sou eu — disse o sargento Farrat, em voz baixa.

Quando Tilly abriu a porta, viu-se diante do sargento parado na varanda usando bombacha, uma camisa branca de cossaco e um colete vermelho de matelassê com um chapéu preto de abas retas escandalosamente inclinado na cabeça. Ele segurava um embrulho de papel. Ele trazia uma comprida garrafa marrom embaixo do colete. Ergueu-a alto, espantando as mariposas que voavam em volta de seus ombros.

— Uma das melhores safras de Scotty — revelou, abrindo um largo sorriso.

Tilly abriu a porta de tela.

— Uma dose para dormir, Molly? — sugeriu o sargento.

Ela olhou para o sargento, horrorizada.

— Tire esse negócio, é o tipo de coisa que se enrosca no pescoço quando você está dormindo.

Tilly colocou três copos gelados na mesa e o sargento Farrat as serviu. Ele desembrulhou o pacote que havia levado.

— Tenho um desafio para você. Li sobre a invasão espanhola na América do Sul e tenho aqui uma fantasia para minha coleção que precisa de alguns ajustes.

Ele se levantou e esticou um pequeno figurino de toureiro por cima de sua silhueta arredondada. Era um brocado de seda verde, cheio de contas, com acabamento de lamê e borlas douradas.

— Achei que talvez você pudesse improvisar algumas emendas parecidas ou pelo menos que combinem com a fantasia. Podem ser disfarçados pelas únicas mãos realmente criativas de Dungatar, não acha?

— Soube que há uma costureira nova na cidade — disse Tilly.

O sargento Farrat deu de ombros.

— Duvido que seja viajada ou que tenha recebido treinamento sofisticado. — Ele olhou o figurino verde brilhante mais uma vez. — Mas vamos descobrir isso... no festival de arrecadação de fundos.

Ele a olhou de volta cheio de expectativa, mas Tilly limitou-se a erguer a sobrancelha. O sargento continuou:

— O Clube Social organizou. E haverá uma gincana e uma competição de bridge durante o dia, com comes e bebes, é claro... e um concerto... recitais e poesia. Winyerp e Ithaca vão participar... teremos prêmios também. Está no jornal desta semana, na vitrine da Pratts.

Tilly esticou o braço para tocar nas miçangas na fantasia de toureiro. Ela sorriu. O sargento Farrat a fitou com os olhos brilhando.

— Sabia que um pouco de tempo com uma agulha animaria você.

Ele se sentou na velha poltrona ao lado do fogo, se recostou e colocou os chinelos de couro sobre o baú de madeira de Teddy.

— Sim — confessou ela, e se perguntou como seus mestres em Paris, Balmain, Balenciaga, Dior, reagiriam à imagem do sargento Farrat cintilando numa passarela com seu figurino verde de toureiro.

— Poesia e recital, é? — Tilly tomou um gole generoso de seu copo.

— Muito cultural — comentou o sargento.

22

William estava jogado na velha espreguiçadeira do que era então chamado de "terraço dos fundos", anteriormente conhecido apenas como varanda. Sua esposa grávida estava dentro de casa, lixando as unhas, com o telefone apoiado entre o queixo e o pescoço gordos.

— ... Bem, eu disse a Elsbeth hoje que não há esperança de recuperarmos nossas roupas inacabadas, loucura é hereditária, sabe... Molly provavelmente matou alguém antes de vir para cá, então só Deus sabe o que as duas fazem naquele barraco na colina... Beula já a viu ordenhando a vaca e ela vai escondida ao córrego pegar lenha, como uma camponesa, em plena luz do dia! Não parece se sentir nem um pouco culpada, Elsbeth e eu estávamos falando outro dia, graças a Deus temos Una...

— Sim — balbuciou William —, que importante.

Ele pegou sua garrafa de uísque embaixo da cadeira, serviu uma dose generosa no copo, o levantou até a altura dos olhos e observou os cavalos saltando no cercado da frente da casa através do líquido âmbar. Lá dentro, a mulher continuava falando.

— Vou pegar o talão de cheques do William, mas eu realmente não deveria comprar roupas novas até ter o bebê... Preciso correr, Lesley está chegando com o carro, vejo você lá.

William esperou as rodas pararem e a porta da frente bateu. Ele suspirou, esvaziou o copo, o encheu mais uma vez, bateu o cachimbo no braço de madeira e pegou o tabaco.

Una Pleasance estava na porta da frente de Marigold com um vestido azul-marinho evasê e sapatos da mesma cor com um laço listrado na ponta dos dedos.

— Por favor, tire os sapatos — pedia ela aos convidados que chegavam antes que andassem pelo chão polido e branco de Marigold.

Beula passeou pelo salão, olhando as fotos, procurando vestígios de poeira nos rodapés e nos porta-retratos.

— Que aparador diferente — comentou ela, abrindo a primeira gaveta.

— É uma antiguidade... da minha avó — disse Marigold, com medo de Beula deixar impressões digitais para trás.

— Joguei fora todo o lixo velho da minha avó — devolveu Beula.

Naquele instante, Lois passou empurrando a sra. Almanac na cadeira de rodas: havia folhas nos pneus e traços de óleo no eixo. Marigold estremeceu, correu até seu quarto, pegou um sachê de analgésico em pó, jogou a cabeça para trás e abriu a boca. Ela se encolheu quando o pó desceu do envelope de papel até sua língua, depois pegou a garrafa de tônico na mesinha de cabeceira, abriu a tampa e bebeu. Naquele instante, Beula irrompeu de súbito:

— Ah — falou —, são seus nervos de novo, não são?

Ela sorriu e saiu. Marigold pôs uma das mãos nas erupções no pescoço e tomou mais um gole demorado. Em seguida colocou dois tabletes de óxido de estanho na língua só por precaução. No salão, Beula escolheu a cadeira no canto para ter a melhor visão e se sentou com o queixo para dentro, os braços cruzados sobre a blusa branca e as pernas magras reunidas sob a saia. O resto das mulheres se sentou nas cadeiras de assentos cobertos de plástico da sala de estar e bebeu chá de xícaras que tinham um leve gosto de amônia, recusando os bolinhos de nata que eram oferecidos. Quando Lois se sentou no sofá ao lado de Ruth Dimm, o ar adquiriu um cheiro de dormido, e Ruth apertou um lencinho no nariz e preferiu levantar e ficar em pé perto da porta. Então Muriel Pratt causou um rebuliço ao aparecer usando um vestido feito por "aquela bruxa... só para você ver com o que estamos acostumadas", dissera ela a Una, que examinou a roupa e em seguida foi se sentar ao lado do manequim.

Para a inauguração da *Le Salon*, Una tinha providenciado uma amostra de seu trabalho. Havia um manequim no canto, de vestido camponês floral de anarruga com botões, gola de babados e mangas curtas bufantes. O manequim usava mocassins de verniz para combinar e uma pequena boina de palha. Era uma roupa saída diretamente da Rockmans, na rua Bourke, destinada a "silhuetas menos magras".

Quando chegou, Purl deixou uma esponja côncava em cima da mesa e disse:

— Se cansar de Evan ou Marigold, venha ficar lá no pub. — Ela acendeu um Turf e, procurando um cinzeiro, viu o manequim no canto da sala. — Deve ser uma das primeiras coisas que fez na escola de costura, não? — perguntou, interessada.

Beula se virou para os Beaumont, parados juntos na janela como uma foto de casamento sombria e triste de 1893, e disse em voz alta:

— Nossa, como você está grande Ger, quer dizer, Trudy. Quando exatamente vai ter o bebê?

Mona passou a bandeja de bolo pela sala mais uma vez. Logo todos encheram os pratinhos com tijolos grossos de bolo de limão, de canela, e casadinhos de morango com creme, e ficaram catando no colo as migalhas e flocos de coco.

Quando Marigold voltou à sala cheia com o rosto corado e o corpo trêmulo, Mona lhe deu uma xícara de chá com um bolinho inglês de creme no pires. Nancy passou pela porta logo atrás dela, esbarrando em Marigold e mandando sua xícara e seu pires para o tapete. Marigold caiu, e seu rosto foi parar na poça de chá com creme, as duas bolas fofas de massa de bolinho inglês debaixo de sua orelha. As falantes mulheres de vestidos florais a ajudaram a ir se deitar, e, quando finalmente voltaram, Elsbeth foi até a mesa, bateu palmas alto e começou os procedimentos formais.

— Recebemos Una em Dungatar com alegria e gostaríamos de dizer...

Naquele instante, Trudy berrou como uma vaca agonizando e se dobrou. Houve um barulho como o de uma bolsa de água quente estourando. Um fluido rosado e quente desceu pela saia e o pedaço de tapete em volta de seus pés escureceu. A barriga se movia como se o próprio diabo estivesse cutucando o ventre com um atiçador quente. Ela ficou de quatro no chão, urrando. Purl terminou o chá em um gole só, pegou a esponja e saiu, apressada. Lesley desmaiou e Lois pegou-o pelos tornozelos e o arrastou até o lado de fora. Mona assistiu a sua cunhada dando à luz a seus pés. Ela cobriu a boca com uma das mãos e correu até o lado de fora também, tendo ânsias de vômito.

Elsbeth ficou quase roxa e gritou:

— Chamem o médico!

— Nós não temos um médico — lembrou Beula.

— Chamem alguém! — Ela se ajoelhou ao lado de Trudy. — Pare de fazer cena.

Trudy berrou de novo.

Elsbeth gritou:

— CALE A BOCA, sua merceeirazinha estúpida. É só seu bebê.

Lesley estava deitado de barriga para cima na grama, e Lois o molhava com a mangueira. A água tinha descolado a peruca, que estava solta, como um escroto descartado na grama, ao lado da careca. Mona deixou o Triumph Gloria morrer três vezes até subir no gramado, destruindo a cerca da frente da casa de Marigold e rugir para longe com o freio de mão do carro puxado, a cerca deixada para trás, balançando-se em uma das estacas. Naquele instante, Purl dobrou a esquina de volta, gritando:

— Ele está vindo, ele está vindo.

Lois gritou para Una:

— Ele está vindo.

Una gritou para Elsbeth:

— Ele está vindo.

Trudy gritava e uivava.

Elsbeth guinchou:

— Pare de gritar.

Com os dentes semicerrados em meio às contrações, Trudy grunhiu:

— Isso é tudo culpa do seu filho, sua bruxa velha. Agora saia de perto de mim ou vou contar a todo mundo como você é de verdade!

Vinte minutos depois de o trabalho de parto começar, Felicity-Joy Elsbeth Beaumont saiu do meio das coxas peludas e gosmentas da mãe naquela tarde clara e foi colocada nas toalhas esterilizadas de Marigold, com o sr. Almanac orientando a uma certa distância.

Beula Harridene se aproximou de Lois e cochichou:

— Ela só está casada há oito meses.

Quando Evan chegou em casa naquela noite, encontrou o gramado destruído, a cerca da frente derrubada, todas as portas e janelas fechadas e um cheiro estranho permeando toda a casa. Havia uma mancha grande no tapete e, no meio, uma pilha de toalhas imundas. Em cima das toalhas havia um grumo pós-parto que devia ter voado, como uma gelatina. Marigold, vestida dos pés à cabeça, estava inconsciente na cama.

23

Três mulheres de Winyerp estavam no portão de Tilly com flocos finos de fuligem do sopé ainda em chamas caindo em seus chapéus e ombros. Estavam admirando o jardim. A glicínia florescia a toda, a casa cheia de flores violeta penduradas como pêndulos. Arbustos cheios de murta dobravam as quinas da casa, passavam pela glicínia e iam até a varanda, enchendo as tábuas de folhas verdes brilhantes e alegres flores brancas. Rododendros vermelhos, brancos e azuis subiam nas paredes e enormes oleandros — cor de cereja ou carmim —, agrupavam-se de cada lado da casa. Havia arbustos de daphne cor-de-rosa espalhados, e dedaleiras balançavam com o vento como pessoas dando adeus do convés de um navio. Hortênsias, jasmins e esporas-bravas se agrupavam perto do tanque e um tapete alto de lírios do vale despontava das sombras. Arbustos de calêndulas, enfileiradas como sentinelas, marcavam o limite onde um dia houvera uma cerca. O ar era pesado, o perfume doce do jardim se misturava à fumaça acre e ao mau cheiro do lixo queimando. Uma horta ficava voltada para o sul: folhas verdes e lustrosas de espinafre, balançando umas contra as outras com a brisa, e folhas de cenoura lado a lado de talos de alho e de cebolas, e cachos de ruibarbo explodiam e caíam contra a cerca que contornava toda a horta. Ramos de ervas acompanhavam a linha externa da cerca.

Molly abriu a porta e gritou:

— Tem um bando de velhas invasoras aqui!

Tilly chegou por trás dela.

— Posso ajudá-las?

— Seu jardim... — começou uma mulher mais velha. — Puxa, e a primavera ainda nem chegou.

— Quase chegando — respondeu Tilly. — As cinzas são muito boas e temos sol aqui em cima.

Uma mulher bonita com um bebê apoiado no quadril se virou para olhar o sopé.

— Por que o conselheiro não faz nada quanto a esse fogo?

— Estão tentando nos matar sufocadas — respondeu Molly. — Mas não vão conseguir, estamos acostumadas aos maus tratos.

— O que posso fazer por vocês? — interveio Tilly.

— Queríamos saber se ainda está costurando.

— Estamos — disse Molly —, mas isso vai lhes custar.

Tilly sorriu e tapou a boca da mãe com uma das mãos.

— Do que é que gostariam?

— Bem, um traje de batizado...

— Algumas roupas para o dia a dia...

— ... E um novo vestido de festa seria bom, se você... se for possível.

Molly arrancou a mão de Tilly de cima de sua boca, tirou uma fita métrica de debaixo das mantas e disse:

— Sim. Agora tire a roupa.

Mais uma vez, Molly passou a acordar com o barulho da tesoura rasgando o material na mesa de madeira e, quando chegava à cozinha, não havia mingau lhe esperando, apenas Tilly debruçada sobre a máquina de costura. No chão, rodeando seus pés, havia pedaços e retalhos de veludo molhado, crepe de lã e bouclé, seda faille, tafetá rosa-

-shoking e verde, todos perfeitos para ela usar na decoração de sua cadeira. A casinha zunia novamente com o barulho repetitivo da máquina, e as tesouras chocalhavam na mesa quando Tilly as soltava.

No final de uma tarde, Molly estava sentada na varanda admirando os últimos raios de sol. Uma fração de segundo depois que o último tentáculo de luz sumiu no horizonte, uma mulher magra subiu A Colina na sua direção, levando consigo duas malas. Molly examinou o bico de viúva acentuado da mulher e a verruga acima do batom escuro. Havia fuligem sobre os mamilos duros por baixo do suéter e a saia lápis que ela usava estava esticada sobre os quadris. Por fim, ela perguntou:

— Tilly está?
— Conhece Tilly, é?
— Na verdade, não.
— Mas ouviu falar sobre ela?
— Pode-se dizer que sim.
— Faz sentido. — Molly virou sua cadeira de rodas de frente para a porta de tela. — Tilly... Gloria Swanson chegou para ficar — berrou.

Una levou uma das mãos até o pescoço e pareceu assustada. A luz da varanda acendeu.

— Nós fomos ver *Crepúsculo dos Deuses* no começo do ano — explicou Tilly, atrás da porta de tela. Estava com um pano de prato sobre o ombro e um amassador de batata nas mãos.

— Sou Una Pleasance — apresentou-se a mulher.

Tilly não respondeu.

— Sou a...
— Sim — interrompeu Tilly.
— Vou direto ao ponto. Acho que estou sobrecarregada e preciso de alguém que costure para mim.
— Costurar?

Una fez uma pausa.

— Reparos, em sua maioria, bainhas, zíperes, pences para ajustar. É tudo muito simples.

— Bem, então receio que tenha se enganado — disse Tilly. — Sou alfaiate e estilista formada. Você precisa apenas de alguém que saiba mexer com uma agulha e linha. — Ela fechou a porta.

— Vou pagar! — gritou Una.

Mas Tilly não voltou e Una ficou parada na varanda sob a luz amarela com algumas mariposas e o som dos grilos cantando e dos sapos coaxando.

— Ah — disse Molly, sorrindo para ela. — Foi muito bem, funcionou muito bem no filme também, o jeito com que abre os olhos, mostra os dentes e range assim. Combina com você.

A sra. Flynt, de Winyerp, ficou em pé na frente do espelho de Tilly, admirando sua roupa nova — um macacão de cetim branco com estampa de rosas.

— É tão... tão... é maravilhoso — elogiou ela —, simplesmente maravilhoso. Aposto que ninguém mais vai usar um desses.

— Combina com você — disse Tilly. — Soube que vai haver um concerto.

— Sim — afirmou a sra. Flynt —, poesia e recitais. A sra. Beaumont tem dado aulas de oratória... quer se exibir. Está determinada a nos derrotar no bridge também.

— Nada como um pouquinho de competição — comentou Tilly. — Deveria desafiá-la a cantar e a dançar também.

— Receio que também não sejamos muito boas nisso.

— Que tal uma peça, então? Melhor atriz, melhor cenário, melhor figurino... — sugeriu Tilly.

O rosto da sra. Flynt se iluminou.

— Uma peça. — Ela abriu sua bolsa para pagar.

Tilly lhe entregou a nota.

— É tão divertido montar uma peça. Elas trazem à tona o melhor e o pior das pessoas, não acha?

Purl estava sendo uma boa garçonete. Ela deu um tapinha no pulso de William.

— É horrível — revelou ele. — Eu não sabia que seria assim. Ela está com cheiro de leite azedo e tem secreções rosadas e secas na cama toda, a bebê é toda mole e babada, me sinto tão... sozinho. Eu queria um menino.

— Ela pode crescer e ser igualzinha ao avô... do seu lado, quero dizer, como seu pai, hein, William? — disse Purl.

William levantou a cabeça do bar e tentou focar os olhos no rosto dela.

— Você o conhecia bem, não? — perguntou ele.

— Com certeza.

Fred e os outros que bebiam do outro lado do bar assentiram. Ela o havia conhecido muito bem.

— Ele também não foi um pai muito bom — confessou William.

Os homens no bar balançaram as cabeças. Eles observaram William esvaziar copo após copo até se voltar para Purl mais uma vez e continuar:

— E tem mais.

— O quê?

William curvou o dedo para ela se aproximar e, quando ela obedeceu, ele sussurrou bem alto no seu ouvido:

— Eu não amo minha esposa de verdade.

— Bem — respondeu Purl, dando mais um tapinha em sua mão —, você não é o único.

Os homens do outro lado do bar assentiram.

— Ah, deus — gemeu ele.

Os homens olharam pela janela num gesto oportuno e mandaram mais cigarros e cervejas por Fred.

Marigold não estava no jardim, então Lois foi até a porta e bateu de leve.

— Marcou um horário?

Lois deu um pulo. Marigold tinha aparecido na frente dela num roupão azul e joelheiras amarradas com faixas elásticas, uma touca de banho na cabeça e luvas de faxina até os cotovelos. Tinha amarrado um lenço sobre o nariz como um foragido e segurava uma lata de cera e um pano engordurado.

— Você marcou horário? — repetiu ela.

— Sim.

— Tem veludo aí?

— Não — respondeu Lois —, é uma prova de roupa... ela não falou?

— Já está tudo cortado, então?

— Só faltam alguns ajustes.

— Desde que não seja veludo... Voa para todo lado. Odeio quando ela corta veludo ou linho. Dá para ver as fibras voando pelos ares.

Lois roeu as unhas.

— Bem, é melhor entrar, então, mas não se esqueça de tirar os sapatos, acabei de passar aspirador. E ande na beirada no tapete do corredor porque o meio está gasto. Tive que aumentar o aluguel dela.

O que significa que os preços vão subir novamente, pensou Lois.

Marigold pegou um lencinho limpo do bolso e girou com ele a maçaneta da porta. Abriu-a e observou Lois ir rente à parede até a sala de Una e bater na porta com gentileza. Una abriu um pouco e olhou quem era.

— Onde ela está?

— Polindo a varanda.

Una desviou o olhar enquanto Lois experimentava o vestido novo. Tinha um corpete justo, cintura baixa e era plissado. Quando Una se virou para olhar, seus olhos começaram a encher d'água e ela mordeu o lábio. O vestido esticava demais nos ombros e o decote estava frouxo, o corpete se dobrava onde os seios deveriam estar, a cintura estava esgarçada, alargando as pregas, e a barra ficava muito acima dos joelhos.

— Ficou ótimo — disse Una. — São dez xelins.

Evan esperou atrás da pimenteira ao lado da casa. Lois, com seu vestido novo dobrado com cuidado no braço, parou na parte do jardim onde Marigold estava molhando a grama da calçada. Beula chegou e começou a conversar com elas. Enquanto as mulheres fofocavam, Evan entrou de fininho pela porta dos fundos e foi na ponta dos pés até o quarto de Una. Ela estava sentada na cadeira, esperando, e Evan correu para se ajoelhar na frente dela. Ele pegou suas mãos e fez biquinho para beijar as pontas dos dedos e as palmas, subindo até o pescoço. Ela se recostou na cadeira e ele beijou seu rosto todo até chegar aos lábios, apertando a boca contra a dela. Una abriu as pernas e os botões da blusa.

— Rápido — arfou ela, levantando a saia até a cintura. Evan pegou seu membro com as mãos e se aproximou de joelhos, na direção dela.

Um súbito e alto barulho de água da mangueira batendo na janela os assustou. Una deu um pulo e se sentou, apertando os joelhos, agarrando os testículos de Evan e os apertando de modo que subiram, deixando o escroto vazio. Ele se dobrou ao meio, como papel-alumínio, e sua testa caiu com força sobre a de Una. Eles ficaram com as testas assim, gritando em silêncio, e então Evan desmoronou e ficou deitado olhando para as linhas e restos de tecido no tapete, com o rosto vermelho e sem fôlego. Ele sentiu seu poderoso pênis se derreter até parecer apenas uma massa úmida e pesada.

Do lado de fora, Marigold estava no jardim, passando a mangueira de um lado para outro repetidas vezes sobre a janela empoeirada.

Naquela noite, um ano depois de Teddy McSwiney morrer, Lois subiu A Colina e bateu na porta chamando Tilly e Molly como se tivesse ido lá no dia anterior. Tilly a abriu.

— Preciso confessar, Til — disse ela, entrando na cozinha —, esse seu jardim está lindo.

Ela colocou um saco e um envelope em cima da mesa. O envelope era de Irma Almanac e, quando Tilly o abriu, uma nota de uma libra caiu e voou até a mesa.

— Você tem algum daqueles bolos que costumava fazer para ela? Está toda rígida de novo, dura como uma tábua e com dores horríveis. Você sabe o que colocar neles — disse Lois, dando uma piscadela.

— Ervas — respondeu Tilly —, e óleos vegetais do meu jardim.

— Tem algum pedaço para eu levar para ela agora?
— Precisarei fazer.

Lois abriu o saco e colocou em cima da mesa um pacote de farinha e duzentos gramas de manteiga e dirigiu-se até a porta.

— Vou dizer a ela que você leva o bolo amanhã, está bem?

Quando Tilly hesitou, ela colocou uma das mãos na maçaneta e acrescentou:

— Se ainda tivéssemos Ed McSwiney, poderíamos pedir para ele entregar, não é?

Ela fechou a porta com força.

Na tarde seguinte, Tilly desceu A Colina, atravessou a rua principal e andou junto ao córrego até a margem cheia de lodo atrás da casa de Irma.

— Que bom ver você — disse Irma —, e não apenas pelo bolo.

Tilly colocou a chaleira no fogo e partiu um dos bolos em pedaços pequenos, colocando-os onde Irma podia alcançá-los com os dedos inchados.

— Tenho sentido tanta falta de sair de casa — continuou ela, mastigando. — E quanto ao jeito de Lois...

Ela comeu devagar e com vontade. Enquanto Tilly preparava o chá, Lois entrou apressadamente.

— Beula disse que você estava aqui — disse ela a Tilly.

Então tirou o roupão e ficou parada na frente de Tilly em seu vestido de pregas de dez xelins.

— Temos uma reunião do teatro amanhã — disse ela —, e preciso consertar essa coisa. Estou meio que numa situação delicada.

Tilly ainda estava encarando o vestido.

— Se consertar até amanhã, não vou contar ao sr. A. que você veio aqui.

Tilly levantou a sobrancelha.

— Dê uma volta — instruiu ela. Lois obedeceu. — Daria para fazer alguma coisa com ele.

Lois bateu palmas e começou a tirar o vestido.

— Eu busco amanhã, então — informou.

— Vai lhe custar — avisou Tilly.

Irma parou de mastigar e olhou para Lois, congelada enquanto puxava a saia por cima da cabeça, a cinta suja apertando os joelhos, as canelas escuras manchadas de catapora.

— Quanto?

— Depende de quanto tempo vai tomar — respondeu Tilly.

Lois terminou de tirar o vestido.

— Preciso dele às quatro.

— Busque-o por volta das dez para as quatro — disse Tilly, pegando a pilha de pregas bege.

Naquela noite ela se sentou ao lado do fogo e costurou pences no decote e soltou os pontos do corpete. Em seguida, desfez a saia e a costurou de volta da frente para as costas e das costas para a frente.

Una, Muriel, Trudy e Elsbeth espiaram as visitantes por trás da cortina. As dignitárias dos Clubes de Teatro de Winyerp e Ithaca saíam de seus automóveis e paravam para admirar a propriedade e os arredores. Pareciam um grupo de esposas de aristocratas europeus que tinham se perdido. Uma mulher escultural com cabelos como os de Veronica Lake usava uma blusa Jersey sem alças, uma echarpe amarrada no pescoço como um colar e uma saia de organza de seda estampada. Outra usava uma saia justa com um peplum assimétrico e uma blusa de gola polo, e havia uma saia rabo de sereia — roupas casuais —, mas de seda faille preta. Uma jovem de busto amplo usava calça envelope e sua blusa tinha um decote com abertura em gota. Havia até mesmo um macacão. As mulheres do Comitê Social de Dungatar alisaram as saias amplas dos vestidos de dia de algodão anarruga que Una fizera especialmente para elas e torceram o nariz. Elsbeth respirou fundo e abriu a porta. Todas se apresentaram com grande estardalhaço e o comitê de Dungatar lhes deu as boas-vindas alegremente, guinchando, arrulhando e sendo muito afetadas. William as escutou do quarto de bebê, onde Felicity-Joy gorgolejava no berço, gemendo e tentando alcançar os dedos do pé. William enfiou as mãos nos bolsos da calça caqui e chutou o rodapé, encostando a cabeça na parede e batendo-a nela de leve.

Lesley e Mona chegaram. Mona parecia arrumada e jovem num vestido de verão cor de limão com a parte superior transpassada e a saia balonê — um dos modelos de Tilly.

As socialites conversavam no novo sofá de couro quando Lois entrou com um carrinho de chá, as xícaras e colheres chacoalhando.

— Obrigada — disse Elsbeth, em seu tom de voz mais desdenhoso, mas Lois não saiu.

— Olá — cumprimentou ela, sorrindo e assentindo para as visitantes. — Nossa, mas vocês estão lindas nessas roupas elegantes!

— Obrigada — responderam as damas.

— Também estou de roupa nova! — exclamou ela, radiante, assentindo para Una. — A estilista da nossa cidade fez para mim.

Lois esticou os braços, deu meia-volta devagar e continuou:

— Vou só buscar os sanduíches de pepino, são bem chiques.

Conforme ela caminhava de volta para a cozinha, as pregas subiam e desciam pelos quadris tortos e, como a barra subia perigosamente no meio, as mulheres puderam ver a saliência onde a cinta terminava e a carne atrás dos joelhos tremia como o bumbum de um bebê.

Una ficou pálida e Elsbeth pediu licença, seguindo Lois até a cozinha. Pouco tempo depois, a porta dos fundos bateu e Elsbeth voltou para discutir calmamente a programação do festival.

— Temos uma ideia — disse a sra. Flynt.

Elsbeth piscou para ela.

— Uma ideia?

— Um Eisteddfod — respondeu a sra. Flynt —, um Eisteddfod de TEATRO. Que vai testar a oratória de vocês e todo o resto, não vai?

Elsbeth ficou rígida. Trudy parecia estar com medo.

— O que é um Eisteddfod? — perguntou Mona.

— Vou explicar, me permite? — ofereceu a sra. Flynt de um jeito gracioso.

— Por favor — pediu Muriel.

Foi acordado que o salão de Winyerp era o lugar mais viável. Troféus seriam entregues às categorias de melhor ator, melhor atriz, melhor encenação e melhor figurino... Elsbeth levou a mão nervosamente até o broche de marcassita, e Trudy pigarreou.

Muriel falou:

— Acho que teremos que pedir que Una faça nossos...

A sra. Flynt, de Itheca, deu um tapinha no joelho e guinchou:

— Esplêndido, porque nós queremos sua Tilly.

— Não! — exclamou Trudy, se levantando.

A barra de seu vestido ficou presa no salto das sandálias e a saia rodada rasgou-se na cintura como o papel-manteiga de um bolo quente, exibindo sua anágua de nylon branco.

— Ela é nossa. Falei com Myrtle Dunnage hoje de manhã, na verdade — mentiu.

— Pode pedir a ela para consertar sua saia, então — devolveu a sra. Flynt. — Não são feitas mais como antigamente, não é?

25

Hamish deslizou o bilhete só de ida por cima do balcão de couro para a "srta. Unpleasance", como Faith a chamava. A srta. Unpleasance pegou o bilhete com as unhas, deu meia-volta sem falar nada e foi até o final da plataforma, onde ficou olhando para os trilhos na direção do pôr do sol, com suas malas em volta dos joelhos.

O chefe da estação abordou os Beaumont. Ele olhou o relógio, torceu as pontas do bigode e disse:

— É uma locomotiva a vapor hoje, classe R, tipo 4-6-4. Chamam de "Hudson", muito pontual, evidentemente. Será uma excelente viagem.

— Sim — respondeu William, balançando-se sem sair do lugar.

Hamish desceu o trilho na direção das alavancas de sinalização. William caminhou até Una e disse:

— É um trem a vapor, classe R, um "Hudson", e está no horário. Deve fazer uma viagem bem agradável. — Ele tragou o cachimbo e voltou perambulando até sua família.

Hamish subiu na plataforma e estendeu a bandeira, o apito entre os dentes.

Uma lágrima desceu pelo rosto de Una e caiu entre duas bolinhas da echarpe de raiom amarrada no pescoço.

Evan Pettyman estava em pé ao lado da cama da esposa derramando com cuidado o tônico espesso numa colher de chá.

— Acho que vou precisar de duas colheres cheias esta noite, Evan — disse Marigold.

— Duas serão suficientes, meu bem? O sr. Almanac disse que podia tomar o quanto quisesse, lembra?

— Sim, Evan.

Ele serviu-lhe mais uma colherada e afofou os travesseiros, ajeitou o porta-retrato de Stewart e a cobriu. Marigold cruzou as mãos sobre o diafragma e fechou os olhos.

— Marigold, preciso ir em breve a Melbourne, só por alguns dias.

— Por quê?

— Assuntos do condado, muito importantes.

— Vou ficar sozinha à noite...

— Vou pedir para Nancy ligar.

— Não gosto dela.

— Eu peço para o sargento Farrat ligar, ou alguém...

— Você é tão importante, Evan — murmurou ela.

Poucos segundos depois, ela abriu a boca e sua respiração se acalmou, então Evan a deixou. Ele se fechou no escritório, tirou uma fotografia de Una do cofre trancado, colocou-a em cima da mesa, recostou-se na cadeira de couro, abriu o nó da calça do pijama e pôs a mão dentro dela.

26

Tilly estava sonhando. Pablo apareceu e se sentou na cama dela de fralda, com a cabeça perfeitamente redonda parecendo um halo de luz. Ele olhou para a mãe e gargalhou, sua boca molhada, revelando dois dentinhos redondos. Ele agitou os braços rechonchudos e Tilly fez menção de pegá-lo, mas o menininho abraçou sua barriguinha branca e redonda e pareceu sério. Ele torceu o nariz, intrigado. Era a mesma expressão facial que tinha feito no dia em que escutou aquele som novo — a melodia fluida do oboé de um artista de rua. Ele estava apoiado no quadril da mãe quando virou os olhos azuis-claros para ela com uma expressão deslumbrada e tocou sua própria orelha, onde o som primeiro o atingiu. A mãe apontou para o oboé e ele entendeu, batendo palmas.

Tilly estendeu-lhe os braços novamente, mas ele balançou a cabeça e o coração dela se despedaçou.

— Tenho uma coisa para te contar — disse ele, com a voz de um velho.

— O quê?

Ele começou a ficar transparente. Ela gritou, mas ele desapareceu rápido demais. O bebê Pablo olhou para ela e falou:

— Mãe.

Era dia, o sol entrava pela janela, então ela levantou e foi atrás de sua mãe. Molly estava sentada na cadeira de rodas ao lado do fogão, vestida, com os cabelos penteados. Ela reacendera o fogo e estava puxando com delicadeza os fios e as tiras de materiais dos braços da cadeira e atirando-os nas chamas. As almofadas sujas que normalmente ficavam debaixo de suas coxas e costas não estavam mais lá. Nas chamas, ovos cozidos velhos, guardanapos embolados em nós e coxas de frango derretiam e viravam cinzas. Molly parou seu trabalho e olhou para a filha.

— Bom dia — disse ela em voz baixa.

Tilly parou com a chaleira no fogão e olhou para a mãe, surpresa. Ela pegou um pouco de capim-limão e ficou em pé olhando as ervas boiarem na água quente de sua xícara quando Molly recomeçou:

— Tive um sonho ontem. Com um bebê. Um bebê rechonchudo com dobrinhas nos joelhos e nos cotovelos e dois dentinhos perfeitos. — A velha olhou para Tilly com atenção. — Era seu bebê.

Tilly virou de costas.

— Eu também perdi um bebê — continuou Molly. — Perdi minha garotinha.

Tilly se sentou na cadeira de Teddy e olhou para a mãe.

— Eu estava trabalhando em Paris — começou Tilly, hesitante. — Tinha minha própria loja e muitos clientes e amigos, um namorado, meu parceiro... chamado Ormond, ele era inglês. Tivemos um filho, meu bebê, um menino a quem demos o nome de Pablo, só porque gostávamos do nome. Íamos trazê-lo aqui para levar você de volta conosco, mas, quando Pablo tinha sete meses de idade, o encontrei uma manhã no berço... morto.

Tilly parou e respirou fundo. Ela só contara aquela história uma vez, a Teddy.

— Ele morreu. Simplesmente morreu. Ormond não entendeu, me culpou e nunca conseguiu me perdoar. Mas os médicos disseram que deve ter sido um vírus, apesar de ele não ter aparentado estar doente. Ormond me deixou, então tive que voltar para casa, eu não tinha mais nada, tudo parecia tão sem sentido e cruel. Resolvi que podia pelo menos ajudar minha mãe. — Ela parou mais uma vez e tomou um gole de chá. — Eu percebi que ainda tinha alguma coisa aqui. Achei que poderia voltar a morar aqui, achei que aqui não poderia fazer mal a mais ninguém, então faria só o bem. — Ela encarou as chamas. — Não é justo.

Molly se aproximou e deu uns tapinhas no ombro da filha com as mãos frágeis.

— Não é justo, mas você poderia nunca ter saído deste lugar, poderia ter ficado presa aqui comigo escondida no alto desta colina se não tivesse sido mandada para longe, e você ainda tem tempo.

— Não foi justo para você.

— Talvez não. Eu era uma solteirona quando... bem, eu era ingênua. Mas não me importo, acabei ganhando você. E pensar que quase me casei com aquele homem, seu "pai". Poderíamos ter acabado presas a ele também! Eu nunca contei a você quem...

— Não precisa — interrompeu Tilly. — A srta. Dimm me contou no primário. A princípio não acreditei nela, mas então quando Stewy...

Molly estremeceu.

— Eu não queria dar meu bebê, então tive que deixar minha casa e meus pais. Ele veio atrás de mim e me usou. Eu não tinha dinheiro, nem emprego, apenas uma filha ilegítima para sustentar. Ele nos mantinha... — Molly suspirou. — Então quando ele não pôde mais ter o filho dele, eu não podia mais ter você.

Molly enxugou as lágrimas e olhou diretamente para Tilly.

— Fiquei louca de solidão sem você, havia perdido a única amiga que tive na vida, a única coisa que tinha, mas com o passar dos anos comecei a achar que você jamais voltaria para este lugar horrível. — Ela baixou o olhar para seu colo. — Às vezes as coisas apenas não *parecem* justas.

— Por que nunca foi embora?

— Eu não tinha para onde ir — respondeu Molly em tom suave, e olhou para Tilly cheia de amor, seu rosto velho e macio com maçãs altas e pele cremosa e marcada. — Ele não deixava me contarem para onde você tinha ido. Eu nunca soube onde você estava.

— Você esperou?

— Eles levaram você numa viatura da polícia e isso é tudo o que eu soube.

Tilly se ajoelhou na frente da mãe e deitou a cabeça em seu colo, Molly fez carinho nela e as duas choraram juntas. "Sinto muito, sinto tanto", disseram uma à outra.

Naquela tarde, Molly caiu. Tilly estava no jardim colhendo algumas ervas para a salada quando ouviu o barulho da bengala de Molly batendo no chão. Tilly a deitou no chão com delicadeza e correu até a Pratts. Ela encontrou o sargento Farrat no balcão do armarinho.

Ela voltou correndo para a mãe, acalmou-a e segurou sua mão, mas até respirar causava dor em Molly, e o menor movimento fazia seu rosto se contorcer. Ela alternava entre consciência e inconsciência.

O sargento Farrat trouxe o sr. Almanac. Ele ficou parado, olhando para Molly, deitada de costas no chão da cozinha.

— Acho que ela quebrou o fêmur ou algo parecido quando caiu — explicou Tilly. — Ela está com muita dor.

— Não tropeçou em nenhum tapete, então deve ter sido um derrame — supôs o sr. Almanac. — Não há o que fazer, apenas mantê-la imóvel. Deus vai cuidar dela.

— Não pode dar a ela alguma coisa para a dor?

— Não posso fazer nada quanto a um derrame. — O sr. Almanac deu um passo para trás.

— Por favor, ela está morrendo de dor.

— Ela entrará em coma muito em breve — disse ele —, e de manhã já estará morta.

Tilly se levantou depressa e levantou os punhos, com a intenção de empurrá-lo e fazê-lo descer A Colina aos tropeços e cambalhotas até cair e se despedaçar em cinquenta pedacinhos, mas o sargento Farrat a alcançou e a segurou com seu corpo grande. Ele a ajudou a colocar a velha senhora na cama enquanto Molly uivava de dor e tentava atingir qualquer coisa que pudesse machucar, mas os punhos cerrados pareciam uma leve chuva de granizo contra o casaco de lã do sargento. Em seguida ele levou o sr. Almanac embora.

Depois voltou com alguns comprimidos para Molly.

— Liguei para o médico, mas ele não está em Winyerp, está a 48 quilômetros, num parto.

Ele observou Tilly moer o cânhamo e amassá-lo com um pilão e colocá-lo em mel fervendo. Quando a mistura esfriou, ela a colocou na língua de Molly para que ela engolisse. Tilly se agachou ao lado das papoulas com uma lâmina e um copo, mas as sementes estavam maduras demais e o líquido branco não pingava, então eles arrancaram as papoulas da terra e cortaram as sementes até parecerem cascalho para em seguida fervê-las na água. Tilly deu o chá de colher para Molly, mas a mãe torceu o nariz e balançou a cabeça ossuda de um lado para outro.

— Não — sussurrou ela. — Não.

Ele a ajudou a esfregar a pele fina como papel de Molly com óleo de cânfora, umedeceu sua testa gelada com água de dente-de-leão e tirou o muco esverdeado dos cantos dos olhos com água. Eles a banharam com uma esponja e a salpicaram com pó de lavanda e seguraram suas mãos enquanto cantavam:

— Sê nosso guardião e nosso guia, e ouve nosso clamor. Não deixe nossos passos escorregadios deslizarem, e segura-nos para que não caiamos.

Perto do amanhecer, Molly tirou as cobertas de cima do peito trêmulo e começou a rasgá-las. Ela respirou pelo buraco negro e seco em que tinha se transformado sua boca, esforçando-se por um pouco de ar, e quando amanheceu já estava pior. Apenas sua respiração continuava. O corpo se tornara flácido e imóvel na cama, o peito subia e descia, subia e descia com respirações rasas atendendo ao impulso pela vida, mas enfim seu peito se encheu e não levantou mais. Tilly segurou a mão de sua mãe até ela não estar mais quente.

O sargento Farrat a deixou e, quando o sol já estava brilhando forte, voltou com o agente funerário e o médico de Winyerp. Traziam consigo um cheiro de uísque e antisséptico. Eles combinaram um funeral.

— O enterro será amanhã — disse o agente.

Tilly ficou perplexa.

— Amanhã?

— Regulamento sanitário, o único lugar para manter cadáveres aqui seria o frigorífico de Reg atrás da Pratts — explicou o médico.

Tilly ficou sentada na varanda enfumaçada até anoitecer, em meio a ondas de tremores e febre que tomavam conta de seu corpo. A fuligem do sopé caía e se entranhava no cabelo, e os focos de fogo lá embaixo ardiam no escuro como uma cidade a quilômetros de distância. Ela podia resolver suas pendências, ir embora, voltar a Melbourne, arrumar um emprego com a visitante que fora vê-la no último outono.

No entanto, havia ainda aquele povo amargo de Dungatar. Por causa de tudo o que tinham feito, e do que não tinham feito, do que tinham decidido não fazer — ela não podia deixá-los para trás. Ainda não.

Algumas pessoas sofrem mais do que merecem; outras, não. Ela ficou no topo da Colina e uivou, gemeu como uma alma penada, até que pontos de luz se acenderam nas casas.

Tilly foi até o frigorífico atrás da Pratts. Ela ficou olhando o caixão da mãe ali no escuro, uma sombra num lugar tão triste, assim como a presença de Molly havia sido.

— A dor não será mais nossa maldição, Molly — disse ela. — Será nossa vingança e nossa motivação. Transformei-a no meu catalisador e no meu propulsor. Parece justo, não acha?

Choveu intensamente a noite toda enquanto Tilly dormia um sono leve na cama da mãe. Eles foram vê-la, apenas por um instante, e saciaram seu coração. Teddy acenou e olhou para Pablo nos braços de Molly, e todos sorriram. Em seguida, desapareceram.

IV

Brocado

Tecido opulento feito com uma combinação de fios lisos e sedosos, resultando numa textura impressionante num fundo comum. Padrões florais ou figurativos em relevo, às vezes enfatizados por cores contrastantes. Usado em mantas decorativas e estofados.

Tecidos para costura

27

O sargento Farrat colocou a mão na testa e se debruçou sobre o caderno de ocorrências para escrever.

— A que horas será o funeral? — perguntou Beula.

— Duas da tarde.

— Você vai, sargento?

Ele tirou a mão da testa e levantou o olhar para os olhos ávidos dela, cor de pinho.

— Sim.

— Qualquer um pode ir?

— Qualquer um pode ir, Beula, mas apenas pessoas boas de intenções respeitosas deveriam comparecer, não concorda? Sem a tolerância e a generosidade de Tilly, sem sua paciência ou suas habilidades, nossas vidas, a minha especialmente, não teriam sido tão enriquecidas. Como você não é sincera quanto aos sentimentos de Tilly nem quanto aos da mãe dela e só quer ir para bisbilhotar, bem, é pura e simplesmente mórbido, não é? — O sargento Farrat chegou a corar, mas manteve o olhar fixo nela.

— Ora! — exclamou ela, indo para a Pratts em seguida. — Olá, Muriel.

— Bom dia, Beula.

— Ela está lá? — perguntou ela, indicando com a cabeça a direção do frigorífico.

— Se quiser olhar...

— Vai ao funeral? — cortou Beula.

— Bem, eu...

— O sargento Farrat disse que, se ela não enriqueceu nossas vidas de nenhuma maneira e como não temos sido pacientes e respeitosas, seria falta de sinceridade nossa e estaríamos apenas sendo mórbidas e bisbilhoteiras.

Muriel cruzou os braços.

— Não sou nenhuma bisbilhoteira.

Alvin saiu do escritório. A esposa manteve o olhar fixo em Beula e disse em tom seco:

— Beula disse que o sargento Farrat falou que, se quisermos ir ao funeral, estaremos apenas sendo mórbidos e que nunca tivemos nem paciência nem respeito por Molly de modo que estaríamos apenas bisbilhotando.

— Era bom então fechar a porta quando passar o carro fúnebre e a procissão, apesar de eu duvidar que vá haver uma — respondeu Alvin, pegando o livro de registros.

Lois Pickett se arrastou pela porta da frente e foi até o balcão, perguntando:

— Acho que a gente deveria ir ao funeral, não acham?

— Por quê? — devolveu Muriel. — Você é amiga de Tilly ou está indo só para "bisbilhotar", como o sargento Farrat insinuou?

— Ela ainda está com um trabalho que pedi, sabe...

— Seria falsidade ir, Lois — disse Beula.

— Mórbido, segundo o sargento Farrat — completou Muriel.

— Bem, suponho... — respondeu Lois, coçando a cabeça. — Vocês acham que tem alguma coisa acontecendo entre o sargento e Tilly?

— Como assim? — perguntou Muriel.

— Um caso — sugeriu Beula. — Sempre suspeitei.

— Nada mais me surpreenderia — declarou Muriel.

Alvin revirou os olhos e voltou para o escritório.

O sargento Farrat chegou para buscar Tilly usando um vestido preto até o joelho, de crepe de lã e decote drapeado, uma saia sobreposta cortada assimetricamente, meias-calças pretas e scarpins pretos modestos com uma discreta flor de couro costurada no salto.

— Molly desaprovaria. — Ele sorriu. — Praticamente consigo ver a expressão dela.

— Seu vestido vai ficar arruinado nessa chuva.

— Sempre posso fazer outro e, além disso, tenho uma bela capa azul e um guarda-chuva no carro.

Ela o olhou e franziu o cenho.

— Não me importo, Tilly — disse ele. — Parei de me importar com o que essa gente pensa ou diz. Tenho certeza de que todo mundo já viu o que penduro no varal todos esses anos, e já estou prestes a me aposentar, de qualquer maneira. — Ele lhe ofereceu o braço.

— A chuva vai manter a multidão longe — comentou Tilly, e os dois desceram os degraus da varanda e andaram até a viatura.

Reginald levou Molly até sua sepultura na van de mantimentos da Pratts e ficou encostado nela observando os dois enlutados, com os cabelos colados no rosto e rostos embaçados pela chuva. O sargento Farrat juntou as mãos debaixo da capa e aumentou o volume da voz para ser ouvido apesar da chuva cinzenta.

— Molly Dunnage chegou a Dungatar com um bebê nos braços para começar uma nova vida. Ela esperava estar deixando seus problemas para trás, mas sua vida era uma vida que andava de mãos dadas com problemas, e assim Molly viveu o mais discretamente possível sob o holofote penetrante do escrutínio e do tormento. Seu coração vai descansar mais em paz tendo reencontrado Myrtle antes de morrer. Damos adeus a Molly e, na nossa tristeza, nossa raiva e incredulidade, imploramos para que tenha uma vida melhor a partir de agora, uma vida de amor e aceitação e lhe desejamos paz eterna, pois suspeito que seja isso o que ela sempre desejou para si mesma. É isso que ela, de coração, teria desejado a qualquer um.

O conselheiro Evan Pettyman, em nome do Conselho do Condado de Dungatar, havia enviado uma coroa de flores. Tilly a pegou de cima do caixão com uma pá e a colocou na lama suja a seus pés, fatiando-a em pequenos pedaços. Reginald se aproximou para ajudá-los a descer Molly até seu descanso. Pingos de chuva caíam e estalavam na tampa do caixão, enquanto Tilly jogava o primeiro monte de terra no leito final da mãe.

Os homens ficaram parados respeitosamente debaixo da chuva, um de cada lado da garota magra com seu grande chapéu ensopado. Ela se apoiou na pá, tremendo sob o céu aos prantos, a lama grudando em suas botas e endurecida na barra das calças.

— Vou sentir sua falta — gritou ela. — Vou continuar sentindo sua falta como sempre senti.

Reginald entregou ao sargento Farrat a nota do custo do caixão e do aluguel da van de Alvin. O sargento a guardou no bolso, pegou a pá das mãos de Tilly e disse:

— Vamos colocar Molly para dormir, depois ir embora e beber chá batizado até sentirmos que algum entendimento foi alcançado em nome de Molly Dunnage e da vida que lhe foi dada.

Tilly segurou o guarda-chuva sobre a cabeça do sargento enquanto ele usava a pá, sua capa azul grudada em volta do corpo, os scarpins pretos afundando na lama. A chuva continuava caindo, escurecendo a meia-calça do sargento.

Mais tarde, enquanto subia A Colina, Beula os escutou cantando. Ela se agachou na frente da janela dos fundos e viu Tilly Dunnage inclinada sobre o sargento Horatio Farrat, que usava um vestido. A mesa da cozinha estava lotada de garrafas vazias, roupas descartadas e velhos álbuns de fotografia, e a Bíblia Sagrada estava aberta em cima dela, com as folhas apunhaladas e arrancadas — eles não haviam encontrado uma explicação nela, então a mataram. Os dois enlutados balançavam juntos com as cabeças para trás cantando "You made me love you, I didn't want to do it".

— Não, não, não, essa não. Foi exatamente isso que aconteceu! — exclamou Tilly.

Então o sargento cantou:

— "Ma, he's making eyes at me, Ma he's awful nice to me."

— NÃO. Definitivamente essa também, não.

— "Who were you with last night? Out in the."

— Não.

— Tenho uma boa, Til, que tal "When I grow too old to dream"?

— Sim, sim, essa ela teria gostado. Vamos lá, um dois, três...

Eles se juntaram novamente e cantaram:

— "When I grow too old to dream, I'll have you to remember, when I grow too old to dream, your love will live in my heart."

— Que merda — disse Tilly. — Ela teria odiado essa. Todas essas músicas são corruptoras, pornográficas.

— Não é de admirar que ela tenha se metido em encrenca.

— Exatamente. É isso! — exclamou Tilly, tirando o abafador de chá de crochê da cabeça e lançando-o pelos ares.

— O quê?

— É tudo culpa da persuasão da música popular e da lascívia.

— Decifrado — concordou o sargento, sentando-se à mesa. Ele serviu uma taça de champanhe para os dois, que brindaram.

— Vamos cantar Loch Lomon de novo.

— Chega de cantar — pediu Tilly. — Isso corrompe!

Ela foi até a sala e voltou tropeçando até a porta da cozinha com a radiola nos braços.

Beula deu um pulo para longe da luz da cozinha e deitou-se na grama escura. Tilly pisou na varanda e, com um grunhido, atirou a radiola à noite escura. Seguiram-se um gemido repugnante e um baque abafado, e Tilly entrou em casa. Pegou seus discos e correu de volta para fora com eles, empilhou-os no chão da varanda e ficou debaixo da luz amarela oblonga da porta, atirando-os um a um para o vento.

~

Quando a quina da radiola voadora atingiu Beula, chanfrou sua testa, quebrou seu nariz e causou-lhe uma leve concussão. Beula tateou o caminho até sua casa ao longo dos trilhos de trem gastos, ao longo das cercas que ela conhecia tão bem, e se deitou. A ferida começou a infiltrar, e um hematoma preto e verde inchou no buraco em carne viva no meio do rosto, se espalhando até o queixo e subindo acima das sobrancelhas até o couro cabeludo.

Na segunda feira de manhã, o sargento Farrat tomou seu banho preparatório e aguardou Beula. Aguardou mais uma vez na terça de manhã até nove e meia, e então foi procurá-la. Ninguém respondeu quando bateu na porta, então ele a abriu e entrou na cozinha impregnada de gordura e poeira, mas logo recuou, engasgando e tossindo. Ele correu de volta até a viatura da polícia, pegou um vidro de óleo de eucalipto do porta-luvas e o derramou no lenço. Voltando à porta da cozinha, pressionou o pano perfumado contra as narinas e entrou. Ele a encontrou, deitada com um pano de prato duro e manchado de preto em cima do rosto, que subia com a respiração, mas afundava no meio, onde o nariz deveria fazer volume no material.

— Beula? — perguntou ele.

Ela fez um barulho como de alguém tentando beber de um copo vazio com um canudo e levantou um pouco os braços. O sargento pegou a beirada do pano com a ponta dos dedos e deu um pulo rápido para trás, deixando-o cair no chão. Os olhos de Beula eram montes salientes vermelhos e roxos com uma fenda no meio, e havia um buraco enegrecido com uma crosta no centro do rosto. Restavam dois cotos marrons onde o canino tinha sido arrancado da gengiva.

O sargento a levou até a viatura e dirigiu até o médico em Winyerp. Eles ficaram aguardando na ala de cirurgia. Beula podia distinguir o contorno embaçado de uma silhueta branca na frente dela. A silhueta murmurou:

— Humm.

— Tropecei e caí — respondeu Beula, com seu rosto apodrecido e adenoides estouradas, com bolhas cor-de-rosa formando-se no canto da boca.

— Você tropeçou? — O médico olhou para o sargento e fez um gesto para sugerir que ela estivera bebendo.

— Estava escuro — justificou ela.

— Você pode ter tido algum dano óptico interno. Parece que a estrutura ao redor dos olhos foi despedaçada — constatou o médico, dando-lhe uma carta endereçada a um especialista em Melbourne. — O osso nasal foi esmagado contra o lacrimal, que se lascou. Isso, por sua vez, partiu o duto lacrimal, prejudicando o osso esfenoidal e, por consequência, o forame óptico e, infelizmente, toda a mácula lútea. É tarde demais para fazer alguma coisa agora, é claro...

As luzes haviam se apagado para Beula.

O sargento Farrat deu óculos escuros a ela, amarrou uma echarpe em volta de sua cabeça, colocou uma bengala numa de suas mãos e a colocou num trem rumo a Melbourne com uma etiqueta presa nas costas de seu cardigã que dizia: "Beula Harridene, A/C delegacia de polícia, Dungatar, R: 9 (chamada à distância)".

Em seguida foi ver Tilly, saindo de seu carro na luz alaranjada do entardecer, com seu figurino de contas verdes e brocado de seda de toureiro cintilando. Tilly o ajustara para que coubesse no sargento, colocando emendas de seda dourada, nas quais ele tinha costurado borlas verdes. Os dois ficaram no jardim de Tilly, cobertos até a cintura de flores e arbustos, ervas e verduras, o ar ao redor limpo e fresco da chuva recente.

— Estou vendo que Molly apagou o incêndio na descida da Colina — brincou o sargento.

— Sim — disse Tilly.
— Soube da pobre Beula?
— Não.
— Ela foi para um sanatório. — O sargento esfregou as mãos.
— Me conte tudo — pediu Tilly.
— Bem... — Ele lhe contou tudo e terminou dizendo: —... Deve ter sido uma queda horrível, ela parece ter sido atingida pela quina de uma geladeira voadora.
— Quando isso aconteceu? — perguntou Tilly.
— Na noite do funeral de Molly.
Tilly olhou para o céu e sorriu.

Naquela tarde, Nancy chegou para buscar o sr. Almanac. Ela o encontrou numa salinha dos fundos entalado, com a cabeça para baixo dentro do armário onde guardava os instrumentos de medidas boticárias, os ombros redondos apoiados na prateleira. Nancy o rebocou com cuidado e o desviou até a porta, olhou para os dois lados da rua e deu um empurrãozinho nele. Trôpego, ele desceu o meio-fio e atravessou, enquanto Nancy apagava as luzes, passava o cadeado na geladeira e trancava a porta da frente. O sr. Almanac acelerou na direção da esposa, que cochilava sob o sol. Passou por ela cambaleando e entrou na casa, cujo corredor era uma linha reta da porta da frente até a dos fundos. Nancy olhou a sra. A., e mais uma vez de um lado para outro da rua. Ela franziu o cenho, usou as mãos para se proteger do sol e olhou para dentro da farmácia escura. Voltou-se mais uma vez para a sra. A. e disparou, atravessando a rua, passando pela sra. Almanac, que sentiu a brisa dela correndo e abriu os olhos.
— Santa Maria mãe de Deus — ouviu Nancy falar.
O sargento Farrat seguiu o rastro dos passos do sr. Percival Almanac pelo quintal até a beira do córrego. Ficou em pé na margem olhando com tristeza para a água marrom, os mosquitos cantando ao redor. Tirou o quepe azul e o colocou sobre o coração antes de apoiá-lo desanimadamente num tronco e com cuidado retirar e dobrar

suas roupas. Quando tudo o que restava era a samba-canção de cetim vermelho, ele entrou no calmo riacho. No meio, afundou a cabeça branca e pequenas bolhas subiram até a superfície, depois a cabeça do sr. Almanac emergiu. O sargento o levou por cima do ombro como um rígido ponto de interrogação com algas verdes escorregadias penduradas no pescoço torto, lagostins agarrados nos lóbulos das orelhas, e sanguessugas penduradas da boca.

Tilly ficou em pé na frente do monte enlameado da sepultura de sua mãe e relatou com detalhes os acidentes de Beula e do sr. Almanac.

— Como você falou, às vezes as coisas apenas não *parecem* justas.

Ela escutou a cacatua antes de chegar ao alto da Colina. As integrantes do comitê do Clube Social de Dungatar foram encurraladas na varanda pelo pássaro, que avançava nelas, guinchando, abrindo as asas, com a crista em pé. As mulheres usavam "criações originais de Tilly" e pareciam assustadas. Tilly caminhou até a varanda, olhou a cacatua e disse:

— Shhhh.

A ave parou, inclinou a cabeça para ela e fechou o bico. Abaixou a crista e gingou até a estaca do portão, subiu até o alto, virou-se e chiou mais uma vez para as invasoras.

— Seu jardim, Tilly — começou Trudy —, está tão lindo. Que belo trabalho você fez, e ainda sabe costurar tão bem!

Todas sorriam para ela.

— Um jardim realmente muito cheiroso.

— Tem algumas plantas bastante incomuns.

Tilly pegou a folha de uma das ervas e a mastigou.

Trudy pigarreou.

— Estamos organizando um Eisteddfod...

— Vamos encenar *Macbeth* — interrompeu Elsbeth —, de Shakespeare. É uma peça. As Sociedades de Teatro de Itheca e Winyerp estão ensaiando *Um bonde chamado desejo* e *HMS Pinafore*...

— Entretenimento leve — acrescentou Muriel em tom depreciativo.

— Então optamos por *Macbeth*, e escolhemos VOCÊ para fazer os figurinos.

Tilly olhou para cada uma delas. Todas assentiam com as cabeças, sorrindo.

— Mesmo? — perguntou ela. — *Macbeth*?

— É — confirmou Trudy.

Elsbeth mostrou uma edição de obras completas de Shakespeare e uma de *Costumes Throughout the Ages*.

— Temos algumas ideias do que queremos...

— Me mostre — pediu Tilly.

Elsbeth não demorou a ir até ela com a página aberta em desenhos de homens em togas sem graça com cordas em volta da cintura, mangas cheias e golas arredondadas e mulheres de coletes apertados e amarrados por cordas.

— Gosto dos da próxima página — interveio Trudy.

Tilly virou a página. As fotos mostravam homens de saias com camadas e camadas de anáguas e metros e metros de tecido derramando-se das mangas, cobertos por rufos e babados volumosos. Eles posavam de meia, as calças terminando abaixo do joelho numa barra godê ou com muitas camadas, e sapatos de salto amarrados com grandes laços de cetim. Os chapéus eram grandes e cheios de plumas. As mulheres usavam saias amplas de três andares, uma saia menor de babado sobreposta, perucas arquitetônicas elaboradas e de vários andares, regalos de plumas e jaquetas com gravatas como babadores ou lapelas floreadas.

— Mas isso é barroco — comentou Tilly. — Século dezessete.

— Exatamente — respondeu Elsbeth.

— A peça *é* de Shakespeare — salientou Trudy.

Muriel parecia incrédula.

— Já ouviu falar nele, não ouviu?

— Talvez não — disse Mona. — Eu nunca tinha ouvido até semana passada.

Tilly ergueu uma das sobrancelhas e recitou:

> "Borbulhe a papa ao fogacho;
> Arda a brasa e espume o tacho!
> Rabo de víbora, dardo
> De venenoso moscardo;
> Fel de bode, unto de bicha,
> Pernas de osga e lagartixa..."[2]

As integrantes do comitê se entreolharam, confusas.

Tilly ergueu uma das sobrancelhas.

— Ato quatro, cena um, três bruxas no caldeirão? Não?

As mulheres continuaram inexpressivas.

— Na verdade ainda não lemos a peça — explicou Muriel.

— Eu prefiro os figurinos que escolhi, você não? — perguntou Trudy.

Tilly olhou para ela e respondeu:

— Definitivamente são os mais impressionantes.

Trudy assentiu enfaticamente para as amigas.

Elsbeth deu um passo para mais perto de Tilly.

— Consegue fazê-los?

— Consigo, mas...

— Quando pode começar? — interrompeu Elsbeth.

Tilly estudou as imagens, pensando. As mulheres se entreolharam e deram de ombros. Então Tilly sorriu para elas.

— Eu ficaria encantada em contribuir para a encenação de vocês fazendo estes figurinos... desde que me paguem. — Ela fechou o livro com um estalo e o segurou junto ao peito. — Vocês ainda estão com pagamentos pendentes há doze meses ou mais.

— Vamos tocar no assunto na próxima reunião — garantiu a tesoureira, não muito convincente.

— Bem, então está combinado — disse Elsbeth, limpando as mãos na saia e começando a descer A Colina.

— Não vou começar enquanto não tiver as pendências acertadas e quero o pagamento na hora, em dinheiro. Caso contrário, vou me oferecer para fazer os figurinos de Itheca e Winyerp em vez dos seus. Elas sempre me pagam.

Elsbeth e Trudy olharam para Muriel, que retribuiu o olhar com calma.

— Ele nunca vai nos emprestar — disse.

— Mãe! — exclamou Trudy, indo até a mãe e tesoureira e cutucando seu nariz. — Você *precisa* pedir ao papai.

Alvin havia parado de disponibilizar crédito para a filha e sua família mais uma vez, colocando apenas comida na conta de Windswept Crest. Elas estavam até sem sabão.

Muriel cruzou os braços.

— Ninguém pagou Alvin também, ele tem contas em aberto de até dez anos. Não podemos alimentar todo mundo sem nada em troca para sempre — disse ela em tom arrogante, encarando Elsbeth.

Elsbeth e Trudy se entreolharam com expressão acusadora.

— Bem — respondeu Elsbeth —, então William terá que esperar mais um ano pelo trator novo.

— Ele pode interpretar Macbeth! — sugeriu Trudy.

— Sim! — responderam todas, e o comitê caminhou como uma só pessoa até a coluna do portão.

Enquanto observava as mulheres descerem A Colina, Tilly sorriu.

Tilly levantou cedo e se vestiu para cuidar do jardim, atacando os arbustos de calêndulas, cortando os ramos do caule espesso e levando os maços para dentro. Ela escolheu um grupo grande delas e colocou-as num vaso com água, em seguida, arrancou os caules restantes de folhas e flores, picou-os grosseiramente e jogou-os numa enorme panela de água fervente. A cozinha se encheu de vapor e de um cheiro doce de queimado. Quando a água de calêndula esfriou, ela a engarrafou. Naquela noite, arrumou uma sacola e foi até o escritório do condado.

28

Duas manhãs depois, Evan acordou deprimido e de mau humor. Foi olhar a esposa comatosa na cama, voltou a se deitar e tentou invocar imagens lascivas de Una, mas a única coisa que sentiu foi uma dormência incômoda — uma leve paralisia contaminando seus membros e apêndices. Ele se levantou e olhou para o pênis, flácido como uma tira de camurça molhada.

— Só estou ansioso — convenceu-se, começando a arrumar as malas.

No meio da manhã, Evan atirou sua mala Gladstone no banco de trás e se sentou ao volante do Wolseley. As cortinas das janelas de todos os vizinhos voltaram a seus lugares. Ele partiu para Melbourne, ávido por Una.

Tilly sentia o estômago se revirar, mas continuou onde estava, e quando Marigold abriu a porta, ela lhe deu um buquê de calêndulas.

Marigold logo escondeu suas erupções com a mão.

— O que você quer?

— Trouxe flores — respondeu Tilly, entrando na casa dos Pettyman.

Marigold espirrou e comentou:

— Que incomum.

— Cravos-de-defunto — disse Tilly. — Elas afastam os insetos dos tomates e são boas para repelir o nematódeo dourado em rosas e batatas também. As raízes têm um componente que mata o detector que estimula as larvas... adormecendo-o.

Marigold olhou para os pés de Tilly.

— Deveria ter tirado seus sapatos.

Tilly se sentou na sala de estar. Marigold analisou seus traços: uma garota bonita de pele clara, a pele de Evan, mas os cabelos cheios e a boca grossa de Molly Maluca.

— Sinto muito por sua mãe — disse ela.

— Não, você não sente.

Marigold arregalou os olhos e os tendões no pescoço se incharam como lagartos.

— Evan mandou uma coroa de flores!

— Era o mínimo que ele podia ter feito — respondeu Tilly. — Devo colocar isto num vaso?

Marigold pegou as flores e correu para a cozinha, segurando-as a certa distância. Estavam soltando pólen no tapete.

— O que você quer? — repetiu ela.

— Nada... só estou visitando.

Tilly pegou uma fotografia de Stewart da mesa ao lado e a estava olhando quando Marigold voltou e se sentou na frente dela.

— Não me lembro exatamente agora, mas você foi embora, pelo que me lembro, porque sua mãe ficou doente?

— Não exatamente nessa ordem, mas...

— Onde aprendeu a costurar? — Marigold estava mexendo no botão do vestido.

— Em vários lugares.

— Como quais? — Os olhos de Marigold viajavam pelo rosto de Tilly, inquisitivos.

— Voltei para cá de Paris, mas antes estive na Espanha e antes disso em Melbourne, numa fábrica de roupas. Enquanto eu estudava em Melbourne, fiz aulas de costura. Não era uma escola muito boa, meu benfeitor...

— Quem foi seu benfeitor, seu pai?

Marigold puxava o botão da gola, e as veias em sua testa pulsavam.

— Vou pagá-lo de volta — disse Tilly.

— Eu tinha bastante dinheiro guardado para os estudos de Stewart — revelou Marigold, olhando para a janela em seguida —, mas tudo se foi.

O botão caiu em seus dedos.

Tilly continuou:

— Aprendizes não ganham muito, mas consegui viajar e continuar meu aprendizado, então...

— Bem — interrompeu Marigold —, ninguém nunca ficou insatisfeito com as roupas que você fez por aqui, não como com aquela Una... — Ela tapou a própria boca com uma das mãos. — Não diga a Elsbeth que falei isso!

— Jamais — prometeu Tilly. — Gostaria que eu lhe fizesse um vestido novo para o Eisteddfod?

— Sim! — exclamou Marigold, deslizando para a beira da poltrona. — Gostaria de algo especial, algo muito especial. Melhor que o de todas as outras. Ganhei o concurso de Bela do Baile, como bem sabe. Quer uma xícara de chá?

Marigold foi esvoaçante até a cozinha e voltou pouco tempo depois com uma bandeja de chá da tarde.

— Vou dizer uma coisa. Eu sei que você não quis matar aquele garoto. — Ela bebeu o chá, e o estômago de Tilly virou do avesso. — Aquele Teddy McSwiney, mas sei como Mae se sentiu. Sabe, meu filho caiu de uma árvore e morreu. Caiu de cabeça.

Marigold mostrou a Tilly todos os seus álbuns de fotografia — Evan e Stewart quando o menino tinha três semanas, Marigold e seus pais antes de morrerem, a casa antes da cerca da frente ter sido construída, e havia até uma de Tilly na escola, com Stewart. Marigold a olhou e perguntou:

— De onde sua mãe veio?

Tilly a olhou de volta e devolveu:

— Gostaria de ouvir a história toda?

— Sim. Gostaria.

Tilly respirou fundo.

— Tudo bem — começou ela. — Molly era filha única e ainda não havia casado, bem tarde para os padrões da época. Ela era muito inocente e não demorou para ser seduzida por um homem ambicioso, calculista e bajulador. Ele não era muito bem-sucedido em nada, mas dizia a todo mundo que era. Os bons pais cristãos dela confiaram nele com toda a força de seus corações abertos e imaginações limitadas e a deixaram ir dar uma volta com ele. O encantador homem era muito persuasivo. Ela se viu numa posição da qual seus pais se envergonhariam profundamente a não ser que se casasse...

— Conheço essa história! — exclamou Marigold com a voz estridente.

— Sei que conhece — respondeu Tilly.

Evan estava deitado de costas com os lençóis até o queixo. Na altura dos joelhos, os lençóis subiam, mexiam e retorciam, e então Una saiu de baixo deles e desabou sobre o ombro de Evan, sem fôlego, de rosto vermelho e suado. Ela levantou o lençol e olhou o sexo mole, alaranjado e molhado dele dobrado sobre a coxa. Ela riu. Evan começou a chorar.

Ele chegou em casa cedo, se despiu e foi até o banheiro. A esposa estava sentada calmamente ao lado da radiola.

— Olá, Evan — disse ela em tom gentil. — Como foram as coisas em Melbourne?

— Ah — respondeu ele, distraído —, um pouco decepcionantes.

Ele estava sentado na privada com um rolo de papel higiênico amarrotado na mão direita quando a porta foi aberta com um chute. Marigold se apoiou casualmente no batente, ainda tricotando.

— Está aqui há bastante tempo, Evan.

— Estou enjoado. Tem alguma coisa errada comigo — disse ele.

— Eu costumava me sentir enjoada, Evan, você costumava me enjoar, mas Tilly Dunnage me curou.

— O quê?

Ela suspirou.

— Você teve uma porção de casos, não teve, Evan?

— Ela é louca, podemos fazer com que a internem...

— Ela não é louca, Evan. Ela é sua filha. — Ela sorriu e continuou num tom de voz doce, de bebê: — O pobre Evan está num estado lastimável e eu sei por quê. E acho que ela é esperta, muito esperta, aquela Tilly.

Evan se levantou e fechou a porta, mas Marigold a abriu de novo.

— Está na sua garrafa térmica do escritório... veneno, e agora você não pode mais fazer aquelas coisas que fazia comigo à noite, pode, Evan?

Ela saiu do banheiro, rindo baixinho.

Ele a seguiu até a impecável cozinha, onde Marigold observava uma partícula de fezes de inseto na janela imaculada, com exceção daquilo.

— Ela matou Stewart, você sabia? Sua nova amiguinha...

— Quer dizer que Tilly, sua filha, matou *seu* filho?

Marigold ficou vermelha e se virou para ele para continuar:

— Seu filho, o valentão. O menininho gordo, sardento, grosseiro e fedorento que me acotovelava quando passava, me espiava no chuveiro e atacava garotinhas. Se não fosse por ele, eu não teria tido que me casar com você, eu poderia ter acordado a tempo. — Ela estremeceu.

— Por que não cai, Marigold, desmaia, tem um de seus acessos de dor de cabeça? Você é louca.

— Você roubou todo o meu dinheiro!

— Você é instável, viciada em drogas e neurótica, o médico sabe tudo sobre você!

— Justificável — respondeu ela com a voz pacífica. — Beula diz que é agradável lá.

Ela suspirou e desceu devagar até ficar de joelhos. Evan a olhou. Viu um brilho de relance quando ela avançou até a parte de trás dos tornozelos dele e passou a faca afiada atrás de seus tendões de Aquiles. Eles se abriram e estalaram, fazendo um barulho como o de uma maleta de ferramentas de madeira ao ser fechada com força. Evan caiu no chão, urrando como um elefante torturado enquanto seus tendões se encolhiam e enrolavam como caracóis nos ligamentos atrás das juntas dos joelhos.

— Isso foi muito errado, Marigold! — gritou ele.

Marigold olhou para Evan se contorcendo, deixando uma poça vermelha no linóleo bem-polido.

— Tenho estado sob muita pressão há anos — disse ela —, todo mundo sabe disso, e sabem sobre Una Pleasance. Eles seriam bastante compreensivos. Mas não importa.

Ela ficou em pé sobre ele com as pernas abertas, limpou a faca no avental e guardou-a de volta na gaveta.

— Por favor — gritou Evan. — Marigold, vou sangrar até a morte.

— Depois de um tempo, sim — concordou ela, arrancando o telefone da parede.

— Marigold! — implorou ele.

Ela fechou a porta e Evan ficou agonizando no chão, as pernas do joelho para baixo como pedaços de fios soltos e a maçaneta inalcançável.

— Marigold, por favor? — guinchou ele. — Eu sinto muito.

— Não tanto quanto eu.

Ela se sentou na cama e derramou todo o conteúdo de sua garrafa de tônico para dormir num copo, completou com xerez, mexeu, fechou os olhos e bebeu.

29

A cacatua gritou "polícia" e passos apressados atravessaram a varanda de Tilly. A porta dos fundos foi aberta de súbito e uma montanha de trajes de cores vívidas, boás de penas, chapéus, xales, cetins, paetês, algodão, chiffon, vichy azul e o brocado de toureiro — o conteúdo do armário secreto do sargento Farrat — entrou farfalhando na cozinha. Tilly só viu a calça azul-marinho e os sapatos engraxados do sargento.

— O inspetor do distrito vai ficar hospedado comigo — explicou ele, correndo para a sala de Tilly.

Despejou o carregamento e correu para fora novamente, voltando e colocando álbuns de fotografia, alguns quadros, um gramofone e uma coleção de discos em cima da mesa.

— Ele pode achar que sou esquisito — continuou ele, parando para passar os dedos num tecido que nunca tinha visto antes. — Seda ou *peau de soie*?

— O que exatamente o inspetor vai fazer? — perguntou Tilly.

— Primeiro Teddy, depois Molly, em seguida o incidente de Beula e do sr. Almanac. Por fim, meu relatório sobre os Pettyman despertou seu interesse. Entregar Marigold já foi ruim o bastante, mas

Evan... as coisas que encontramos naquela casa! Drogas... livros pornográficos, até mesmo filmes eróticos. E ele era um estelionatário!

O sargento Farrat correu de volta até a viatura para buscar mais uma pilha de coisas.

— Gostaria de conhecer o inspetor — disse Tilly.
— Por quê?

Tilly deu de ombros.

— Só para ver se ele é... interessante.
— Nem um pouco. Ele usa ternos marrons... e tenho certeza de que são feitos de flamê.

Ela adormeceu na poltrona vazia arrebentada e sonhou com seu bebezinho macio e redondo, mamando no seio, e com Molly quando ainda era sua mãe, uma jovem sorridente de cabelos loiros acobreados descendo A Colina para recebê-la após a escola. Ela estava lá com Teddy de novo em cima do silo, no topo do mundo. Ela viu o rosto dele, o sorriso arteiro sob o luar. Ele abriu os braços para ela e disse: "Desejo presto prende a presa inerte, glutona, não sacia a fome inteira..."[3]

Então o bebê gorducho ficou imóvel e azulado enrolado numa flanela de algodão. Molly, aflita e com frio no caixão ensopado de chuva, se virou para ela, e Teddy, coberto de sorgo e boquiaberto, tentando escalar, um cadáver soterrado em sementes. Evan e Percival Almanac apontavam os dedos para ela, e atrás deles os cidadãos de Dungatar subiam A Colina rastejando no escuro, armados com lenhas, estacas e correntes, mas ela simplesmente foi até a varanda e sorriu. Eles deram meia-volta e fugiram.

Uma flatulência quebrou o silêncio dentro da delegacia do sargento Farrat, e em seguida um bocejo alto. O inspetor ainda estava na cama, na cela. Era um homem de meia-idade de aparência suja com hábitos desleixados e más maneiras. Na hora do jantar, o sargento ia para perto do rádio e aumentava o volume a fim de que pudesse comer sem ter ânsias de vômito, porque o inspetor mexia a dentadura dentro da boca com a língua para sugar dela as partículas de comida que restavam. Ele usava a manga da camisa como guardanapo e não jogava água na pia depois de se barbear, deixava pingos no chão depois de usar o banheiro, nunca apagava as luzes nem fechava as torneiras, e, quando o sargento Farrat lhe perguntou se ele precisava que suas roupas fossem lavadas — "pois estou prestes a lavar as minhas mesmo" —, o inspetor levantou o braço, cheirou a axila e respondeu:

— Nããã.

O inspetor — "me chame de Frank"— falava muito.

— Já vi muita coisa... Levei tiro três vezes. Precisei deixar minha esposa, parti seu coração, mas foi para protegê-la. Aquilo me libertou para resolver um monte de casos não resolvidos sozinho, capturei muitos fugitivos na minha época, eles cometeram o crime, eu os fiz pagar. Não era justo com a esposa, aquele perigo todo. Você entende, não entende, Horatio?

— Ah, sim — respondeu o sargento. — Isso explicaria por que colocaram você aqui, na Vitória rural.

O sargento Farrat só queria suas noites de volta; sua novela do rádio, seus livros e discos, sua costura... e sua ronda das nove da noite em paz.

— O que teremos para o jantar esta noite, Horry?

— Vamos sair. Vamos comer bucho — respondeu o sargento Farrat, largando o lápis em cima da bancada.

— Meu favorito, adoro bucho com molho de salsa. — O inspetor foi até o banheiro. — Gosto deste lugar — declarou, e começou a assoviar.

O sargento Farrat fechou os olhos e beliscou a ponte de seu nariz.

Eles chegaram adiantados para o jantar. O inspetor tirou o chapéu e curvou-se ao ver Tilly parada na porta. Ela usava um vestido preto de rabo de sereia com penas de cisne e um decote que terminava quase na cintura. O sargento serviu champanhe e Tilly puxou conversa.

— Ouvi dizer que você é um justiceiro e tanto, inspetor?

O inspetor ficou vermelho.

— Resolvi alguns crimes nos meus tempos.

— Também é bom detetive?

— É por isso que estou aqui.

— Para resolver o caso dos Pettyman?

O inspetor estava hipnotizado pelo decote vertiginoso de Tilly. Ela colocou um dos dedos debaixo do queixo dele e levantou sua cabeça, forçando-o a olhá-la nos olhos.

— Teve treinamento forense?

— Não, isto é, ainda não.

— O inspetor é mais de "reunir os fatos" e escrever o relatório, não diria, inspetor? — O sargento lhe serviu uma taça de champanhe.

— Sim — concordou ele, bebendo a taça de espumante em um só gole. — Bucho para o jantar, então?

— *Gigot de Dinde Farcie* com salsão e folhas de videira, alcachofras e molho vinagrete — respondeu Tilly, colocando uma ave assada em cima da mesa.

O inspetor pareceu desapontado e olhou questionador para o sargento Farrat, mas puxou a cadeira da cabeceira da mesa, se sentou e arregaçou as mangas.

O sargento cortou a carne, Tilly serviu, e o inspetor começou a comer. O sargento Farrat serviu o vinho, cheirou a taça e brindou com Tilly.

— Você faz muito barulho ao comer, inspetor — comentou Tilly.

— Estou desfrutando do seu... — O inspetor viu a cacatua, agarrada no trilho da cortina.

— É um peru — esclareceu o sargento.

— Pois nós não estamos conseguindo desfrutar, então coma de boca fechada — repreendeu Tilly.

— Sim, senhora.

Eles terminaram toda a bebida (o inspetor levara cerveja), e Tilly ofereceu cigarros aos dois homens. O sargento acendeu o dele e tragou, enquanto o inspetor cheirava o seu, perguntando:

— Diferente. Peruano?

— Quase — disse ela. — Honduras Britânicas.

— Aaahhh — respondeu o inspetor, agradecido. Ela segurou um fósforo aceso perto do cigarro dele.

Tilly colocou música alta para tocar e eles dançaram, rodando a passos rápidos e dando saltinhos em volta da mesa da cozinha ao som de Micky Katz tocando uma versão acelerada de "O Samba Nupcial". Eles dançaram em cima da mesa em todas as outras músicas do álbum *Music for Weddings and Bar mitzvahs*. Então pularam da mesa nos braços uns dos outros e dançaram flamenco junto à lareira, tocaram tambor com colheres de madeira e panelas, e dançaram um pouco mais — rumbas e sambas e o *Highland Fling*. Por fim, desmoronaram cada um numa poltrona, arfando e com as mãos na barriga de tanto rir.

O inspetor se levantou de súbito e declarou:

— Bem, precisamos ir.

Ele saiu. O esfregão de Tilly estava em cima da careca. O sargento Farrat deu de ombros e o seguiu, com o guardanapo preso nas dragonas da jaqueta vermelha formal.

Tilly se levantou com as mãos nos quadris e a testa franzida.

— Aonde estão indo?

— Sou obrigado a fazer minha ronda das nove — explicou o sargento Farrat com pesar, revirando os olhos na direção do inspetor.

Frank estava até os joelhos no pequeno arbusto de cicuta, as flores brancas soltando pequenas gotículas de perfume em sua calça.

— Quer vir?

— Não pode ser visto comigo — disse Tilly. — Sou a assassina da cidade.

Frank riu, acenou e se jogou na viatura. O sargento Farrat deu adeus, e foram embora. Tilly voltou para dentro. Ela olhou a cacatua e disse:

— Posso começar agora, não há nada a temer.

Ela examinou os materiais macios: o morim, o algodão, o cetim, a seda, a vicunha e a belbutina, o gorgorão, as fitas de renda, as flores de papel, as pedras preciosas de plástico e as cartolinas douradas, tudo para os figurinos barrocos. Foi até o quarto da mãe, onde guardava os tecidos creme macios e os piquets azuis e brancos, a popeline, o raiom translúcido, os fios de Lisle, o organdi, a seda, a renda e o cetim duchese para os bailes, batizados e casamentos, e voltou atrás de fitas métricas, alfinetes, botões e manequins nos cantos, à espera, entre os cômodos. O acervo secreto do sargento Farrat estava pendurado num armário trancado ao lado da porta de entrada. Ela pisou na tesoura caída no chão, onde cortava as peças. Croquis barrocos estavam alfinetados nas cortinas, e sua pasta sanfonada com as medidas do elenco estava aberta no chão.

Tilly trocou as plumas de cisne por um macacão e encontrou um malho e um pé de cabra. Tirou as cortinas e cobriu todos os materiais e máquinas, e então parou na frente da parede que separava a cozinha da sala de estar, cuspiu nas palmas das mãos, levantou o malho e o balançou. Ela martelou até fazer um buraco de tamanho considerável e arrancou as tábuas com o pé de cabra. Tilly repetiu o processo até que tudo o que restava entre a cozinha e a sala eram as velhas vigas, cobertas de uma poeira preta fina. Depois retirou as portas e as paredes entre os quartos e a sala da mesma maneira, e então desaparafusou as maçanetas. Levou as tábuas lascadas com pregos enferrujados e a velha cama na cadeira de rodas da mãe até o sopé da Colina. Ela voltou para a casa remodelada e pregou duas portas juntas, anexando-as à mesa da cozinha. De madrugada, Tilly se viu sentada a sua grande mesa de corte no enorme espaço aberto do novo ateliê e sorriu.

Ela estava coberta de poeira e teias de aranha, então preparou um banho quente. Tilly cantarolava enquanto se banhava e enfiou o dedão do pé na torneira, bloqueando os pingos até a água forçar e abrir caminho em volta de seu dedo, esguichando em fios retos e finos.

30

Os moradores de Dungatar se reuniram no salão para os testes da produção de *Macbeth* do Comitê Social de Dungatar. Irma Almanac entrou e posicionou sua cadeira no final do corredor, ao lado de Tilly. Nancy cutucou Ruth e resmungou, e os presentes as olharam de lado. Irma não estava de preto: os sapatos altos brancos apoiavam-se desajeitadamente no apoio da cadeira, e o vestido era vermelho como um carro dos bombeiros.

A maior parte das pessoas preferiu ler um poema ou cantar no teste, apesar de o inspetor arriscar um leve sapateado. A produtora e a diretora foram até os bastidores para discutir sobre o elenco e tomar suas decisões, e então fizeram os anúncios.

Trudy falou primeiro:

— Eu sou a diretora, então todos precisam fazer o que eu digo.

— E eu sou a produtora, portanto estou no comando de tudo, inclusive da direção.

Trudy se virou para a sogra.

— Teoricamente, Elsbeth, no entanto...

— Pode, por favor, ler a lista de quem estará no elenco, Trudy?

— Eu sou, como falei, a diretora e também serei Lady Macbeth. O papel de Macbeth, general e futuro rei, vai para...

William se preparou.

— Lesley Muncan!

A multidão aprovou com um burburinho e aplaudiu. Lesley dera tudo de si no teste. Mona se inclinou e beijou seu rosto, enquanto ele batia os cílios e corava. William olhou para o chão.

Trudy pigarreou e continuou:

— William pode ser Duncan...

O sargento Farrat, Fred Bundle, Big Bobby, o inspetor, Scotty e Reg cutucaram uns aos outros e balançaram as cabeças. Trudy continuou:

—... e seus filhos, Malcom e Donalbain, serão Bobby Pickett e Scotty...

Eles reviraram os olhos e cruzaram os braços.

— Septimus Crescant vai ser Siward, e o sargento Farrat será Banquo, mas Banquo meio que é morto por engano. Sempre que um de vocês não for Banquo ou Duncan ou o rei, vocês serão serviçais, lordes, oficiais, mensageiros e assassinos. Purl, você é Lady Macduff. As bruxas serão Faith, Nancy e o inspetor.

O elenco se mexia e cochichava.

— Eu queria ser bruxa — disse alguém numa voz fraca.

— Mona, já falei, você será o fantasma e uma criada.

— Mas não tenho nenhuma fala.

— Mona, são apenas três bruxas na peça.

Nancy deu um passo à frente.

— Minha Lady Macduff foi melhor que a de Purl...

— Eu sou homem... Não entendo por que deveria interpretar uma bruxa... reclamou o inspetor.

Elsbeth interveio:

— Sem discussão ou serão convidados a se retirar!

Ela encarou o elenco. O inspetor juntou os saltos dos sapatos e assentiu rapidamente com a cabeça.

Elsbeth se dirigiu a Trudy:

— Controle seu elenco — ordenou.

Trudy respirou fundo e continuou:

— Sra. Almanac, você cuidará das roupas.

Irma baixou os olhos para suas articulações inchadas e seus dedos fracos.

— Vou fazer mais bolo amanhã — reassegurou Tilly. — Extraforte.

Depois de várias noites de ensaio, as coisas ainda progrediam lentamente.

— Certo — disse a diretora. — Banquo e Macbeth, entrem.

— "Nunca vi dia assim, tão feio e tão belo."

— "A que distância ainda se encontra Forres?"[4]

— PAREM, parem por um instante, por favor. Er... está muito bom, sargento...

— Banquo...

— Banquo, então. O kilt está ótimo, mas ninguém mais tem sotaque escocês e a gaita de foles também não era necessária.

Hamish estava encarregado dos adereços e do cenário. Trudy se aproximou.

— Por que está construindo uma sacada, sr. O'Brien?

— Para a cena de amor.

— Isso é em *Romeu e Julieta*.

— Então.

— Estamos encenando *Macbeth*.

Hamish piscou para ela.

— É sobre a ambiciosa esposa de um soldado que convence o marido fraco a matar o Rei. A história se passa na Escócia.

Hamish ficou pálido.

— A peça é escocesa? — sibilou ele.

— Você precisa fazer florestas que andam e um fantasma — explicou Trudy.

— Mentiram para mim — gritou Hamish —, aquele maldito Septimus!

Ele largou as ferramentas no chão e saiu correndo do salão.

Fevereiro passou rápido para Tilly. Ela se levantava cedo todos os dias e aproveitava a luz matinal para costurar os figurinos e organizar as provas de roupa e ajustes. Ela cantarolava enquanto trabalhava. À noite, às vezes descia e se sentava no fundo do salão para assistir aos ensaios do povo de Dungatar.

Os moradores pareciam cada vez mais estressados e cansados e não pareciam gostar nem um pouco daquilo. Trudy ficava sentada na primeira fila.

— Comecem de novo, cena três — ordenou ela, com a voz rouca.

Septimus, Big Bobby, sargento Farrat, Reginald, Purl e Fred andaram nervosamente até suas marcações no palco.

— Entre, porteiro... Não consigo ouvi-lo, porteiro — disse a diretora.

— Não vou dizer nada.

— Por que não?

— Porque não me lembro da fala.

Faith começou a chorar. Os outros atores correram até ela.

A diretora atirou seu roteiro no chão.

— Ah, que maravilha, vamos fazer mais uma pausa inútil de cinco minutos enquanto mais um choraminga. Mais algum ator de meia-tigela aqui está com vontade de chorar? Ah, você também, é?

— Não.

— Então por que está com o braço levantado de novo?

— Quero fazer mais uma pergunta.

Trudy piscou para o criado — Bobby Pickett — em cima do palco.

— Não. Não pode fazer mais uma pergunta — declarou ela.

— Por que não?

Elsbeth foi até o palco e parou ao lado de Bobby.

— Porque eu disse que não.

— Você não é uma diretora muito atenciosa, *Gertrude*.

William se sentou num canto ao lado de Mona e apoiou a cabeça entre as mãos.

— E você acha que pode fazer melhor? — provocou Trudy.

— Eu sei que posso. Qualquer um pode.

Elas ficaram se encarando.

— Está despedida.

— Não pode despedir a produtora, sua tola.

Trudy se aproximou de Elsbeth e, debruçando-se sobre ela, gritou:

— Você está sempre me dizendo o que não posso fazer. Posso fazer o que eu quiser. Agora saia daqui.

— Não.

— Saia. — Ela apontou para a porta.

— Se eu sair, levo junto o resto do financiamento!

William levantou a cabeça, num gesto esperançoso. Sua mãe continuou, contando nos dedos:

— Há o aluguel do salão, o transporte, para não falar no cenário, e não podemos pegar nem os uniformes dos soldados até termos quitado o que devemos.

— Ah... p... porcaria — disse Trudy, cerrando os punhos.

Faith começou a gemer de novo. O elenco levantou as mãos ou atirou os roteiros no chão e William foi até a frente do palco.

— Mãe, você está arruinando tudo para todos...

— Eu? Não sou EU quem está arruinando nada!

Assistindo a tudo de um canto escuro, Tilly sorria.

Purl resolveu falar:

— Sim, é você, sim, você fica interrompendo...

— Como ousa, você não passa de uma...

— Ela sabe o que você pensa dela! — berrou Fred, indo ficar ao lado de Purl.

— Sim — confirmou Purl, apontando uma das unhas vermelhas para Elsbeth —, e eu sei o que seu marido pensava de você.

— E de qualquer maneira, Elsbeth, eu posso pagar pelos figurinos dos soldados, ainda tenho os pagamentos dos seguros das casas no cofre da agência postal — gritou Ruth, triunfante.

Todos se viraram para encará-la.

— Você ainda não enviou o de ninguém para a companhia de seguros? — perguntou Nancy.

Ruth balançou a cabeça.

— Viu? — gritou Trudy. — Não precisamos de você. Pode ir embora e comprar o trator idiota de William.

— Ninguém tem seguro? — perguntou Fred.

Ruth começou a ficar assustada, dando um passo para trás.

Nancy pôs as mãos nos quadris e olhou ameaçadoramente para o elenco.

— Bem, não tivemos nenhum terremoto nos últimos tempos, e espero que não achem que, só porque ela paga nossos seguros para a gente um ano sim, um ano não, isso vai impedir incêndios e enchentes, acham?

— É verdade! — exclamou Trudy.

O elenco parecia confuso.

— Não temos como ganhar sem as fantasias dos soldados... — murmurou Faith.

— Ou sem cenário. — Trudy pôs as mãos nos quadris.

Os atores se entreolharam e aos poucos se reuniram atrás da diretora.

Elsbeth bateu o pé e gritou:

— Vocês são só um bando de tolos! Feios, burros, lojistas ignorantes, vocês são incultos, grotescos e vulgares... — Ela saiu pisando forte, mas parou e se virou para trás ao chegar à porta —... desprezíveis, todos vocês. Espero nunca mais pôr os olhos em nenhum de vocês.

Ela saiu, batendo a porta. As janelas tremeram e caiu poeira do teto.

— Certo — disse Trudy. — Vamos recomeçar, está bem?

— Eu não consegui fazer minha pergunta — disse Bobby.

Trudy apertou os dentes.

— Pergunte.

— Bem, quando você diz: "Sai, mancha maldita! Sai! Estou mandando."⁵ Bem... onde está?

— O quê?

— A mancha.

Março chegou. A temperatura subiu e os ventos quentes do norte empoeiravam as roupas nos varais e deixavam uma fina camada marrom nos aparadores. William Beaumont — Duncan, rei da Escócia — havia marcado sua prova de roupas para as 11h30. Ele pisou na varanda de Tilly às 11h23.

Tilly o fez entrar.

— Tire a camisa — pediu ela.

— Certo.

Ele se atrapalhou com os botões, mas depois de um tempo ela enfim pôde se aproximar com um colete de morim. Estendeu-o para que William passasse os braços pela abertura.

— É só isso? — William parecia desapontado.

— É um molde. É comum fazer um molde de algodão cru para chegarmos ao ajuste perfeito e para não precisar experimentar toda hora.

— Então ele será amarelo e terá renda, como combinamos?

— Exatamente como você queria.

A abertura debaixo do braço teria que subir (braços magros), mas Tilly acertara na gola. Ela prendeu novamente os pontos dos ombros, colocando a sobra em volta da abertura do braço para acomodar as costas arredondadas de William, e o ajudou a tirar o protótipo. Logo em seguida voltou para sua grande mesa.

William ficou parado na cozinha só de camiseta com os braços esticados. Ele a observou debruçada sobre o pano amarelo segurando alfinetes entre os lábios, fazendo coisas habilidosas com giz de costura, agulha e linha. Ela levantou o olhar e ele, rapidamente, desviou o dele, direcionando-o para a lâmpada do teto, e se balançou nos dedos dos pés, mas foi levado a voltar a observá-la, prendendo a renda na gola com os dedos finos e compridos. Ela pegou o colete amarelo e o ajudou a vesti-lo, dando a volta nele, puxando e marcando mais lugares com o giz e lhe causando cócegas nas costelas e nas costas, de modo que seu escroto se contraiu e ele se sentiu arrepiar.

— Sabe todas as suas falas? — perguntou Tilly, em tom educado.

— Ah, sim, Trudy me ajuda.

— Ela está levando tudo muito a sério.

— Muito — concordou William, soltando o ar pela boca e fazendo a franja balançar. — É uma peça muito complexa.

— Acha que vocês têm chances de ganhar?

— Ah, sim, vai dar tudo certo. — Ele olhou a pele na bainha do casaco. — Os figurinos estão esplêndidos.

— Esplêndidos — repetiu Tilly.

Ela fez os ajustes, e ele experimentou o casaco mais uma vez. Admirando-se no espelho de corpo inteiro, William perguntou:

— Como acha que está indo?

— Mais ou menos como eu esperava — respondeu Tilly.

Ele passou as mãos em cima do cetim grosso e ornamentado, tocando na barra de pele.

— Já pode tirá-lo — orientou Tilly.

William corou.

Naquela noite, William não conseguiu dormir, então foi para a varanda. Ele acendeu seu cachimbo e ficou olhando o jardim de croquê iluminado pelo luar, macio e quadrado, para as linhas retas e brancas da quadra de tênis, para os novos estábulos e o trator quebrado em pedaços grandes sob o eucalipto.

Três semanas antes da noite de estreia, no final dos ensaios dos Atos Um e Dois, Trudy perguntou:

— Quanto tempo eles demoraram hoje, srta. Dimm?

— Quatro horas e doze minutos.

— Ave Maria.

A diretora fechou os olhos e enrolou uma mecha de cabelo no dedo. O elenco se afastou, andando na ponta dos pés até as coxias ou o camarim, com os olhos ávidos na porta de saída.

— Certo. Voltem todos, vamos repetir.

Eles tiveram que repetir os ensaios nas tardes de sábado e domingo e em todas as noites daquela semana. Pelo menos chegou a hora da inspeção de figurino. Tilly notou que Trudy perdera bastante peso. Ela havia roído as unhas e havia falhas em sua cabeça, de onde arrancara tufos de cabelo. Também andava murmurando falas de *Macbeth* e gritando obscenidades enquanto dormia. Ela parou na frente do elenco em seu vestido sujo e sapatos estranhos. Tilly estava sentada atrás dela com uma fita métrica em volta do pescoço e uma expressão serena no rosto.

— Certo — disse Trudy. — Lady Macduff?

Purl flutuou pelo palco numa saia volumosa com uma enorme armação por baixo. O rosto estava coberto de pó de arroz branco e rouge vermelho, e os cabelos haviam sido cacheados e estavam presos no alto da cabeça com um grande fontange em cima. O rosto bonito estava rodeado por uma gola ampla aramada que ia do alto de seu fontange até as axilas e era enfeitado com rufos com contas nas pontas. As mangas tinham o formato de enormes abóboras e o decote do vestido era reto e baixo, passando horizontalmente pelos belos seios, levantados pelo corpete extremamente apertado. Os homens a olhavam com malícia, e as bruxas zombavam.

— Este figurino é muito pesado — arfou Purl.

— Eu o desenhei assim, sua tola... É o tipo de coisa que usavam no século XVII. Não é verdade, figurinista?

— Sim. Isso é definitivamente o que as aristocratas usavam na corte no final do século dezessete — confirmou Tilly.

— Não consigo respirar muito bem — insistiu Purl.

— Está perfeito — disse Trudy.

Os homens concordaram com as cabeças.

— Próximo: Duncan!

William saiu da coxia. Cachos vermelhos emolduravam o rosto, que também estava cheio de pó e rouge, os lábios vermelhos, com uma pequena pinta em cada face. Os cachos desciam de uma grande coroa de ouro incrustada de esmeraldas, como o alto do Taj Mahal. Em volta do pescoço havia um laço de renda que descia até a cintura por cima do corpete, também de renda. Por cima ele usava um casaco amarelo que ia até o joelho, cuja barra era de pele. Os enormes punhos do traje iam até a barra de pele. Ele usava meias translúcidas brancas e botas que se dobravam na barra e enrugavam em volta do tornozelo. William fez uma pose elegante e sorriu para a esposa, mas tudo o que ela disse foi:

— Essa coroa não vai cair?

— Está presa à peruca — informou Tilly.

— Vamos ver o que fez com Macbeth, então.

Lesley entrou no palco usando um alto e pontudo chapéu com uma floresta de penas que se movimentavam para cima. Nas orelhas, rendas e rufos se juntavam e dançavam da gola da volumosa camisa de seda, com uma cauda que alcançava os joelhos, balançando com as flores artificiais costuradas na barra de diversas saias e roupas de baixo. Ele usava um colete de veludo vermelho e meias da mesma cor, e os sapatos de salto tinham laços de cetim tão grandes que era impossível distinguir a cor dos calçados.

— Perfeito — disse Trudy.

Os soldados atrás dela a imitaram silenciosamente: *PERFEITO*, balançando os pulsos de maneira afetada.

Trudy andou em volta deles, seu elenco barroco século XVII da perversa peça do século XVI de Shakespeare sobre assassinato e ambição. Estavam em fila no palco, como figurantes de um filme de

Hollywood esperando o almoço na cantina do estúdio, uma fila de tecidos coloridos e superficiais, babados e agulhetas, bandoleiras e elmos de cavalaria com cadeados pendurados, plumas saindo dos chapéus e enfeites de cabeça que alcançavam as vigas, os rostos cheios de pancake e os lábios pintados de vermelho apoiados nas golas brancas redondas e arqueadas, como em uma pintura.

— Perfeito — repetiu Trudy.

Tilly sorriu, assentindo.

31

As costas e os ombros de Tilly estavam rígidos e doíam. Os braços também estavam doloridos e as pontas dos dedos estavam quase em carne viva. Os olhos ardiam e tinham olheiras que desciam até as perfeitas maçãs do rosto, mas ela estava feliz, ou quase. Os dedos estavam escorregadios de suor, por isso ela se permitiu uma exceção — usou ponto Paris para a barra de renda da calça de jacquard vermelha e branca dos soldados, mesmo sabendo que deveria usar ponto de luva. Deu um nó no último ponto e, quando se inclinou para frente para cortar a linha de algodão com os dentes, praticamente ouviu Madame Vionnet dizer:

— Você come com a tesoura?

O sargento Farrat estava lhe contando sobre os ensaios.

— E Lesley! Bem, ele se acha importante, fica se intrometendo, lembrando as falas de todos, o que, é claro, chateia a srta. Dimm, considerando que é trabalho dela dar as deixas. O inspetor exagera na atuação, mas Mona é muito boa, ela substitui quando alguém não aparece. Estamos todos resfriados, com dor de garganta e sinusite, ninguém mais viu Elsbeth, todo mundo odeia Trudy. Eu seria melhor diretor que ela, pois ao menos já *fui* ao teatro.

Eles chegaram ao ensaio com os braços abarrotados de calças volumosas e casacos de veludo cheios de penas de avestruz, o vento quente lá fora sacudia os fios de alta tensão. Lá dentro, o elenco estava imóvel e assustado. Eles haviam sido confinados pela diretora atrás do palco, cercados por diversas cadeiras de madeira quebradas. Os olhos vidrados de Trudy estavam rodeados por grandes olheiras azuladas, e seu cardigã estava abotoado nas casas erradas.

— Repitam — sussurrou ela em tom ameaçador.

Lady Macduff, segurando uma boneca envolta numa toalha felpuda, olhou para seu filho. Fred Bundle respirou fundo e começou:

Filho: E precisam ser enforcadas todas as pessoas que juram e mentem?

Lady Macduff: Todas.

Filho: E quem é que as enforca?

Lady Macduff: Ora, os homens de bem.

Filho: Então os mentirosos e os que juram não passam de grandes tolos, pois há mentirosos e jurados suficientes para destruir os homens de bem e para os enforcarem.[6]

— NÃO! NÃONÃONÃONÃONÃONÃONÃONÃONÃONÃONÃO, NÃO É ASSIM... — gritou Trudy.

— Estava certo — disse a srta. Dimm. — Ele disse a fala certa desta vez.

— Não disse, não.

— Disse, sim — respondeu em coro o elenco.

Trudy caminhou devagar até a frente do palco e olhou o elenco com uma expressão demoníaca.

— Ousam me contradizer? — Sua voz subiu uma oitava. — Espero que vocês tenham disenteria e espero que peguem varíola e que morram desidratados de tanto as feridas de seus corpos exsudarem, espero que seus pênis fiquem negros e apodreçam até cair e que vocês mulheres derretam por dentro e fiquem com cheiro de barco de pesca podre, espero que vocês...

William foi até a esposa, se preparou e deu um tapa tão forte no rosto de Trudy que ela deu um giro completo em torno de si. As cortinas da frente do palco chegaram a balançar com o vento. Ele, então, falou com a voz suave de frente para o rosto vermelho e suado de Trudy:

— Conheço o médico que está no hotel Station agorinha mesmo. Se você der mais um pio esta noite, vamos amarrá-la a esta cadeira com uma linha de pesca, buscá-lo e vamos jurar sobre nossas Bíblias que você é louca. — Ele olhou para o elenco numa voz trêmula, mas confiante, e perguntou: — Não vamos?

Todos assentiram.

— Sim — disse Mona, indo na direção da cunhada. — Você é uma mãe inadequada. William vai ficar com a custódia do bebê e você vai para um sanatório — continuou, entregado o bebê a William. O elenco assentiu de novo.

Felicity-Joy foi colocada nos braços do pai, onde pôs a gravata de renda na boca e levantou uma das mãos para enfiar o dedinho do meio gordo numa das narinas.

— Eu acho que devíamos tirar essa noite de folga, não acham? — acrescentou Mona.

— Sim — disse William. — Vamos ao pub. Vamos adiar o ensaio com figurino para amanhã.

O elenco saiu, conversando e rindo, seguindo pela escura rua principal, as penas esvoaçando e as rendas balançando em volta dos punhos e joelhos.

Trudy se voltou para Tilly, sentada calmamente no corredor, e a fitou com as pupilas dilatadas. Tilly ergueu uma das sobrancelhas, deu de ombros e seguiu os outros.

Mais tarde, os integrantes do elenco foram para casa e se deitaram rígidos em suas camas, os olhares fixos nas silhuetas fracas em meio à escuridão, inseguros, preocupados e pensativos. Reencenaram a peça na cabeça, representando entradas e saídas, esperando que a plateia não notasse que cada um estava interpretando três papéis. Ninguém pregou os olhos.

32

No dia do Eisteddfod, estava incomumente quente e ventava muito. Os ossos de Irma Almanac estavam doloridos, então ela comeu um pedaço de bolo a mais com sua xícara matinal de chá de garra-do-diabo. O sargento Farrat tomou um banho especialmente demorado com óleo de lavanda e valeriana. Purl fez o café da manhã para os hóspedes — o médico e Scotty — e foi cuidar do cabelo e das unhas. Fred lavou a calçada com a mangueira e arrumou o bar e a adega. Lois, Nancy e Bobby se juntaram a Ruth e à srta. Dimm para um café da manhã caprichado. Reginald passou para ver Faith e comeu um pouco da fritada e do bacon de Hamish. Septimus foi dar uma longa caminhada e sorriu ao ver como era bela a poeira subindo e rodando com o vento nas planícies amarelas. Mona e Lesley fizeram exercícios de respiração e alongamento depois de um desjejum leve de cereal e toranjas. William encontrou Trudy enrolada debaixo dos cobertores, tremendo, balbuciando e chupando os dedos.

— Trudy — disse ele —, você é nossa diretora e Lady Macbeth, agora aja como ela!

Ele foi até Elsbeth no quarto de bebê. Elsbeth estava ao lado do berço segurando Felicity-Joy nos braços.

— Como ela está?

— Pior — respondeu William, e os dois balançaram as cabeças, resignados. Elsbeth abraçou a bebê.

Tilly pulou da cama e saiu de casa. Ficou mergulhada até o joelho nas flores do jardim, observando a cidade se esvaziar enquanto o comboio de espectadores seguia rumo a Winyerp.

Bobby estava atrasado. Ele havia tido dificuldade de dar partida no ônibus. O automóvel fazia barulho e dava solavancos ao longo da rua principal na direção do salão. Quando ele se aproximou do meio-fio, a diretora, Lady Macbeth em pessoa, voou das portas da frente — ejetada como o cartucho vazio de uma pistola. Ela caiu de costas na calçada sob o sol forte e deu duas cambalhotas, com a energia de alguém possuído, e voltou a ficar de pé como uma acrobata de circo. A mulher cerrou os punhos e os ergueu contra as portas do salão, gritando estridentemente e batendo.

— É minha, minha! nenhum de vocês estaria aqui sem minha direção, meu planejamento e orientação, nenhum de vocês. Eu PRECISO estar no Eisteddfod, não podem me tirar, eu criei essa peça...

Lá dentro, o elenco barricava as portas com cadeiras e o balde de areia que um dia abrigou a árvore de Natal. Trudy empurrava as portas, que não cediam. Ela virou para trás e olhou o ônibus. Bobby puxou a alavanca e a porta se fechou, então pegou as chaves e se deitou no chão. Trudy começou a chutar a porta do ônibus, que não abria, então ela subiu no capô e socou o para-brisa.

Os rostos maquiados dos Macduff e dos soldados assustados espiavam pelas janelas do salão. William acenou para o médico, que assistia da sacada. Ele terminou seu uísque e colocou o copo vazio no parapeito, pegou a maleta e logo se aproximou por trás da lunática enérgica que atacava o ônibus. Ele deu uma batidinha em seu ombro.

— O que foi?

Trudy estava espumando e rangendo os dentes.

— Eles — gritou ela —, aquele bando de feiosos sem talento quer se livrar de mim! — Ela esticou o braço e apontou para Mona. — Ela quer meu papel, assim como sua mãe!

Então correu mais uma vez com o ombro na direção das portas trancadas do salão, bateu, quicou de volta, e atirou o corpo mais uma vez.

— Mona Muncan *não* vai ser Lady Macbeth! Eu sou Lady Macbeth!

O médico chamou Bobby, que espiava por trás do painel do ônibus. Ele balançou a cabeça. O médico insistiu.

— Eu ajudo! — gritou Nancy.

— Esse ônibus é meu também! — berrou Trudy.

Bobby correu na direção dela e a agarrou, e o elenco todo aplaudiu. Ele segurou-a pelos pulsos com suas mãos fortes de jogador de futebol. Trudy gritava:

— Eu sou Lady Macbeth! Sou eu!

O médico pegou uma grande seringa, deu um peteleco, mirou, deu um sorriso malévolo e a enfiou no traseiro grande de Trudy. Deu um passo atrás enquanto ela caía na calçada deitada como um cardigã abandonado, depois a olhou.

— "Escorpiões tomam conta de sua mente."

Eles a carregaram até o carro do médico.

O elenco formou uma fila, colocou o cenário no teto do ônibus e o amarrou em segurança. Conforme entravam no ônibus, Mona, parada na porta com uma prancheta apoiada no braço coberto de veludo, riscava os nomes, a barra do vestido de Lady Macbeth arrastando no chão em volta dos sapatos cheios de rendas e com Macbeth ao lado. Cada um pegou um lugar e se sentou se abanando com lencinhos de renda por causa do calor. Lesley ficou em pé na frente do corredor e bateu palmas duas vezes. O elenco se calou.

— Atenção, por favor, nossa diretora e produtora precisa falar.

Mona pigarreou.

— Falta Banquo...

— Eu serei Banquo! — gritou Lesley, atirando a mão para o alto. — Eu, eu, eu!
— Vamos pegá-lo na delegacia — disse Bobby. Ele tentou dar partida no ônibus, que tossiu e engasgou. Seguiu-se um longo silêncio. — Certo — disse ele. — Saia todo mundo.

Tilly olhou para os prédios sem graça e para o lento córrego amarronzado. O telhado do silo brilhava sob o sol, e a terra rodopiava com o vento ao longo da trilha seca que levava ao campo oval. As árvores inclinavam-se com o vento quente. Tilly entrou. Ficou na frente do espelho e estudou seu reflexo. Estava emoldurada por um halo brilhante, como um ator iluminado por trás, a poeira do giz de costura pairando à sua volta. O lugar estava cheio de material para remendos e costura — tiras de tecido e moldes, resquícios de vestimentas que iam do século XVI em diante. Empilhados até o teto e enfiados em cada orifício da pequena casa torta, encontravam-se sacos e sacos de material, cuspindo pontas de fitas, fios, linhas e penas. Tecidos se derramavam de cantos escuros e por baixo de cadeiras, e nuvens de lã estavam espalhadas, misturadas a pedaços de cetim. Panos listrados, retalhos de veludo, tiras de plush, lamê, xadrez, pois, paisley e uniformes escolares misturados a boás de penas e algodão bordado de lantejoulas, camisetas e rendas de noivas. Havia carretéis coloridos nos parapeitos e nas cadeiras. Pedaços de moldes e croquis — desenhos elegantes para mulheres que acreditavam ser tamanho quarenta e dois — prendiam-se às cortinas empoeiradas com alfinetes e pregadores de roupa. Havia fotografias arrancadas de revistas e figurinos rabiscados em papel de pão em bolinhas amassadas pelo chão, junto com pilhas de moldes gastos demais. Fitas métricas penduravam-se em pregos e nos pescoços dos manequins, e as tesouras postavam-se de pé nas latas vazias de achocolatado ao lado de velhos potes de vidro cheios de botões e botões de pressão, parecendo balas. Zíperes saíam de um saco de papel pardo e cobriam o chão como cobras até a lareira. A máquina de costura esperava ereta na mesa, uma diminuta máquina de overloque no chão da entrada sem porta. Moldes de morim para as roupas barrocas ocupavam um canto inteiro.

Fios de eletricidade passavam por rebites e vigas, nas quais se apoiavam bobinas de algodão e carreteis. Na cozinha, o forno em desuso guardava xícaras de chá, pratos e tigelas.

Ela se aproximou do espelho e se olhou. Tilly viu um rosto magro e cansado com olhos vermelhos. Ela pegou a lata de querosene a seus pés.

— "Não há noite fria, por mais longa que seja, sem seu dia"[7] — disse ela, começando a derramar.

Dentro da delegacia, Banquo pensava em sua grande cena, tentando alcançar a ponta do nariz com a língua. Também estava rodeado por um halo de um raio de sol que refletia no brilho dos sapatos barrocos de verniz cor-de-rosa. Ele pôs a mão na bainha da espada como se fosse sacá-la e gritou:

— "E após agasalharmos a fraqueza, muito sensível a este tempo frio, reunamo-nos a fim de interrogar esta obra enormemente sanguinária..."[8]

Os barrocos acalorados e agitados empurraram o ônibus de volta para o meio da rua, ajeitaram os chapéus espalhafatosos, levantaram as saias e se dirigiram para a traseira do ônibus a fim de empurrá-lo. O veículo deu um estampido, tremeu e foi adiante, soltando uma fumaça preta de óleo.

Quando o sargento Farrat escutou a explosão, respirou fundo, pegou o chapéu de feltro com penas de avestruz e gritou:

— Hora de ir.

O inspetor saiu de sua cela em seu traje enlameado de bruxa segurando uma grande colher de madeira.

— Acha que devo usar isso, Horry? Para dar efeito?

— Fique à vontade — respondeu o sargento.

O ônibus freou abruptamente na frente de Banquo e da bruxa número três, parados do lado de fora da delegacia.

— Bom dia — disse Banquo, fazendo uma exagerada reverência e enfiando o chapéu em cima dos cachos platinados. Ninguém sorriu de volta.

— Carburador? — perguntou o inspetor, subindo, e se sentou com as outras bruxas.

— Um pouco de lama no combustível, eu acho, mas vamos chegar lá — garantiu Bobby.

— Bem, então vá em frente — pediu Banquo. — Prefiro seguir na viatura, está funcionando perfeitamente.

— Eu sou Lady Macbeth agora — informou-lhe Mona. — Gertrude, er...

— Sim — respondeu Banquo, pondo o chapéu sobre o peito. — Notícias terríveis. — William virou o rosto para a janela.

O ruidoso ônibus se afastou de Banquo, que ficou parado acenando com o chapéu de plumas. Atrás dele, no alto da Colina, uma solitária nuvem de fumaça azul subia da chaminé de Tilly.

Tilly soltou a vaca e deu um tapa em sua anca ossuda, fazendo-a descer A Colina depressa, com o sino no pescoço batendo e as tetas balançando. Tilly passou pela cidade vazia pela última vez. No caminho, soltou os cachorros acorrentados, abriu os galinheiros e libertou todos os animais de estimação de Bobby Pickett. Libertou as ovelhas presas em velhos vagões de trem em lotes vazios e deixou os pôneis de menininhas fugirem trotando para as planícies.

O sargento Farrat pegou o roteiro, admirou seu reflexo mais uma vez e foi até a viatura. As chaves geralmente ficavam no chão, debaixo do volante, mas não estavam mais lá. Ele apalpou a coxa, mas se deu conta de que não estava usando o uniforme. Atrás dele, os lençóis de fumaça azul acinzentada desciam do teto corrugado enferrujado de Tilly, permeando as videiras azuladas que cobriam a casa.

Tilly Dunnage sentou-se na máquina de costura portátil Singer na plataforma da estação de trem, observando as nuvens de vapor do trem se aproximando, vindas do horizonte dourado. Para viajar, ela havia escolhido calças justas feitas de um matelassê azul vívido amarrada na cintura com uma corda de seda vermelha. A blusa era delicada e simples, cortada habilmente de um metro e meio de um véu de freira enviado a ela da Espanha. Olhou o relógio. Bem na hora. Tilly deu uma piscadela para a cacatua na gaiola ao lado da mala. Atrás delas, uma neblina azul se arrastava, prestes a cobrir Dungatar.

O sargento Farrat escutou o trem ao longe. Ele chegou e parou, soou o apito e partiu. Farrat agitou o chapéu de plumas na frente do rosto para espantar a fumaça. Franziu o cenho, fungou, deu meia-volta e olhou para cima. Sua pele translúcida ficou roxa.

— Meus trajes! — gritou ele. — Ah, meu Deus, ah, Tilly...

Ele largou o chapéu e pôs as mãos no rosto. Os integrantes da brigada de incêndio estavam a caminho da prefeitura de Winyerp para vigiar o palco.

O sargento Farrat resolveu correr. Pela primeira vez em quarenta anos, ele disparou, correndo na direção da casa de Tilly em chamas, gritando, o calor queimando sua garganta.

No alto da Colina, ele cambaleou sem fôlego e parou, com o rosto vermelho e suado, para assistir entre as gotas de suor e pancake escorrido ao rolar das chamas por seus saltos altos de verniz, passando pela grama e pelos galhos secos, descendo A Colina na direção da cidade. O fogo aumentava saindo das portas e janelas da casinha inclinada, e pequenas linhas de fumaça eram cuspidas dos orifícios do telhado de ferro corrugado. Um belo efeito, tule de chiffon, algo que

Margot Fonteyn poderia ter usado... e então ele desabou, de bruços, onde o caminho de murtas um dia floresceu entre os oleandros e os ruibarbos. Talvez, se ele tivesse trocado de sapato, conseguisse alcançar a torneira do jardim, mas não teria adiantado, pois Tilly havia desligado a água.

Do lado de fora da prefeitura de Winyerp, o elenco de Macbeth desceu do ônibus e ficou na calçada escutando os aplausos. Lá dentro, a cortina enfim descera depois da última volta ao palco do elenco de *Um bonde chamado desejo*. Os aplausos não paravam.

Quando entraram no saguão, a plateia prestou pouca atenção ao elenco de *Macbeth*, parado no fundo da sala perto dos banheiros. Eles guincharam e riram de Blanche e Stanley. O sagaz inspetor falou:

— Somos os melhores, vamos ganhar.

— Você não tem como saber — rosnou Fred.

HMS Pinafore foi encenado durante uma hora escaldante, enquanto o elenco de Dungatar aguardava, cercado por copos, xícaras e vasos cheios de flores com cartões alfinetados que diziam: "Parabéns, Itheca!" Ou: "Merda, Winyerp!" Eles ouviram os marinheiros cantando e a plateia acompanhando com palmas. Lesley batia os pés no chão. Mona pisou neles. O pancake de todos começou a escorrer, a cola que prendia os cílios postiços começou a derreter, e os figurinos começaram a ficar manchados de suor.

— Muito adequado — disse Lesley. — Era assim na época, sabem? Eles não tinham máquinas de lavar e nunca tomavam banho.

— Certas pessoas ainda acham que não precisam tomar — comentou Faith, apontando o leque para Lois.

— Certas pessoas também acham que não precisam honrar seus votos de casamento — retrucou Nancy.

— Pelo menos eu prefiro homens, já certas pessoas doentias da nossa cidade...

— Já chega! — gritou Mona.

— Ficando um pouco irritada, é, Mona? — perguntou Purl.
— Se acalmem — interveio William.
Eles contaram onze pedidos de bis para *HMS Pinafore*. Quando a barulheira deu uma trégua, Lady Macbeth levou o elenco para o palco. O montador dos cenários cantava:
— I-yam the ve-ry mo-del of a mo-dern ma-jor gen-er-al...
— Aham — disse ela, com um olhar ameaçador, entregando-lhe a planta do cenário.
— Vamos fazer uma rápida revisão e depois nossos exercícios de aquecimento e alongamento, mas antes vamos aquecer a voz.
Eles ficaram em círculo e cantaram "Three Blind Mice" em turnos. Lesley insistiu para que terminassem o aquecimento com um abraço em grupo, e então todos se recolheram para se concentrar.
A cortina estava prestes a subir e Banquo ainda não havia chegado. Lesley bateu as mãos e disse:
— Atenção, por favor.
Mona continuou:
— Não temos Banquo, então Lesley será Banquo.
— Ele não sabe as falas — disse William.
— Eu as colei na coluna ao lado da porta — disse Mona. — Terá que lê-las.
— Mas...
— Ele consegue — interrompeu Mona. — É ator.

A plateia — maridos e esposas do elenco, mães e filhos de Winyerp, Itheca e Dungatar — estava sentada no fundo do salão perto do sinal de saída. Os juízes estavam na primeira fila, ao lado de uma mesa cavalete. A cortina subiu.
Mais ou menos uma hora depois, no Ato Um, cena cinco, Mona se contorceu na cama com dossel.
— "... que crocita a chegada fatídica de Duncan à minha fortaleza. Vinde, espíritos, que os pensamentos espreitais de morte, tirai-me o sexo..."[9]

Ela se masturbou por cima das anáguas antes de arfar e gritar e se debater. A plateia se remexeu nos assentos, cadeiras rangeram, o ato acabou e as luzes se apagaram.

Quando eles subiram 13 segundos mais tarde para o segundo ato, Banquo e Fleance subiram no palco e descobriram que a plateia havia sumido. Só restavam os quatro juízes, reunidos, sussurrando. Uma matrona de chapéu de palha se levantou e decretou:

— Isso é tudo.

Eles saíram juntos do salão sem nem olhar para trás. O elenco saiu das coxias para observá-los desaparecendo pela porta rumo ao jantar e à premiação.

Eles disseram muito pouco na volta para casa. Beberam a aguardente de melancia da taça que tinham ganhado por Melhor Figurino e sacudiram suados no ônibus barulhento.

— O sargento Farrat ficará feliz — disse Mona.

— Deveríamos ter feito um musical — sugeriu Nancy, olhando para Mona. — Quem foi que escolheu Shakespeare?

— Era a única peça na biblioteca — respondeu Muriel.

— Mesmo assim, ninguém saberia cantar — alegou Ruth.

— Ninguém sabe nem atuar! — exclamou Faith.

No final da tarde, o ônibus e os carros da cidade pararam na frente do salão da prefeitura, ou pelo menos onde um dia houvera um salão. O elenco desceu devagar do ônibus e ficou olhando ao redor. Tudo estava preto e queimado — a cidade inteira fora arrasada. Algumas árvores continuavam queimando de pé, um poste de telefonia aqui, uma chaminé de tijolos ali. Cachorros de estimação ansiosos estavam parados onde um dia houvera portões, e galinhas ciscavam entre as caixas d'água retorcidas e telhados de ferro emporcalhando a paisagem negra. O elenco ficou ali, no meio da fumaça, com os lencinhos cobrindo narizes e olhos, tentando bloquear o cheiro de borracha queimada, de lenha, de tinta, de cortinas e carros tostados. Não havia sobrado nada, exceto a chaminé de Tilly Dunnage. Mona apontou para alguém sentado ao seu lado, balançando os braços, acenando.

Eles foram em grupo até a rua principal e pararam a fim de olhar para os dois lados antes de atravessar, seguiram pela trilha de carvão, passando pela carcaça nua da Pratts, onde latas de metal tinham explodido e trincos ainda ardiam. Reginald foi procurar sua serra de açougueiro, mas encontrou uma escultura abstrata derretida. Quando chegaram ao topo da Colina, estavam mergulhados até os tornozelos em restos queimados e ainda quentes, olhando para baixo, para onde um dia estiveram suas casas, e vendo apenas montes de carvão preto e cinza, fumaça e escombros. Os gols do campo de futebol pareciam fósforos apagados em volta da grama queimada, e os salgueiros que um dia contornaram a beira do córrego pareciam grandes andaimes, mortos e enrolados.

O sargento Farrat, chamuscado e sujo de fuligem, estava sentado onde antes era a lareira, batendo com um galho torrado o espaço entre os sapatos de verniz cheios de bolhas.

— O que aconteceu? — perguntou o inspetor.

— Houve um incêndio.

O sargento batia seu galho repetidamente no chão.

— Minha escola — soluçou a srta. Dimm.

Todos começaram a chorar, a princípio devagar e baixinho, em seguida aumentando o volume. Eles grunhiram e se balançaram, choraram e uivaram, os rostos vermelhos e contorcidos e os queixos caídos, como crianças aterrorizadas perdidas no meio de uma multidão. Estavam sem seus lares e com os corações partidos, observando o rastro de fumaça que se alastrava como dedos numa luva preta. O fogo havia se alastrado para o norte até o cemitério e parado no aceiro da cidade.

— Bem — disse Lois —, todo mundo entregou a Ruth o dinheiro dos seguros, não foi?

Eles começaram a se acalmar, assentindo, dizendo "sim", enquanto secavam as lágrimas e assoavam o nariz nas mangas.

Ruth pareceu horrorizada.

— Mas o dinheiro foi entregue a Tilly para pagar as fantasias dos soldados, esqueceram?

Os moradores de Dungatar ficaram olhando para Ruth. Eles permaneceram dormentes na colina negra, o ar ao redor parado e quente, tufos de fumaça escalando as meias e atravessando as saias cheias de laços, as tábuas torradas da casa de Tilly ainda atrás deles estalando e chiando suavemente. O sargento começou a rir um riso histérico.

— O que vamos fazer agora? — perguntou Fred.

— Beber — respondeu Scott, tomando um gole.

O inspetor pegou a garrafa.

— Posso ver a casa da mamãe daqui — disse Mona, com um sorriso malicioso para o irmão.

Ele sorriu e se balançou. O povo de Dungatar olhou para depois da cidade arruinada, onde ficava a propriedade, ainda de pé e intacta, intocada sobre a pequena inclinação ao longe, o telhado corrugado brilhando de vermelho com o pôr do sol.

— Aquela boa e velha casa idiota — comentou William.

— Vamos lá falar com a mamãe — disse Mona.

Eles andaram em silêncio, como se fossem um só, na direção de Windswept Crest, aquele grupo heterogêneo em seus impressionantes figurinos barrocos.

Notas

1. Shakespeare, W. Do jeito que você gosta (As you like it). Tradução de Rafael Raffaelli. Florianópolis: Editora UFSC, 2011.
2. Shakespeare, W. Macbeth. Tradução de Manuel Bandeira. Rio de Janeiro: José Olympio Editora, 1961.
3. Shakespeare, W. Vênus e Adônis. Tradução de Alípio Correia. Rio de Janeiro: Editora Leya, 2013.
4. Shakespeare, W. Tragédias de William Shakespeare (eBook). Centaur Editions, 2013. Disponível em: http://www.amazon.com.br/Trag%C3%A9dias-William-Shakespeare-ebook/dp/B0096EF33U/ref=cm_cr_pr_product_top?ie=UTF8
5. Shakespeare, W. Obra completa. Tradução de Oscar Mendes e F. Carlos de Almeida. São Paulo: Editora Nova Aguilar, 1989.
6. Shakespeare, W. Tragédias de William Shakespeare (eBook). Centaur Editions, 2013. Disponível em: http://www.amazon.com.br/Trag%C3%A9dias-William-Shakespeare-ebook/dp/B0096EF33U/ref=cm_cr_pr_product_top?ie=UTF8
7. Shakespeare, W. Tragédias de William Shakespeare (eBook). Centaur Editions, 2013. Disponível em: http://www.amazon.com.br/Trag%C3%A9dias-William-Shakespeare-ebook/dp/B0096EF33U/ref=cm_cr_pr_product_top?ie=UTF8
8. Shakespeare, W. Tragédias de William Shakespeare (eBook). Centaur Editions, 2013. Disponível em: http://www.amazon.com.br/Trag%C3%A9dias-William-Shakespeare-ebook/dp/B0096EF33U/ref=cm_cr_pr_product_top?ie=UTF8
9. Shakespeare, W. Tragédias de William Shakespeare (eBook). Centaur Editions, 2013. Disponível em: http://www.amazon.com.br/Trag%C3%A9dias-William-Shakespeare-ebook/dp/B0096EF33U/ref=cm_cr_pr_product_top?ie=UTF8

PUBLISHER
Kaíke Nanne

EDITORA EXECUTIVA
Carolina Chagas

EDITORA DE AQUISIÇÃO
Renata Sturm

COORDENAÇÃO DE PRODUÇÃO
Thalita Aragão Ramalho

PRODUÇÃO EDITORIAL
Marcela Isensee

REVISÃO DE TRADUÇÃO
Mariana Moura

REVISÃO
Isis Batista Pinto
Jaciara Lima

DIAGRAMAÇÃO
Abreu's System

ADAPTAÇÃO DE CAPA
Viviane Rodrigues

Este livro foi impresso no Rio de Janeiro, em 2016,
pela Edigráfica, para a HarperCollins Brasil.
A fonte usada no miolo é Adobe Caslon Pro, corpo 12/15,6.
O papel do miolo é Chambril Avena 80g/m², e o da capa é cartão 250/m².